# TRANZLATY

## Language is for everyone

### Jezik je za sve

# Folk Tales of Bengal

# Narodne priče Bengala

## Part One
Prvi dio

## 1 / 2

Lal Behari Day

English / Hrvatski

# Life's Secret
## Tajna života

**Once upon a time there was a king.**
Nekada davno bio je jedan kralj.
**This King had married two Queens.**
Ovaj kralj je oženio dvije kraljice.
**The two queens were called Duo and Suo.**
Dvije kraljice zvale su se Duo i Suo.
**Both of the queens were childless.**
Obje kraljice nisu imale djece.
**One day a Faquir came to the palace gate.**
Jednog dana fakir je došao na vrata palače.
**The Faquir had come to ask for alms.**
Fakir je došao tražiti milostinju.
**Queen Suo went to the door.**
Kraljica Suo je otišla do vrata.
**And she gave him a handful of rice.**
I dala mu je šaku riže.
**The mendicant asked her a question.**
Prosjakinja joj je postavila pitanje.
**"Do you have any children?"**
"Imate li djece?"
**The queen had no children.**
Kraljica nije imala djece.
**"I wish had children, but I have none"**
„Volio bih imati djecu, ali ih nemam"
**The holy man refused to take alms from her.**
Sveti čovjek je odbio primiti milostinju od nje.
**In these times there were different traditions.**
U tim vremenima postojali su drugačiji običaji.
**And the people believed many different things.**
I ljudi su vjerovali u mnogo različitih stvari.
**Don't take charity from the hands of a childless woman.**
Ne uzimaj milostinju iz ruku žene bez djece.
**Such hands were ceremonially unclean.**
Takve su ruke bile ceremonijalno nečiste.

**The mendicant offered her a drug.**
Prosjakinja joj je ponudila drogu.
**This drug was to remove her barrenness.**
Ovaj lijek trebao je ukloniti njezinu neplodnost.
**She expressed her willingness to take the drug.**
Izrazila je spremnost da uzme drogu.
**The mendicant told her how to take the drug.**
Prosjakinja joj je rekla kako da uzima drogu.
**"This is the potion you must swallow"**
„Ovo je napitak koji moraš progutati"
**"Prepare the juice of a pomegranate flower"**
"Pripremite sok od cvijeta nara"
**"Swallow the drug with the juice"**
"Progutajte lijek sa sokom"
**"If you do this, you will soon have a son"**
„Ako to učiniš, uskoro ćeš imati sina"
**"Your son will be exceedingly handsome"**
„Tvoj sin će biti izuzetno zgodan"
**"His complexion will be beautiful"**
„Njegov ten će biti prekrasan"
**"He will have the colour of pomegranate flowers"**
„Imat će boju cvijeta nara"
**"And you shall call him Dalim Kumar"**
„I zvat ćeš ga Dalim Kumar"
**"But he will also have enemies"**
„Ali imat će i neprijatelje"
**"They will try to take your son's life"**
"Pokušat će oduzeti život tvog sina"
**"But there is a secret to his life"**
„Ali postoji tajna njegovog života"
**"And I will tell you this secret"**
„I reći ću ti ovu tajnu"
**"In front of your palace is a pond"**
"Ispred tvoje palače je ribnjak"
**"In that pond there is a big Boal fish"**
"U tom ribnjaku ima velika riba Boal"
**"Your son's life is connected to that fish"**

„Život vašeg sina je povezan s tom ribom.“
**"In the heart of the fish is a small box"**
"U srcu ribe je mala kutija"
**"This small box is made of wood"**
„Ova mala kutija je napravljena od drveta“
**"In the box of wood is a necklace of gold"**
"U drvenoj kutiji je zlatna ogrlica"
**"That necklace is the life of your son"**
„Ta ogrlica je život tvog sina“
**The mendicant gave her the drugs.**
Prosjakinja joj je dala drogu.
**And they said their farewells.**
I oprostili su se.

**Soon all in the palace whispered of an heir.**
Ubrzo su svi u palači šaputali o nasljedniku.
**Great was the joy of the King.**
Velika je bila kraljeva radost.
**He had visions of an heir to the throne.**
Imao je vizije nasljednika prijestolja.
**A never-ending succession of powerful monarchs.**
Beskrajni niz moćnih monarha.
**He dreamt of how they perpetuated his dynasty.**
Sanjao je o tome kako će ovjekovječiti njegovu dinastiju.
**These ideas floated before his mind.**
Te su mu ideje lebdjele pred glavom.
**It made him the happiest he had ever been.**
To ga je činilo najsretnijim ikad prije.
**Many ceremonies were performed for the occasion.**
Za tu priliku održane su brojne ceremonije.
**The people of the kingdom played loud music.**
Ljudi u kraljevstvu svirali su glasnu glazbu.
**The birth of a prince was a truly special event.**
Rođenje princa bio je zaista poseban događaj.
**Soon queen Suo gave birth to a son.**
Ubrzo je kraljica Suo rodila sina.
**He was more beautiful than anyone had imagined.**

Bio je ljepši nego što je itko zamišljao.
**The King saw his son's face.**
Kralj je vidio lice svog sina.
**And his heart leaped with joy.**
I srce mu je poskočilo od radosti.
**Soon the child ate his first rice.**
Ubrzo je dijete pojelo svoju prvu rižu.
**Mukhe bhaat was celebrated with great joy.**
Mukhe bhaat je slavljen s velikom radošću.
**And the whole kingdom was filled with gladness.**
I cijelo se kraljevstvo ispunilo radošću.

**Dalim Kumar grew up to be a fine boy.**
Dalim Kumar je odrastao u dobrog dječaka.
**There was one activity he particularly liked.**
Postojala je jedna aktivnost koja mu se posebno svidjela.
**He loved playing with the pigeons.**
Volio se igrati s golubovima.
**However, the pigeons often flew to Queen Duo.**
Međutim, golubovi su često letjeli do Queen Duo.
**Nobody knows why they did this.**
Nitko ne zna zašto su to učinili.
**And they flew into her apartment.**
I uletjeli su u njezin stan.
**So Dalim Kumar often met Queen Duo.**
Tako je Dalim Kumar često sretao Queen Duo.
**At first, she happily gave the pigeons back.**
Isprva je rado vratila golubove.
**But later she wasn't as willing to return the pigeons.**
Ali kasnije nije bila toliko voljna vratiti golubove.
**She gave the pigeons up with some reluctance.**
S izvjesnim oklijevanjem se odrekla golubova.
**She felt she could use this to her advantage.**
Osjećala je da to može iskoristiti u svoju korist.
**She naturally hated the child.**
Prirodno je mrzila dijete.
**Since Dalim's birth the king had neglected her.**

Od Dalimina rođenja kralj ju je zanemarivao.
**And the King idolized the mother of Dalim.**
I kralj je idolizirao Dalimovu majku.
**Somehow, she had heard of the mendicant.**
Nekako je čula za prosjaka.
**She heard he had given queen Suo a medicine.**
Čula je da je kraljici Suo dao lijek.
**She had also heard about what he had said.**
I ona je čula što je rekao.
**There was a secret to the prince's life.**
Postojala je tajna u prinčevom životu.
**She had heard his life was bound to something.**
Čula je da je njegov život vezan za nešto.
**But she did not know what his life was bound to.**
Ali nije znala s čime je povezan njegov život.
**She was determined to get the secret.**
Bila je odlučna da otkrije tajnu.

**Of course, the pigeons came back to her.**
Naravno, golubovi su joj se vratili.
**And the pigeons flew into her room again.**
I golubovi su opet uletjeli u njezinu sobu.
**This time she refused to give the pigeons back.**
Ovaj put je odbila vratiti golubove.
**"I won't just give you your pigeon back"**
"Neću ti tek tako vratiti tvog goluba"
**"First, you have to tell me something"**
„Prvo mi moraš nešto reći"
**"What do you want, aunty?" the boy asked.**
„Što želiš, teta?" upitao je dječak.
**"Oh, my darling, do not worry"**
"O, draga moja, ne brini"
**"It's just a small thing I want"**
„To je samo mala stvar koju želim"
**"I want to know where your life is hidden"**
"Želim znati gdje je skriven tvoj život"
**The boy was very confused by this.**

Dječaka je to jako zbunilo.
**"What is that, aunty?"**
„Što je to, teta?"
**"Where can my life be, except in me?"**
„Gdje može biti moj život, osim u meni?"
**"No, child, that is not what I meant"**
„Ne, dijete, nisam to mislio/mislila."
**"A holy mendicant told your mother a secret"**
„Sveti prosjak je tvojoj majci povjerio tajnu"
**"Your life is bound up with something"**
"Tvoj život je s nečim povezan"
**"I wish to know what that thing is"**
"Želio bih znati što je ta stvar "
**The boy was confused by what she said.**
Dječaka je zbunilo ono što je rekla.
**"I never heard of any such thing"**
„Nikad nisam čuo/čula za nešto slično"
**But Queen Duo insisted it was true.**
Ali Queen Duo je inzistirao da je to istina.
**"Promise to find out from your mother"**
„Obećaj da ćeš saznati od svoje majke"
**"Ask her where your life is hidden"**
"Pitaj je gdje je skriven tvoj život"
**"Then I will let you have the pigeons"**
"Onda ću ti dati golubove"
**"Otherwise, I will keep the pigeons"**
"Inače ću zadržati golubove"
**The boy wanted his pigeons back.**
Dječak je htio natrag svoje golubove.
**So he agreed to get the information.**
Stoga je pristao dobiti informacije.
**But first she made him promise.**
Ali prvo ga je natjerala da obeća.
**"Promise me you won't tell your mother"**
„Obećaj mi da nećeš reći svojoj majci"
**And the boy promised not to tell her.**
I dječak je obećao da joj neće reći.

**"I promise I won't tell my mum"**
„Obećavam da neću reći mami"
**Queen Duo freed the prince's pigeons.**
Kraljica Duo oslobodila je prinčeve golubove.
**Dalim was overjoyed to have his birds again.**
Dalim je bio presretan što opet ima svoje ptice.
**And he forgot the entire conversation.**
I zaboravio je cijeli razgovor.

**The next day Dalim was playing again.**
Sljedećeg dana Dalim je opet svirao.
**You can imagine what happened again.**
Možete zamisliti što se opet dogodilo.
**The pigeons flew to Queen Duo's apartment.**
Golubovi su odletjeli do stana kraljice Duo.
**And they flew into her room again.**
I opet su uletjeli u njezinu sobu.
**Dalim went in to his stepmother's apartment.**
Dalim je ušao u stan svoje maćehe.
**And he asked her for the pigeons.**
I zatražio ju je za golubove.
**Of course she asked him for the information.**
Naravno da ga je pitala za informacije.
**Dalim could not tell her where his life was hidden.**
Dalim joj nije mogao reći gdje je skriven njegov život.
**"I promise I will ask her today"**
„Obećavam da ću je danas pitati."
**"But please can I have my pigeons"**
"Ali molim vas, mogu li dobiti svoje golubove?"
**She didn't give the pigeons back so quickly.**
Nije tako brzo vratila golubove.
**But, in the end, he got his pigeons again.**
Ali, na kraju je opet dobio svoje golubove.

**After playing, Dalim went to his mother.**
Nakon što je svirao, Dalim je otišao svojoj majci.
**"Mamma, please tell me where my life is hidden"**

"Mama, molim te, reci mi gdje je skriven moj život"

**"What do you mean, child?" asked the mother.**

„Što misliš, dijete?“ upitala je majka.

**She was astonished at the question.**

Bila je zapanjena pitanjem.

**Why would her child ask her this?**

Zašto bi je dijete to pitalo?

**"Yes, mamma," replied the child.**

„Da, mama“, odgovorilo je dijete.

**"I have heard of a holy mendicant"**

„Čuo sam za svetog prosjaka“

**"He told you something about my life"**

„Rekao ti je nešto o mom životu“

**"He said my life is hidden in something"**

„Rekao je da je moj život skriven u nečemu“

**"Tell me what that thing is"**

"Reci mi što je ta stvar"

**"My child, my darling, my treasure"**

"Moje dijete, moja draga, moje blago"

**"My golden moon," his mother pleaded.**

„Moj zlatni mjesec“, preklinjala je njegova majka.

**"Do not ask such a question"**

"Nemoj postavljati takvo pitanje"

**"Cover my enemies' mouths with ashes"**

"Pokrij pepelom usta mojih neprijatelja"

**"Let my Dalim live forever," she begged.**

„Neka moj Dalim živi vječno“, preklinjala je.

**But the child insisted knowing the secret.**

Ali dijete je inzistiralo da zna tajnu.

**He refused to eat or drink until he knew.**

Odbijao je jesti ili piti dok nije saznao.

**Queen Suo had no choice but to tell him.**

Kraljica Suo nije imala drugog izbora nego mu reći.

**Eventually she told him the secret of his life.**

Na kraju mu je otkrila tajnu njegova života.


**The next day Dalim was playing again.**

Sljedećeg dana Dalim je opet svirao.
**You can imagine where the pigeons flew.**
Možete zamisliti kamo su golubovi odletjeli.
**Dalim chased after the birds into the apartment.**
Dalim je pojurio za pticama u stan.
**His stepmother told him many sweet words.**
Njegova maćeha mu je rekla mnogo lijepih riječi.
**And finally, she got his secret from him.**
I konačno, saznala je njegovu tajnu od njega.
**She wasted no time to start her wicked plan.**
Nije gubila vrijeme da započne svoj opaki plan.
**And she gave orders to her servants.**
I dala je naredbe svojim slugama.
**"Get some dried stalk from the hemp plant"**
"Uzmite malo sušene stabljike biljke konoplje"
**"Make sure the stalks are very brittle"**
„Pazite da su stabljike vrlo krhke“
**Brittle hemp stalks make a cracking sound.**
Krhke stabljike konoplje proizvode zvuk pucketanja.
**The sound is similar to the cracking of joints.**
Zvuk je sličan pucketanju zglobova.
**And it sounds like the bones of old people.**
I zvuči kao kosti starih ljudi.
**She put the brittle hemp stalks under her bed.**
Stavila je krhke stabljike konoplje pod krevet.
**And then she lied on her bed.**
A onda je legla na svoj krevet.
**She wanted to test the hemp stalks.**
Htjela je testirati stabljike konoplje.
**The stalks cracked just as much as she wanted.**
Stabljike su pucale taman koliko je htjela.
**She was satisfied with how her plan was going.**
Bila je zadovoljna kako joj ide plan.
**She gave more orders to her servants.**
Dala je još naredbi svojim slugama.
**"Tell the King I am very ill"**
"Reci kralju da sam jako bolestan"

**"He must come to see me immediately"**
„Mora odmah doći k meni."
**The king did not love this queen.**
Kralj nije volio ovu kraljicu.
**But he still had a duty to care for her.**
Ali i dalje je imao dužnost brinuti se za nju.
**If she was ill, he had to look after her.**
Ako je bila bolesna, morao se brinuti za nju.
**The King came to her bedroom.**
Kralj je došao u njezinu spavaću sobu.
**She rolled on the bed in pain.**
Prevrnula se po krevetu od boli.
**The King heard the cracking of her bones.**
Kralj je čuo pucketanje njezinih kostiju.
**He ordered his best physician to attend her.**
Naredio je svom najboljem liječniku da je pregleda.
**But the queen had thought of this.**
Ali kraljica je o tome razmišljala.
**She had already spoken with the physician.**
Već je razgovarala s liječnikom.
**"There is only one remedy," he told the king.**
„Postoji samo jedan lijek", rekao je kralju.
**"There's a pond in front of the palace"**
"Ispred palače je ribnjak"
**"In the pond there's a large Boal fish"**
"U ribnjaku se nalazi velika riba Boal"
**"The remedy is in that fish"**
"Lijek je u toj ribi"
**So the king let the physician catch the fish.**
Kralj je tada dopustio liječniku da ulovi ribu.
**Meanwhile Dalim was busy playing.**
U međuvremenu, Dalim je bio zauzet svirajući.
**He knew nothing of his aunt's illness.**
Nije znao ništa o bolesti svoje tetke.
**The fish was taken out the water.**
Riba je izvađena iz vode.
**Dalim fell to the ground immediately.**

odmah pao na tlo .
**He flopped around on the floor.**
Mljetao se po podu.
**And he could not breathe.**
I nije mogao disati.
**The guards immediately noticed.**
Stražari su to odmah primijetili.
**Dalim was taken to his mother's room.**
Dalima su odveli u majčinu sobu.
**And the King was informed of his son.**
I kralj je bio obaviješten o svom sinu.
**He couldn't believe his son's illness.**
Nije mogao vjerovati u sinovu bolest.
**The fish was taken to Queen Duo.**
Riba je odnesena u Queen Duo.
**Queen Duo was being saved.**
Kraljica Duo je bila spašena.
**At the same time Dalim was dying.**
U isto vrijeme Dalim je umirao.
**The fish was cut open.**
Riba je bila rasporena.
**And they found the wooden box.**
I pronašli su drvenu kutiju.
**In the box lay a necklace of gold.**
U kutiji je ležala zlatna ogrlica.
**Queen Duo put on the necklace.**
Kraljica Duo stavila je ogrlicu.
**And Dalim died at the very same moment.**
I Dalim je umro u istom trenutku.


**News of the tragedy reached the king.**
Vijest o tragediji stigla je do kralja.
**He was plunged into an ocean of grief.**
Bio je uronjen u ocean tuge.
**News of Queen Duo's recovery did not help.**
Vijesti o oporavku Queen Duo nisu pomogle.
**He wept painful and bitter tears.**

Plakao je bolnim i gorkim suzama.
**No one thought he would recover.**
Nitko nije mislio da će se oporaviti.
**He could not bear to bury his son.**
Nije mogao podnijeti pokopati sina.
**Nor did he allow his body to be burned.**
Niti je dopustio da mu se tijelo spali.
**He could not accept that his son had died.**
Nije mogao prihvatiti da mu je sin umro.
**His death was so sudden and senseless.**
Njegova smrt je bila tako iznenadna i besmislena.
**He had the dead body moved to a garden-houses.**
Dao je premjestiti tijelo u vrtnu kućicu.
**This garden-house was in the suburbs.**
Ova vrtna kućica nalazila se u predgrađu.
**Here his son was laid in state.**
Ovdje je njegov sin bio položen na sahranu.
**All sorts of provisions were put there.**
Tamo su bile stavljene sve vrste namirnica.
**Although everyone knew it was unnecessary.**
Iako su svi znali da je to nepotrebno.
**The young boy did not need food anymore.**
Mladiću više nije bila potrebna hrana.
**The house was kept locked day and night.**
Kuća je bila zaključana dan i noć.
**Dalim had had one very close friend.**
Dalim je imao jednog vrlo bliskog prijatelja.
**Only this friend was allowed to visit.**
Samo je ovaj prijatelj smio doći u posjet.
**He was the son of the prime minister.**
Bio je sin premijera.
**He was entrusted with the key of the house.**
Bio mu je povjeren ključ od kuće.
**Once a day he could visit his dead friend.**
Jednom dnevno mogao je posjetiti svog pokojnog prijatelja.

**Queen Suo retired after the loss of her son.**
Kraljica Suo se povukla nakon gubitka sina.
**Now the King spent the nights with Queen Duo.**
Sada je kralj provodio noći s kraljicom Duo.
**The Queen wanted to avoid suspicion.**
Kraljica je htjela izbjeći sumnju.
**So she took the necklace off at night.**
Zato je noću skinula ogrlicu.
**But Dalim's life was tied to the necklace.**
Ali Dalimov život bio je vezan za ogrlicu.
**And his death was not so simple.**
I njegova smrt nije bila tako jednostavna.
**He was dead when the queen wore the necklace.**
Bio je mrtav kad je kraljica nosila ogrlicu.
**But when she took the necklace off, he returned to life.**
Ali kad je skinula ogrlicu, on se vratio u život.
**And so he returned to life every night.**
I tako se svake noći vraćao u život.
**Every morning she put the necklace on again.**
Svako jutro je ponovno stavljala ogrlicu.
**And so, he died again every morning.**
I tako je svako jutro iznova umirao.
**At night he ate whatever food he liked.**
Noću je jeo što god je htio.
**Because there was plenty of food for him.**
Jer je bilo dovoljno hrane za njega.
**He walked around in the premises.**
Šetao je po prostorijama.
**And he meditated on the strangeness of his life.**
I razmišljao je o neobičnosti svog života.
**Dalim's friend only visited him during the day.**
Dalimov prijatelj ga je posjećivao samo danju.
**So he always saw him as a lifeless corpse.**
Zato ga je uvijek vidio kao beživotno tijelo.
**But his body never seemed to change.**
Ali činilo se da se njegovo tijelo nikada nije promijenilo.
**There was no sign of putrefaction.**

Nije bilo znakova truljenja.
**The body was lifeless and pale.**
Tijelo je bilo beživotno i blijedo.
**But there were no symptoms of death.**
Ali nije bilo simptoma smrti.
**It all seemed too strange for him.**
Sve mu se to činilo previše čudnim.
**So he decided to watch the corpse more closely.**
Stoga je odlučio pomnije promatrati leš.
**And he visited his friend at night.**
I noću je posjetio svog prijatelja.
**He was astonished at what he saw that night.**
Bio je zapanjen onim što je vidio te noći.
**His dead friend was walking about in the garden.**
Njegov mrtvi prijatelj šetao se po vrtu.
**At first he thought Dalim might a ghost.**
Isprva je pomislio da je Dalim možda duh.
**So he went to see if he could touch him.**
Zato je otišao vidjeti može li ga dodirnuti.
**And then he saw it was really his friend.**
I tada je vidio da je to zaista njegov prijatelj.
**Dalim told his friend everything that had happened.**
Dalim je ispričao svom prijatelju sve što se dogodilo.
**He told him all the circumstances of his death.**
Ispričao mu je sve okolnosti svoje smrti.
**And soon they solved the mystery.**
I ubrzo su riješili misterij.
**They understood why he revived only at night.**
Razumjeli su zašto se budio tek noću.
**Every night the king came to see Queen Duo.**
Svake noći kralj je dolazio vidjeti kraljicu Duo.
**When the King visited, she took off her necklace.**
Kad ju je kralj posjetio, skinula je ogrlicu.
**The life of the prince depended on the necklace.**
Život princa ovisio je o ogrlici.
**So the two friends worked on a plan.**
Tako su dva prijatelja skovala plan.

**Night after night they consulted together.**
Noć za noću su se savjetovali.
**But they could not think of any feasible scheme.**
Ali nisu mogli smisliti nijedan izvediv plan.

**Eventually the Gods must have taken pity.**
Na kraju su se bogovi morali smilovati.
**And they decided to free Dalim.**
I odlučili su osloboditi Dalima.
**But we must understand how the Gods work.**
Ali moramo razumjeti kako Bogovi djeluju.
**These things are planned long before.**
Ove stvari se planiraju puno unaprijed.
**The sister of Bidhata-Purusha had had a daughter.**
Sestra Bidhata-Purushe imala je kćer.
**Bidhata-Purusha was a great fortune teller.**
Bidhata-Purusha je bio veliki proricatelj sudbine.
**He had written something on the child's forehead.**
Napisao je nešto na djetetovom čelu.
**"This child will marry the dead bridegroom"**
„Ovo će se dijete udati za mrtvog mladoženju“
**Her mother was very saddened by this.**
Njena majka je bila jako ožalošćena zbog toga.
**She did not want this destiny for her daughter.**
Nije željela takvu sudbinu za svoju kćer.
**But she could not argue with him.**
Ali nije se mogla prepirati s njim.
**He never changed what he had written.**
Nikada nije mijenjao ono što je napisao.
**The child became exceedingly beautiful.**
Dijete je postalo izuzetno lijepo.
**But the mother could not take any pleasure in this.**
Ali majka u tome nije mogla uživati.
**Because she knew the destiny of her child.**
Jer je znala sudbinu svog djeteta.
**Eventually the girl came to marriageable age.**
Na kraju je djevojka došla u godine za udaju.

**She had to find a way to avoid her fate.**
Morala je pronaći način da izbjegne svoju sudbinu.
**So the mother fled the country with her child.**
Tako je majka pobjegla iz zemlje sa svojim djetetom.
**Perhaps she could avoid her dreadful destiny.**
Možda bi mogla izbjeći svoju strašnu sudbinu.
**But what was written was written.**
Ali što je napisano, napisano je.
**And fate cannot be overruled like this.**
I sudbina se ne može ovako poništiti.
**Together they journeyed through the land.**
Zajedno su putovali kroz zemlju.
**You can imagine how fate was working.**
Možete zamisliti kako je sudbina djelovala.
**They wandered past Dalim's resting place.**
Prošli su pored Dalimovog počivališta.
**The shade of the evening was approaching.**
Približavala se večernja sjena.
**"Mother, I am thirsty," said her child.**
„Mama, žedna sam", reklo je njezino dijete.
**"Sit at this gate," replied her mother.**
„Sjedni na ova vrata", odgovorila je njezina majka.
**"I will search for water in the village"**
„Tražit ću vodu u selu"
**The girl was curious about the garden.**
Djevojčica je bila znatiželjna u vezi vrta.
**And in the garden she saw strange house.**
I u vrtu je ugledala čudnu kuću.
**She pushed the gate, which opened itself.**
Gurnula je vrata, koja su se sama otvorila.
**When she went in, she saw a beautiful palace.**
Kad je ušla, ugledala je prekrasnu palaču.
**But she had an uneasy feeling about the palace.**
Ali imala je neugodan osjećaj u vezi palače.
**However, the door had shut itself.**
Međutim, vrata su se sama zatvorila.
**So she had no way of getting out.**

Dakle, nije imala načina da izađe.

**When night came the prince revived.**
Kad je pala noć, princ se probudio.
**As usual, he walked around in the garden.**
Kao i obično, šetao je po vrtu.
**But this time he saw a female figure.**
Ali ovaj put je ugledao žensku figuru.
**The figure was standing near the gate.**
Figura je stajala blizu vrata.
**Soon he saw that it was a girl.**
Ubrzo je vidio da je to djevojčica.
**And he saw she was of unsurpassed beauty.**
I vidio je da je nenadmašne ljepote.
**"Who are you?" he asked her.**
„Tko si ti?" upitao ju je.
**She told Dalim everything that had happened.**
Ispričala je Dalimu sve što se dogodilo.
**All the details of her little history.**
Svi detalji njezine male povijesti.
**"My uncle is the divine Bidhata-Purusha"**
"Moj ujak je božanski Bidhata-Purusha"
**"He wrote on my forehead at birth"**
"Pisao mi je na čelu pri rođenju"
**"This child will marry the dead bridegroom"**
„Ovo će se dijete udati za mrtvog mladoženju"
**"My mother did not want that life for me"**
„Moja majka nije željela takav život za mene"
**"So we left our house and city"**
„Tako smo napustili svoju kuću i grad"
**"And we wandered through the country"**
„I lutali smo zemljom"
**"We had come to the gate of your palace"**
"Došli smo do vrata tvoje palače"
**"After our journey I was thirsty"**
„Nakon našeg putovanja bio sam žedan"
**"So my mother went to look for water"**

„Tako je moja majka otišla tražiti vodu"
**"And now I am standing here before you"**
„A sada stojim ovdje pred tobom"
**Dalim Kumar knew the meaning of the story.**
Dalim Kumar je znao značenje priče.
**"I am the dead bridegroom," he told the girl.**
„Ja sam mrtvi mladoženja", rekao je djevojci.
**"It is me who you will marry"**
"Mene ćeš oženiti"
**"Come with me to the house," he asked of her.**
„Pođi sa mnom u kuću", zamolio ju je.
**But the girl wasn't so easily persuaded.**
Ali djevojku nije bilo tako lako nagovoriti.
**"You are standing and speaking to me"**
„Stojiš i razgovaraš sa mnom"
**"How can you be the dead bridegroom?"**
„Kako možeš biti mrtvi mladoženja?"
**The prince understood her objection.**
Princ je razumio njezin prigovor.
**"You will understand it afterwards"**
„Shvatit ćeš to poslije"
**The girl followed the prince into the house.**
Djevojka je slijedila princa u kuću.
**She had been fasting the whole day.**
Cijeli je dan postila.
**So the prince gave her wonderful food.**
Tako joj je princ dao divnu hranu.
**Meanwhile, the girl's mother had come back.**
U međuvremenu, djevojčina majka se vratila.
**She was standing at the gates of the garden.**
Stajala je na vratima vrta.
**But her daughter was not there anymore.**
Ali njezine kćeri više nije bilo tamo.
**She cried out for her daughter.**
Plakala je za svojom kćeri.
**But she got no reply from her daughter.**
Ali nije dobila odgovor od kćeri.

**So she went looking for her in the village.**
Zato ju je otišla tražiti po selu.

**As usual, Dalim's friend came that night.**
Kao i obično, Dalimov prijatelj je došao te noći.
**Dalim was still entertaining his guest.**
Dalim je još uvijek zabavljao svog gosta.
**He was not expecting to see a stranger.**
Nije očekivao da će vidjeti stranca.
**And the girl retold him her story.**
I djevojka mu je prepričala svoju priču.
**You can imagine his surprise when she told him.**
Možete zamisliti njegovo iznenađenje kad mu je to rekla.
**He was able to confirm Dalim's story.**
Uspio je potvrditi Dalimovu priču.
**Soon they had all accepted destiny.**
Ubrzo su svi prihvatili sudbinu.
**That night they fulfilled their fates.**
Te noći su ispunili svoju sudbinu.
**They decided to unite the couple in matrimony.**
Odlučili su par spojiti brakom.
**It was going to be impossible to get a priest.**
Bilo bi nemoguće dobiti svećenika.
**So Dalim's friend performed the hymeneal rites.**
Tako je Dalimov prijatelj izvršio himenske obrede.
**The friend of the bridegroom left the palace.**
Prijatelj mladoženje napustio je palaču.
**The newly-weds had the palace to themselves.**
Mladenci su imali palaču samo za sebe.
**The happy couple did not sleep much that night.**
Sretni par nije puno spavao te noći.
**So it was long after sunrise that they woke up.**
Tako su se probudili tek dugo nakon izlaska sunca.
**Of course it was only the young wife that woke up.**
Naravno, probudila se samo mlada supruga.
**The prince had become a cold corpse again.**
Princ se ponovno pretvorio u hladni leš.

**The queen had put on her necklace.**
Kraljica je stavila ogrlicu.
**And life had departed from him again.**
I život ga je opet napustio.
**You can imagine how the young wife felt.**
Možete zamisliti kako se mlada supruga osjećala.
**She shook her husband to try and wake him.**
Protresla je muža pokušavajući ga probuditi.
**She kissed him on his cold lips.**
Poljubila ga je u njegove hladne usne.
**But all her efforts were in vain.**
Ali svi njezini napori bili su uzaludni.
**He was as lifeless as a marble statue.**
Bio je beživotan poput mramornog kipa.
**The young wife was stricken with horror.**
Mladu ženu obuzeo je užas.
**She smote her breast with her fists.**
Udarila se šakama po prsima.
**She struck her forehead with her palms.**
Udarila je dlanovima po čelu.
**And she tore her hair from her head.**
I čupala je kosu s glave.
**She ran through the garden like a mad woman.**
Trčala je kroz vrt kao luđakinja.
**Dalim's friend did not come during the day.**
Dalimov prijatelj nije došao tijekom dana.
**He did not want to see his friend this way.**
Nije želio vidjeti svog prijatelja na ovaj način.
**The poor girl did not know what to do.**
Jadna djevojka nije znala što da radi.
**Time could not pass quickly enough.**
Vrijeme nije moglo proći dovoljno brzo.
**The day seemed as long as a year.**
Dan se činio dugim kao godina.
**But the even longest day has its end.**
Ali i najduži dan ima svoj kraj.
**The shades of evening were descending.**

Spuštale su se sjene večeri.
**Her dead husband was awakened into consciousness.**
Njezin mrtvi muž se probudio i došao svijesti.
**He rose up from his bed again.**
Ponovno se digao iz kreveta.
**And he embraced his new wife.**
I zagrlio je svoju novu ženu.
**Again they ate, drank, and became merry.**
Opet su jeli, pili i veselili se.
**His friend made his usual appearance.**
Njegov prijatelj se pojavio kao i obično.
**And the whole night was spent celebrating.**
I cijela noć je provedena u slavlju.

**They spent the next seven years this way.**
Tako su proveli sljedećih sedam godina.
**During the day Dalim was lifeless.**
Tijekom dana Dalim je bio beživotan.
**But at night he came to life.**
Ali noću je oživio.
**And their life was quite usual.**
I njihov je život bio sasvim običan.
**The princess gave her husband two lovely boys.**
Princeza je svom mužu dala dva prekrasna dječaka.
**They were the exact image of their father.**
Bili su točna slika svog oca.
**Of course the king and Queens did not know.**
Naravno da kralj i kraljice nisu znali.
**They did not know they were grandparents.**
Nisu znali da su baka i djed.
**And they did not know Dalim was alive.**
I nisu znali da je Dalim živ.
**To be precise I should say he was alive at night.**
Da budem precizan, rekao bih da je noću bio živ.
**They all thought he had long been dead.**
Svi su mislili da je odavno mrtav.
**They assumed his corpse would now be gone.**

Pretpostavili su da njegovog tijela više nema.
**But the heart of Dalim s wife was yearning.**
Ali srce Dalimove žene je čeznulo.
**She wanted nothing more than her mother-in-law.**
Ništa nije željela više od svoje svekrve.
**Over the years she had come up with a plan.**
Tijekom godina smislila je plan.
**Perhaps she could see her mother-in-law.**
Možda bi mogla vidjeti svoju svekrvu.
**Maybe they could get hold of the necklace.**
Možda bi mogli doći do ogrlice.
**She asked for the consent of her husband.**
Zatražila je pristanak svog muža.
**And he allowed her to disguise herself.**
I dopustio joj je da se preruši.
**She took on the appearance of a female barber.**
Uzela je izgled brijačice.
**Like every female barber, she needed equipment.**
Kao i svakoj brijačnici, trebala joj je oprema.
**She took the following tools;**
Uzela je sljedeće alate;
**An iron instrument for preparing finger nails.**
Željezni instrument za pripremu noktiju.
**Another iron instrument for scraping the feet.**
Još jedan željezni instrument za struganje stopala.
**A piece of burnt jhama brick.**
Komad spaljene jhama opeke.
**For rubbing the soles of the feet.**
Za trljanje tabana.
**And paint for the edges of the feet.**
I obojite rubove stopala.
**She took all her tools with her.**
Ponijela je sav svoj alat sa sobom.
**And she stood at the gate of the King's palace.**
I stajala je na vratima kraljevske palače.
**I forgot something else she brought.**
Zaboravio sam još nešto što je donijela.

She had come with her two sons.
Došla je sa svoja dva sina.
She spoke with the guards.
Razgovarala je sa stražarima.
"I work as a barber"
"Radim kao brijač"
"I have come to offer my services"
„Došao sam ponuditi svoje usluge“
"I desire to see Queen Suo"
„Želim vidjeti kraljicu Suo“
Queen Suo quickly gave her an interview.
Kraljica Suo joj je brzo dala intervju.
The queen was quite fond of the two little boys.
Kraljica je bila jako oduševljena dvama malim dječacima.
They strangely reminded her of her own son.
Čudno su je podsjećali na vlastitog sina.
And she remembered her lost treasure.
I sjetila se svog izgubljenog blaga.
Tears fell profusely from her eyes.
Suze su joj obilno padale iz očiju.
She had not the remotest idea who they were.
Nije imala ni najmanju ideju tko su oni.
Of course we know who they are.
Naravno da znamo tko su oni.
The two little boys are her grandsons.
Dva mala dječaka su njezini unuci.
She spoke to the barber.
Razgovarala je s brijačem.
"My son died when he was young"
"Moj sin je umro kad je bio mlad"
"I have given up these vanities"
„Odustao sam od ovih taština“
"I stopped having my feet ceremoniously dyed"
„Prestala sam ceremonijalno farbati stopala“
"But I would be glad to see your two fine boys"
„Ali bilo bi mi drago vidjeti vaša dva divna dječaka.“
The barber agreed to let Queen Suo see her boys.

Brijač je pristao dopustiti kraljici Suo da vidi svoje dječake.
**But she had one question before she went.**
Ali imala je jedno pitanje prije nego što je otišla.
**"Are there other ladies in the palace?**
„Ima li još dama u palači?"
**"Someone else I could provide my service to"**
„Netko drugi kome bih mogao pružiti svoju uslugu"
**She was told there was another queen.**
Rečeno joj je da postoji još jedna kraljica.
**And she was also allowed to go to that queen.**
I njoj je također bilo dopušteno otići toj kraljici.
**Queen Duo allowed her to prepare her nails.**
Kraljica Duo joj je dopustila da pripremi nokte.
**And she was allowed to scrape her feet.**
I smjela je grebati stopala.
**She painted her feet with alakta.**
Obojila je stopala alaktom.
**And the queen was very pleased with her skill.**
I kraljica je bila vrlo zadovoljna svojom vještinom.
**She also enjoyed the sweetness of her disposition.**
Također je uživala u slatkoći svoje naravi.
**So she booked to have more of her services.**
Zato je rezervirala više njezinih usluga.
**The female barber had come for something else.**
Brijačica je došla zbog nečeg drugog.
**And she quickly noticed the necklace.**
I brzo je primijetila ogrlicu.
**The necklace was around the Queen's neck.**
Ogrlica je bila oko kraljičinog vrata.

**The day of her second visit had come.**
Došao je dan njezina drugog posjeta.
**She gave her eldest son the instructions.**
Dala je upute svom najstarijem sinu.
**"We are going into the palace again"**
"Opet idemo u palaču"
**"When in the palace you have to cry"**

"Kad si u palači, moraš plakati"
**"Say you would like the queen's necklace"**
„Reci da želiš kraljičinu ogrlicu.“
**"Don't stop crying until you have her necklace"**
"Ne prestaj plakati dok ne dobiješ njenu ogrlicu"
**The female barber went to queen Duo's apartment.**
Brijačica je otišla u stan kraljice Duo.
**Soon the elder boy started to cry.**
Ubrzo je stariji dječak počeo plakati.
**The boy acted his role well.**
Dječak je dobro odglumio svoju ulogu.
**Nothing would console the boy.**
Ništa ne bi utješilo dječaka.
**"What is wrong?" Queen Duo asked.**
„Što nije u redu ?“ upitala je Queen Duo.
**They boy could hardly speak.**
Dječak je jedva mogao govoriti.
**"Your necklace is so beautiful"**
"Tvoja ogrlica je tako lijepa"
**And he continued to sob.**
I nastavio je jecati.
**"Can I please hold the necklace?"**
„Mogu li, molim vas, držati ogrlicu?“
**Queen Duo did not want to let him.**
Kraljica Duo mu to nije htjela dopustiti.
**"I cannot part with my necklace"**
"Ne mogu se rastati od svoje ogrlice"
**"It is my most valuable jewel"**
„To je moj najvrjedniji dragulj“
**But the boy did not stop crying.**
Ali dječak nije prestajao plakati.
**So she took the necklace off her neck.**
Tako je skinula ogrlicu s vrata.
**And she put the necklace into the boy's hand.**
I stavila je ogrlicu u dječakovu ruku.
**The boy quickly stopped crying.**
Dječak je brzo prestao plakati.

And he held the necklace in his hand.
I držao je ogrlicu u ruci.
The female barber had finished her work.
Brijačica je završila svoj posao.
She was packing up her tools.
Pakirala je svoj alat.
And she was about to leave the palace.
I upravo je htjela napustiti palaču.
So the queen wanted the necklace back.
Dakle, kraljica je htjela ogrlicu natrag.
But the boy would not let her have the necklace.
Ali dječak joj nije dao ogrlicu.
His mother attempted to snatch the necklace from him.
Njegova majka je pokušala da mu otrgne ogrlicu.
But he wept bitterly when she tried.
Ali gorko je plakao kad je pokušala.
And he cried as if his heart would break.
I plakao je kao da će mu se srce slomiti.
The female barber politely asked the queen;
Brijačica je uljudno upitala kraljicu;
"Please let the boy take the necklace home"
„Molim te, dopusti dječaku da ponese ogrlicu kući.“
"He will fall asleep after drinking his milk"
„Zaspati će nakon što popije mlijeko“
"And then I will bring your necklace back"
„A onda ću ti vratiti ogrlicu“
She could see she had no choice.
Vidjela je da nije imala izbora.
The boy would not allow her to take the necklace.
Dječak joj nije dopustio da uzme ogrlicu.
So she agreed to the proposal.
Tako je pristala na prijedlog.
"Dalim must now be long dead," she thought.
„Dalim je sada već odavno mrtav“, pomislila je.
And she had nothing to worry about.
I nije imala razloga za brigu.

The princess had the prized necklace.
Princeza je imala dragocjenu ogrlicu.
The treasure bound to her husband's life.
Blago vezano za život njezina muža.
She rushed back to the garden-house.
Požurila je natrag u vrtnu kućicu.
And she gave the necklace to Dalim.
I dala je ogrlicu Dalimu.
Dalim had been alive all morning.
Dalim je bio živ cijelo jutro.
It was the first time he saw the sun again.
To je bio prvi put da je ponovno vidio sunce.
Their joy of his life knew no bounds.
Njihova radost zbog njegova života nije imala granica.
Their friend advised them to go to the palace.
Njihov prijatelj im je savjetovao da odu u palaču.
"Go to the palace tomorrow"
"Idi sutra u palaču"
"Present yourselves to the King and Queen"
"Predstavite se kralju i kraljici"
"Let them know you're alive and well"
"Javi im da si živ i zdrav"
The couple accepted their friend's advice.
Par je poslušao savjet svog prijatelja.
And they prepared everything for their arrival.
I sve su pripremili za njihov dolazak.
An elephant was brought for the prince.
Za princa su doveli slona.
A pair of ponies were brought for the boys.
Za dječake su doveli par ponija.
And there was a grand chaturdala.
I bila je velika chaturdala.
It was furnished with curtains of gold lace.
Bila je namještena zavjesama od zlatne čipke.
Word was sent to the king and the Queen Suo.
Vijest je poslana kralju i kraljici Suo.
"Prince Dalim Kumar is alive and well"

„Princ Dalim Kumar je živ i zdrav"
**"And he is coming to visit you"**
„I dolazi te posjetiti"
**"Now he has a wife and two sons"**
„Sada ima ženu i dva sina "
**The King and Queen Suo could hardly believe it.**
Kralj i kraljica Suo jedva su mogli vjerovati.
**But they were assured that it was all true.**
Ali bili su uvjereni da je sve istina.
**Queen Duo quickly realized her predicament.**
Kraljica Duo brzo je shvatila svoju tešku situaciju.
**And she became overwhelmed with grief.**
I obuzela ju je tuga.
**A band of musicians followed the prince.**
Princa je pratila skupina glazbenika.
**Prince Dalim Kumar approached the palace-gate.**
Princ Dalim Kumar približio se vratima palače.
**The King and Queen Suo went to the gates.**
Kralj i kraljica Suo otišli su do vrata.
**And they welcomed their long-lost son.**
I dočekali su svog davno izgubljenog sina.
**You can imagine how happy they were.**
Možete zamisliti koliko su bili sretni.
**Dalim told his parents of his death.**
Dalim je obavijestio roditelje o svojoj smrti.
**He told them of the pond by the palace.**
Rekao im je o ribnjaku pokraj palače.
**And he told them of the fish in the pond.**
I rekao im je o ribama u ribnjaku.
**He told them of the wooden box in the fish.**
Rekao im je o drvenoj kutiji u ribi.
**He told them of the necklace in the wooden box.**
Rekao im je o ogrlici u drvenoj kutijici.
**And he told them the secret of his life.**
I otkrio im je tajnu svog života.
**He told them how he died each night.**
Svake noći im je pričao kako je umro.

**Of course he also mentioned his new wife.**
Naravno, spomenuo je i svoju novu suprugu.
**The king was inflamed with rage at the news.**
Kralj se razbjesnio zbog te vijesti.
**He ordered Queen Duo into his presence.**
Naredio je kraljici Duo da uđe u njegovu prisutnost.
**A large hole was dug in the ground.**
U zemlji je iskopana velika rupa.
**The hole was as deep as the height of a man.**
Rupa je bila duboka kao čovjekova visina.
**Queen Duo was made to stand in the hole.**
Queen Duo je morao stajati u rupi.
**Prickly thorns were heaped around her.**
Bodljikavo trnje bilo je nagomilano oko nje.
**The thorns went up to the crown of her head.**
Trnje joj je dosezalo do tjemena.
**And in this manner she was buried alive.**
I na taj je način živa pokopana.

# Phakir Chand
Phakir Chand

There was once a king, who had a son.
Bio jednom jedan kralj, koji je imao sina.
The king's minister also had a son.
Kraljev ministar je također imao sina.
The two sons loved each other dearly.
Dva sina su se jako voljela.
And they did everything together.
I sve su radili zajedno.
The two sons sat and stood up together.
Dva sina su zajedno sjela i ustala.
They walked together to the same places.
Zajedno su hodali na ista mjesta.
They ate their meals together.
Zajedno su jeli obroke.
They slept and got up together.
Zajedno su spavali i ustajali.
They spent years in each other's company.
Proveli su godine u međusobnom društvu.
One day they both felt a new desire.
Jednog dana oboje su osjetili novu želju.
They wanted to see foreign lands.
Željeli su vidjeti strane zemlje.
And so they set out on their journey.
I tako su krenuli na svoje putovanje.
One of them was the son of a king.
Jedan od njih bio je kraljev sin.
One of them was the son of his chief minister.
Jedan od njih bio je sin njegovog glavnog ministra.
So of course they were both quite rich.
Dakle, naravno da su oboje bili prilično bogati.
But they did not take any servants with them.
Ali nisu sa sobom poveli nikakve sluge.
They went by themselves, on horseback.
Išli su sami, na konjima.

The horses were beautiful to look at.
Konji su bili prekrasni za pogledati.
They were Pakshirajes horses.
Bili su to pakshirajski konji.
Such horses are known as the kings of birds.
Takvi konji poznati su kao kraljevi ptica.
The two sons rode together for many days.
Dva sina su jahala zajedno mnogo dana.
They passed through extensive plains.
Prolazili su kroz prostrane ravnice.
And the plains were covered with paddy.
A ravnice su bile prekrivene rižom.
And they passed through strange cities.
I prolazili su kroz čudne gradove.
And they passed through towns, and villages.
I prolazili su kroz gradove i sela.
They passed through treeless deserts.
Prolazili su kroz pustinje bez drveća.
And they passed through forests.
I prolazili su kroz šume.
And the forests were dense with trees.
A šume su bile guste od drveća.
These forests were the abode of the tiger.
Ove šume bile su prebivalište tigra.
And the bear also lived in these forests.
I medvjed je također živio u tim šumama.
One evening they were overtaken by the night.
Jedne večeri ih je sustigla noć.
They had not seen any human habitations.
Nisu vidjeli nikakva ljudska naselja.
But it was getting darker and darker.
Ali postajalo je sve mračnije i mračnije.
So they dismounted beneath a lofty tree.
Tako su sjahali s konja pod visokim drvetom.
They tied their horses to the tree.
Privezali su svoje konje za drvo.
And then they climbed up the tree.

A onda su se popeli na drvo.
**They covered the branches with thick foliage.**
Prekrili su grane gustim lišćem.
**So that they could sit on the branches.**
Da bi mogli sjediti na granama.
**The tree had grown near a large body of water.**
Drvo je raslo blizu velike vodene površine.
**The water was as clear as the eye of a crow.**
Voda je bila bistra kao oko vrane.
**The two friends made themselves comfortable.**
Dvojica prijatelja su se udobno smjestila.
**Of course it wasn't very comfortable in a tree.**
Naravno, nije bilo baš ugodno na drvetu.
**But it wasn't uncomfortable in the tree either.**
Ali ni na drvetu nije bilo neugodno.
**They had decided to spend the night there.**
Odlučili su tamo provesti noć.
**They sometimes chatted together in whispers.**
Ponekad su šaputali.
**They felt whispering was better than talking.**
Smatrali su da je šaputanje bolje od razgovora.
**Because the region seemed very strange to them.**
Jer im se regija činila vrlo čudnom.
**And soon they were falling into a doze.**
I ubrzo su utonuli u san.
**But their attention was suddenly jolted.**
Ali njihova je pažnja iznenada bila potresena.
**From the water they heard a noise.**
Iz vode su čuli buku.
**It sounded like the rushing of water.**
Zvučalo je kao žubor vode.
**In front of them was a terrible sight!**
Pred njima se ukazao strašan prizor!
**A huge serpent came from under the water.**
Ogromna zmija izašla je ispod vode.
**The snake swam ashore and slithered around.**
Zmija je doplivala do obale i gmizala uokolo.

But something else attracted their attention.
Ali nešto drugo je privuklo njihovu pažnju.
The crested hood of the serpent was shining.
Zmijska kapuljača s grbom je sjala.
The snake had a brilliant manikya embedded.
Zmija je imala ugrađenu briljantnu manikju.
The jewel shone like a thousand diamonds.
Dragulj je sjao poput tisuću dijamanata.
The crystal lit up the water in the tank.
Kristal je osvijetlio vodu u spremniku.
The embankments and trees were irradiated.
Nasipi i drveće bili su ozračeni.
The serpent doffed the jewel from its crest.
Zmija je skinula dragulj sa svog vrha.
And the serpent threw the jewel on the ground.
I zmija je bacila dragulj na tlo.
And then the serpent went in search of food.
I tada je zmija otišla u potragu za hranom.
They could not believe what they had seen.
Nisu mogli vjerovati što su vidjeli.
They stayed in the safety of the tree.
Ostali su u sigurnosti drveta.
But they greatly admired the jewel.
Ali su se jako divili dragulju.
The ruby shed an ineffable luster.
Rubin je širio neopisivi sjaj.
Everything had a magical glow around it.
Sve oko sebe je imalo magičan sjaj.
They had never seen anything like it.
Nikada nisu vidjeli ništa slično.
Although, they had heard of this treasure.
Iako, čuli su za ovo blago.
The jewel equaled the treasures of seven kings.
Dragulj je bio ravan blagu sedam kraljeva.
But their admiration soon changed to fear.
Ali njihovo divljenje ubrzo se pretvorilo u strah.
The serpent came to the foot of their tree.

Zmija je došla do podnožja njihovog drveta.
**The serpent had found their horses!**
Zmija je pronašla njihove konje!
**The poor horses had been tied to the tree.**
Jadni konji bili su vezani za drvo.
**The animals had no way of escaping.**
Životinje nisu imale načina da pobjegnu.
**One by one the serpent ate their horses.**
Zmija im je pojela konje jednog po jednog.
**But the serpent's appetite did not seem satisfied.**
Ali zmijski apetit nije se činio zadovoljenim.
**They feared they would be the next victims.**
Bojali su se da će biti sljedeće žrtve.
**But their fears were soon relieved.**
Ali njihovi su strahovi ubrzo nestali.
**The gigantic cobra had not seen them.**
Divovska kobra ih nije vidjela.
**And eventually the snake left again.**
I na kraju je zmija opet otišla.
**The minister's son saw an opportunity.**
Ministrov sin je vidio priliku.
**This was his chance to take the gem.**
Ovo je bila njegova prilika da uzme dragulj.
**But there was one problem they had.**
Ali postojao je jedan problem koji su imali.
**The jewel shone incredibly bright.**
Dragulj je nevjerojatno sjajno sjao.
**The serpent would know what had happened.**
Zmija bi znala što se dogodilo.
**But there was a way to overcome this problem.**
Ali postojao je način da se prevlada ovaj problem.
**And the minister's son knew the solution.**
I ministarov sin je znao rješenje.
**He had to cover the stone with horse-dung.**
Morao je prekriti kamen konjskim balegom.
**And there was some horse-dung by the tree.**
I kraj drveta je bilo nešto konjskog izmeta.

He quietly came down from the tree.
Tiho je sišao s drveta.
He picked up the horse-dung off the floor.
Pokupio je konjski izmet s poda.
And he threw the dung upon the precious stone.
I bacio je balegu na dragocjeni kamen.
And then he climbed up into the tree again.
A onda se opet popeo na drvo.
The serpent noticed something had happened.
Zmija je primijetila da se nešto dogodilo.
The light of the jewel had vanished.
Svjetlost dragulja je nestala.
The serpent rushed back with great fury.
Zmija se s velikim bijesom pojurila natrag.
The serpent returned to where it had left the stone.
Zmija se vratila tamo gdje je ostavila kamen.
The serpent let out a frightful hiss at the night.
Zmija je noću ispustila strašno siktanje.
The snake's groans and convulsions were terrible.
Zmijino stenjanje i grčevi bili su strašni.
The snake went round and round the jewel.
Zmija je kružila oko dragulja.
But the stone was covered with horse-dung.
Ali kamen je bio prekriven konjskim balegom.
This way the serpent could not see its treasure.
Na taj način zmija nije mogla vidjeti svoje blago.
Finally, the serpent breathed its last breath.
Konačno, zmija je izdahnula.

The two friends did not sleep much that night.
Dvojica prijatelja nisu puno spavala te noći.
In the morning they came down from the tree.
Ujutro su sišli s drveta.
They went to where the crest-jewel was.
Otišli su tamo gdje se nalazio dragulj s grba.
The mighty serpent was still laying there.
Moćna zmija je još uvijek ležala tamo.

**But now the snake's body was perfectly lifeless.**
Ali sada je zmijsko tijelo bilo potpuno beživotno.
**The friend of the prince stepped over the dead snake.**
Prinčev prijatelj prešao je preko mrtve zmije.
**And he picked up the dung covered jewel.**
I podigao je dragulj prekriven balegom.
**Both of them went to the bank of the water.**
Obojica su otišli na obalu vode.
**And they washed the precious stone.**
I oprali su dragi kamen.
**Finally, all the dung had been washed off.**
Konačno, sav gnoj je bio ispran.
**And the jewel shone as brilliantly as before.**
I dragulj je sjao jednako sjajno kao i prije.
**The jewel lit up the entire bed of the tank of water.**
Dragulj je osvijetlio cijelo dno spremnika s vodom.
**Now they could see the innumerable fishes.**
Sada su mogli vidjeti bezbrojne ribe.
**But the light also revealed something else.**
Ali svjetlost je otkrila i nešto drugo.
**This astonished them more than all the fishes.**
To ih je zapanjilo više od svih riba.
**In the bottom of the water there was something.**
Na dnu vode nešto je bilo.
**They could see there were lofty walls.**
Mogli su vidjeti visoke zidove.
**The walls were from a magnificent palace.**
Zidovi su bili od veličanstvene palače.
**The prince's friend was feeling venturesome.**
Prinčev prijatelj osjećao se odvažno.
**He convinced the king's son to follow him.**
Uvjerio je kraljevog sina da ga slijedi.
**And then they wanted to swim to the palace below.**
A onda su htjeli plivati do palače ispod.
**The prince's friend took the jewel in his hand.**
Prinčev prijatelj uze dragulj u ruku.
**And they both dived into the waters.**

I oboje su zaronili u vodu.
**Soon they stood at the gate of the palace.**
Ubrzo su stali pred vratima palače.
**To their surprise the gate was open.**
Na njihovo iznenađenje, vrata su bila otvorena.
**They saw no being, human or superhuman.**
Nisu vidjeli nikakvo biće, ljudsko ili nadljudsko.
**So they decided to venture inside the gate.**
Stoga su odlučili ući unutar vrata.
**Inside the walls there was a beautiful garden.**
Unutar zidina nalazio se prekrasan vrt.
**In the middle of the garden was a house.**
Usred vrta bila je kuća.
**No one had ever seen so many flowers.**
Nitko nikada nije vidio toliko cvijeća.
**There were roses of all imaginable varieties.**
Bilo je ruža svih zamislivih vrsta.
**There were endless numbers of yellow jessamine.**
Bilo je beskrajno mnogo žutog jasmina.
**And there were numerous white bell flowers.**
I bilo je tu brojnih bijelih zvončića.
**These flowers were the king of smells.**
Ovo cvijeće je bilo kralj mirisa.
**The most scented lily of the valley.**
Najmirisniji đurđica.
**There were the flowers from the champaka tree.**
Bilo je tu cvijeće s drveta champaka.
**And a thousand other sweet-scented flowers.**
I tisuću drugih mirisnih cvjetova.
**Acres covered with the delicious jessamine.**
Hektari prekriveni ukusnim jasminom.
**All the plants were gemmed with flowers.**
Sve biljke su bile ukrašene cvijećem.
**And all the flowers were in full bloom.**
I sve je cvijeće bilo u punom cvatu.
**So the air was loaded with rich perfume.**
Tako je zrak bio ispunjen bogatim mirisom.

A wilderness of sweet scents everywhere.
Divljina slatkih mirisa posvuda.
They went through this paradise of perfumery.
Prošli su kroz ovaj raj parfumerije.
And eventually they reached the house.
I konačno su stigli do kuće.
The house was surrounded by lofty trees.
Kuća je bila okružena visokim drvećem.
Soon they stood at the door of the house.
Ubrzo su stali na vrata kuće.
Now they could see it was a fairy palace.
Sada su mogli vidjeti da je to vilinska palača.
The walls were of burnished gold.
Zidovi su bili od poliranog zlata.
Here and there shone diamonds of dazzling hue.
Tu i tamo sjali su dijamanti blistave nijanse.
But they did not see any beings.
Ali nisu vidjeli nikakva bića.
So they went inside the palace.
Tako su ušli u palaču.
The palace was richly furnished.
Palača je bila bogato namještena.
They went from room to room.
Išli su iz sobe u sobu.
But they did not see anyone.
Ali nisu vidjeli nikoga.
It seemed to be a deserted house.
Činilo se da je to napuštena kuća.
At last, however, they found a special room.
Napokon su ipak pronašli posebnu sobu.
In this room there was a young lady.
U toj sobi bila je mlada dama.
She was sleeping on a golden bed.
Spavala je na zlatnom krevetu.
The young lady was of exquisite beauty.
Mlada dama bila je iznimne ljepote.
Her complexion was a mixture of red and white.

Ten joj je bio mješavina crvene i bijele boje.
**She seemed to be about sixteen years of age.**
Činilo se da ima oko šesnaest godina.
**The two friends gazed upon her.**
Dvoje prijatelja su je gledali.
**They were enchanted by her beauty.**
Bili su očarani njenom ljepotom.
**But they could not admire her for long.**
Ali nisu joj se mogli dugo diviti.
**Because the young lady opened her eyes.**
Jer je mlada dama otvorila oči.
**Her eyes seemed like the eyes of a gazelle.**
Oči su joj izgledale kao oči gazele.
**On seeing the strangers she said;**
Vidjevši strance, rekla je;
**"How have you come here, ye unfortunate men?"**
„Kako ste došli ovamo, nesretnici?"
**"Be gone, be gone! I beg of you two"**
"Nestajte, nestajte! Molim vas dvoje."
**"This is the abode of a mighty serpent"**
"Ovo je prebivalište moćne zmije "
**"The serpent which has devoured my parents"**
„Zmija koja je proždrla moje roditelje"
**"And my brothers, and all my relatives"**
„I moja braća i sva moja rodbina"
**"I am the only one that he has spared"**
„Ja sam jedina koju je poštedio"
**"Flee for your lives while you still can"**
"Bježite spašavajte živote dok još možete"
**"Or else the serpent will eat you both"**
"Ili će vas zmija oboje pojesti"
**The prince's friend told her what had happened.**
Prinčev prijatelj joj je ispričao što se dogodilo.
**"The serpent has breathed his last breath"**
„Zmija je izdahnula"
**"The snake's body lies lifeless on the floor"**
"Tijelo zmije leži beživotno na podu"

**"We took the head-jewel of the serpent"**
"Uzeli smo dragulj - glavu zmije"
**"The jewel's light showed us to the palace.**
„Svjetlost dragulja odvela nas je do palače."
**She thanked the strangers for their bravery.**
Zahvalila je strancima na njihovoj hrabrosti.
**"You have freed me from the infernal serpent"**
„Oslobodio si me od paklene zmije"
**"Please live with me in my palace"**
„Molim te, živi sa mnom u mojoj palači"
**"But please promise never to desert me"**
„Ali molim te, obećaj da me nikada nećeš napustiti."
**They gladly accepted the invitation.**
Rado su prihvatili poziv.
**The king's son was smitten with the princess.**
Kraljev sin bio je zaljubljen u princezu.
**He adored the charms of the peerless princess.**
Obožavao je čari neusporedive princeze.
**And he married her after a short time.**
I oženio se njome nakon kratkog vremena.
**There was no priest at the palace.**
U palači nije bilo svećenika.
**So the hymeneal knot was tied by other means.**
Dakle, himenski čvor je vezan na druge načine.
**A simple exchange of garlands of flowers.**
Jednostavna razmjena vijenaca cvijeća.
**The king's son became inexpressibly happy.**
Kraljev sin se neizrecivo obradovao.
**He delighted in the company of the princess.**
Uživao je u društvu princeze.
**The prince's friend also had a wife.**
Prinčev prijatelj je također imao ženu.
**Of course she was living in the upper world.**
Naravno da je živjela u višem svijetu.
**But he participated in his friend's happiness.**
Ali je sudjelovao u sreći svog prijatelja.
**The time they spent together passed merrily.**

Vrijeme koje su proveli zajedno prolazilo je veselo.
**But they could not live here forever.**
Ali nisu mogli ovdje živjeti zauvijek.
**The prince had to return to his kingdom.**
Princ se morao vratiti u svoje kraljevstvo.
**But he knew the return would require some planning.**
Ali znao je da će povratak zahtijevati određeno planiranje.
**The occasion would come with a lot of pomp.**
Prigoda bi došla s puno pompe.
**There were going to be many ceremonies.**
Trebalo je biti mnogo ceremonija.
**Because there was a lot to be celebrated.**
Jer bilo je puno toga za slaviti.
**First the prince's friend was going to go.**
Prvo je trebao otići prinčev prijatelj.
**And then he was going to return with the attendants.**
A onda se namjeravao vratiti s pratiocima.
**Horses, and elephants for the happy pair.**
Konji i slonovi za sretni par.
**The prince accompanied his friend.**
Princ je pratio svog prijatelja.
**Together they went back to the surface.**
Zajedno su se vratili na površinu.
**And they saw the upper world again.**
I opet su vidjeli gornji svijet.
**The two friends bid each other adieu.**
Dva prijatelja su se oprostila jedan od drugoga.
**The prince returned to his lovely wife.**
Princ se vratio svojoj ljupkoj ženi.
**Before leaving everything had been organized.**
Prije odlaska sve je bilo organizirano.
**The prince's friend arranged his return.**
Prinčev prijatelj je dogovorio njegov povratak.
**He said when he was going to go the embankment.**
Rekao je kada će ići na nasip.
**He was going to have the horses that they needed.**
Imat će konje koji su im potrebni.

**Elephants were going to be there too, and attendants.**
Slonovi su također trebali biti tamo, kao i pratioci.
**They were going to wait upon the prince and princess.**
Trebali su čekati princa i princezu.
**The snake-jewel gave them the rights to this.**
Zmijski dragulj im je dao pravo na to.
**The prince's friend went back to his country.**
Prinčev prijatelj vratio se u svoju zemlju.
**To prepare for the return of his friend.**
Da se pripremi za povratak svog prijatelja.

**One day the prince was sleeping.**
Jednog dana princ je spavao.
**He had just had his midday meal.**
Upravo je pojeo svoj podnevni obrok.
**The princess had never seen the upper regions.**
Princeza nikada nije vidjela gornje predjele.
**She felt the desire to see the upper world.**
Osjetila je želju da vidi gornji svijet.
**For this she needed the snake-jewel.**
Za to joj je bio potreban zmijski dragulj.
**Only this could help her through the water.**
Samo joj je to moglo pomoći kroz vodu.
**The jewel was shining its bright light in the room.**
Dragulj je obasjavao sobu svojim jarkim svjetlom.
**She took the snake-jewel into her hand.**
Uzela je zmijski dragulj u ruku.
**And then she left the palace and the garden.**
A onda je napustila palaču i vrt.
**She successfully swam to the upper world.**
Uspješno je otplivala do gornjeg svijeta.
**No mortal had caught sight of her.**
Nijedan smrtnik je nije vidio.
**At the edge of the water were some steps.**
Na rubu vode bile su neke stepenice.
**The steps were for the convenience of bathers.**
Stepenice su bile za udobnost kupača.

**And this is also where she sat.**
I ovdje je također sjedila.
**She scrubbed her body with the sand.**
Trljala je tijelo pijeskom.
**She washed her hair with the fresh water.**
Oprala je kosu svježom vodom.
**And she played with the water for fun.**
I igrala se s vodom iz zabave.
**She walked about on the water's edge.**
Hodala je po rubu vode.
**And she admired all the scenery around.**
I divila se svim okolnim krajolicima.
**But finally she returned back to her palace.**
Ali konačno se vratila u svoju palaču.
**Her husband was still deep in sleep.**
Njezin muž je još uvijek duboko spavao.
**But eventually he had slept enough.**
Ali na kraju je dovoljno spavao.
**She did not tell him about her adventures.**
Nije mu pričala o svojim avanturama.
**The next day her husband fell asleep again.**
Sljedećeg dana njezin je muž ponovno zaspao.
**And again she paid a visit the upper world.**
I opet je posjetila gornji svijet.
**And she remained unnoticed by mortal man.**
I ostala je nezapažena od smrtnog čovjeka.
**Her success was starting to give her courage.**
Njezin uspjeh joj je počeo davati hrabrost.
**So she repeated her adventure a third time.**
Tako je ponovila svoju avanturu treći put.
**The rajah's son was out hunting that day.**
Radžin sin je tog dana bio u lovu.
**He had his tent not far from the water.**
Imao je šator nedaleko od vode.
**His attendants were cooking his meal.**
Njegovi su pratitelji kuhali njegov obrok.
**So, he wandered about along the water.**

Tako je lutao uz vodu.
**Nearby an old woman was gathering sticks.**
U blizini je starica skupljala grančice.
**She was collecting dried branches of trees.**
Skupljala je suhe grane drveća.
**She needed the sticks for kindling wood.**
Trebale su joj štapove za potpalu.
**This was when the princess came out the water.**
Tada je princeza izašla iz vode.
**She gazed around and she saw a man.**
Osvrnula se oko sebe i ugledala muškarca.
**And then she saw there was also a woman.**
A onda je vidjela da je tamo i žena.
**The princess knew she didn't want to be seen.**
Princeza je znala da ne želi biti viđena.
**So she went back down to her palace.**
Tako se vratila u svoju palaču.
**But the rajah's son had caught a glimpse of her.**
Ali radžin sin ju je na trenutak ugledao.
**And the old woman gathering sticks saw her too.**
I starica koja je skupljala grančice ju je također vidjela.
**The rajah's son stood gazing on the waters.**
Radžin sin stajao je promatrajući vodu.
**He had never seen such a beautiful woman.**
Nikada nije vidio tako lijepu ženu.
**She seemed to him to be a deva-kanyas.**
Činila mu se kao deva-kanyas.
**Heavenly goddesses he had read of in old books.**
Nebeske božice o kojima je čitao u starim knjigama.
**They are said to visit the upper world.**
Kaže se da posjećuju gornji svijet.
**And the upper world is honored to have them.**
I gornji svijet ima čast što ih ima.
**But it is said to happen only rarely.**
Ali kaže se da se to događa samo rijetko.
**The way that angels only visit rarely.**
Način na koji anđeli rijetko posjećuju.

**He had seen the princess' unearthly beauty.**
Vidio je princezinu nadzemaljsku ljepotu.
**She had made a deep impression on his heart.**
Ostavila je dubok dojam na njegovo srce.
**Although he had seen her only for a moment.**
Iako ju je vidio samo na trenutak.
**But her beauty distracted his mind.**
Ali njezina ljepota mu je odvratila misli.
**He stood there like a statue, for hours.**
Stajao je tamo poput kipa, satima.
**All he could do was gaze into the waters.**
Sve što je mogao učiniti bilo je gledati u vodu.
**In the hope of seeing the lovely figure again.**
U nadi da ću ponovno vidjeti ljupku figuru.
**But all his time was spent in vain.**
Ali sve je vrijeme potrošio uzalud.
**The princess did not appear again.**
Princeza se više nije pojavila.
**The rajah's son became mad with love.**
Radžin sin je poludio od ljubavi.
**He kept muttering, "now here, now gone!"**
Stalno je mrmljao: „sad ovdje, sad nestalo!"
**He refused to leave the water's edge.**
Odbio je napustiti rub vode.
**His attendants had to forcibly remove him.**
Njegovi pratioci su ga morali silom ukloniti.
**They took him to his father's palace.**
Odveli su ga u očevu palaču.
**But he was in a state of hopeless insanity.**
Ali bio je u stanju beznadežnog ludila.
**He couldn't be made to speak to anyone.**
Nije ga se moglo natjerati da razgovara ni s kim.
**And he spent his days sobbing heavily.**
I dane je provodio teško jecajući.
**No others words came out of his mouth.**
Nijedna druga riječ nije izašla iz njegovih usta.
**"Now here, now gone!"**

"Sad ovdje, sad nestalo!"
**"Now here, now gone!"**
"Sad ovdje, sad nestalo!"
**You can imagine the rajah's grief.**
Možete zamisliti radžinu tugu.
**"What could have deranged my son's mind?"**
„Što je moglo poremetiti um mog sina?"
**"'Now here, now gone,' what does it mean?"**
„'Sad ovdje, sad nestalo', što to znači?"
**He could not unravel the words' meaning.**
Nije mogao odgonetnuti značenje riječi.
**His attendants couldn't decipher the words either.**
Ni njegovi pratitelji nisu mogli dešifrirati riječi.
**The land's best physicians were consulted.**
Konsultirani su najbolji liječnici u zemlji.
**But their consultation had no effect.**
Ali njihovi savjeti nisu imali učinka.
**The sons of æsculapius were not able to help.**
Eskulapovi sinovi nisu mogli pomoći.
**No one could ascertain the cause of the madness.**
Nitko nije mogao utvrditi uzrok ludila.
**Without knowing the cause there was no cure.**
Bez poznavanja uzroka nije bilo lijeka.
**The physicians tried to ask the prince.**
Liječnici su pokušali pitati princa.
**But all he said was, "now here, now gone!"**
Ali sve što je rekao bilo je: „sad ovdje, sad nestalo!"
**The rajah was distracted with grief.**
Radža je bio rastresen od tuge.
**Day and night he worried for his son.**
Danju i noću brinuo se za svog sina.
**He wished for his son's intellects to return.**
Želio je da se sinu vrati razum.
**A proclamation was made in the capital.**
U glavnom gradu je izdana proklamacija.
**Town criers were sent into the city.**
U grad su poslani gradski glasnici.

**And they beat their drums for attention.**
I udarali su u bubnjeve kako bi privukli pažnju.
**"The rajah's son has lost his mental faculties"**
„Radžin sin je izgubio mentalne sposobnosti"
**"The rajah seeks a cure for his son"**
"Radža traži lijek za svog sina"
**"A reward is offered for the cure"**
"Za lijek se nudi nagrada"
**"The hand of the rajah's daughter"**
"Ruka radžine kćeri"
**"Her hand comes with half his kingdom"**
"Njezina ruka dolazi s polovicom njegova kraljevstva"
**The drum was beaten around the city.**
Bubanj se udarao po gradu.
**But no one felt they could touch the drum.**
Ali nitko nije osjećao da može dotaknuti bubanj.
**No one knew the cause of his madness.**
Nitko nije znao uzrok njegovog ludila.
**At last an old woman came forward.**
Napokon je istupila jedna starica.
**And she stepped up to touch the drum.**
I prišla je da dodirne bubanj.
**"I will discover the cause of his madness"**
"Otkriću uzrok njegovog ludila"
**"And I will cure him from his disease"**
"I izliječit ću ga od njegove bolesti"
**She had seen what happened to the boy.**
Vidjela je što se dogodilo dječaku.
**She was at the water's edge that day.**
Tog dana je bila na rubu vode.
**It was her who was gathering up sticks.**
Ona je skupljala grančice.
**This woman had a crack-brained son.**
Ova žena je imala sina s poremećenim mozgom.
**Her son was named of Phakir-Chand.**
Njen sin se zvao Phakir-Chand.
**So she was called Phakir's mother.**

Zato su je zvali Phakirova majka.
**The woman was brought before the rajah.**
Ženu su doveli pred radžu.
**And the following conversation took place.**
I odvio se sljedeći razgovor.
**"You are the woman that touched the drum"**
"Ti si žena koja je dodirnula bubanj"
**"You know the cause of my son's madness?"**
„Znate li uzrok ludila moga sina?"
**"Yes, oh incarnation of justice!"**
„Da, o utjelovljenje pravde!"
**"I know the cause of your son's madness"**
„Znam uzrok ludila tvog sina."
**"But I will not say the cause of his madness"**
„Ali neću reći uzrok njegovog ludila"
**"First I will cure your son of his madness"**
"Prvo ću izliječiti tvog sina od ludila"
**"How can I believe you are able to?"**
„Kako mogu vjerovati da si to sposoban?"
**"The best physicians of the land have failed"**
„Najbolji liječnici u zemlji su zakazali"
**"You need not now believe, my king"**
„Sada ne moraš vjerovati, kralju moj"
**"Wait till I have performed the cure"**
"Pričekajte dok ne izvršim lijek"
**"Many an old woman knows many secrets"**
"Mnoge starice znaju mnoge tajne"
**"Secrets wise men are unacquainted with"**
"Tajne s kojima mudraci nisu upoznati"
**"Very well, let me see what you can do"**
„Vrlo dobro, da vidim što možeš učiniti"
**"In what time will you perform the cure?"**
„Za koje vrijeme ćete izvršiti lijek?"
**"It is impossible to fix the time"**
"Nemoguće je popraviti vrijeme"
**"Ff course I will begin work immediately"**
„Naravno da ću odmah početi raditi"

"But I need your lordship's assistance"
„Ali trebam pomoć Vaše Milosti."
"What help do you require from me?"
„Koju pomoć trebate od mene?"
"Your lordship will please order a hut"
„Vaša lordstvo će, molim vas, naručiti kolibu."
"Have the hut raised on the embankment of the water"
"Neka kolibu podignu na vodenom nasipu"
"Where your son first caught the disease"
„Gdje se vaš sin prvi put zarazio"
"I mean to live in that hut for a few days"
„Namjeravam živjeti u toj kolibi nekoliko dana."
"And please order some of your servants"
„I molim vas, naredite nekim od svojih slugu"
"They have to be in attendance at a distance"
„Moraju biti prisutni na daljinu"
"Tell them to be about a hundred yards away"
"Reci im da budu udaljeni stotinjak metara."
"That way I can call them over when we need them"
„Tako ih mogu pozvati kad nam zatrebaju"
The king had listened attentively.
Kralj je pažljivo slušao.
"I will order that to be immediately done"
"Naredit ću da se to odmah učini"
"Do you want anything else?"
"Želiš li još nešto?"
"Those are all the preparations I need"
„To su sve pripreme koje su mi potrebne"
"But let me remind you of the agreement"
„Ali dopustite mi da vas podsjetim na sporazum."
"You promised the hand of your daughter"
"Obećao si ruku svoje kćeri"
"And you promised half your kingdom"
„I obećao si pola svog kraljevstva"
"But I can't marry your daughter"
„Ali ne mogu oženiti tvoju kćer"
"Because your daughter has to marry a man"

„Jer se tvoja kći mora udati za muškarca"
**"But I also have a son of marriageable age"**
„Ali imam i sina u dobi za ženidbu"
**"Allow my son to marry your daughter"**
"Dopusti mom sinu da se oženi tvojom kćeri"
**"Allow him to have half of your kingdom"**
"Daj mu polovicu tvog kraljevstva"
**The king was agreed with the terms.**
Kralj se složio s uvjetima.
**"If you find a cure, he marries my daughter"**
„Ako pronađe lijek, on će oženiti moju kćer."
**"And half of my kingdom shall be his"**
„I polovica mog kraljevstva bit će njegova"
**A temporary hut was quickly erected.**
Privremena koliba je brzo podignuta.
**The hut was built on the embankment of the water.**
Koliba je izgrađena na nasipu vode.
**And Phakir's mother took up her abode.**
I Phakirova majka se nastanila.
**An outpost was also erected at some distance.**
Na određenoj udaljenosti podignuta je i ispostava.
**Because the woman might require some attendance.**
Jer ženi bi mogla biti potrebna određena pažnja.
**Strict orders were given by Phakir's mother.**
Phakirova majka dala je stroge naredbe.
**No one was allowed to go near the water.**
Nitko nije smio prići vodi.
**Only she was allowed to stay by the water.**
Samo je ona smjela ostati uz vodu.

**But let us leave Phakir's mother at the water.**
Ali ostavimo Phakirovu majku kod vode.
**Let us hasten down the subterranean palace.**
Požurimo niz podzemnu palaču.
**To see what the prince and the princess are doing.**
Da vidi što princ i princeza rade.
**The princess did want to go up again.**

Princeza je doista htjela ponovno ići gore.
**But she now knew that it would be dangerous.**
Ali sada je znala da će to biti opasno.
**And she had given up the idea of a fourth visit.**
I odustala je od ideje o četvrtom posjetu.
**But women generally have greater curiosity.**
Ali žene općenito imaju veću znatiželju.
**And the princess was no exception to the rule.**
I princeza nije bila iznimka od pravila.
**One day her husband was asleep.**
Jednog dana njen muž je spavao.
**He always slept after his noonday meal.**
Uvijek je spavao nakon podnevnog obroka.
**She took the snake-jewel in her hand.**
Uzela je zmijski dragulj u ruku.
**And she rushed out of the palace.**
I ona je pojurila iz palače.
**And she came up to the upper world.**
I došla je do gornjeg svijeta.
**There was an upheaval in the waters.**
Došlo je do uzburkavanja voda.
**And Phakir's mother was on high alert.**
I Phakirova majka bila je u stanju visoke pripravnosti.
**She was hiding in the hut.**
Skrivala se u kolibi.
**And she was looking through the chinks.**
I gledala je kroz pukotine.
**The princess saw no human being nearby.**
Princeza nije vidjela nijedno ljudsko biće u blizini.
**So she came to the bank of the water.**
Tako je došla do obale vode.
**Phakir's mother showed herself outside the hut.**
Phakirova majka pojavila se ispred kolibe.
**And she addressed the princess politely.**
I uljudno se obratila princezi.
**"Come, my child, thou queen of beauty"**
"Dođi, dijete moje, kraljice ljepote"

**"Come to me, and I will help you to bathe"**
„Dođi k meni i pomoći ću ti da se okupaš"
**So saying, she approached the princess.**
Rekavši to, približila se princezi.
**The princess saw she was just an old woman.**
Princeza je vidjela da je ona samo starica.
**So she made no resistance to her offer.**
Stoga se nije opirala njezinoj ponudi.
**The old woman was washing the princess' hair.**
Starica je prala princezinu kosu.
**And she noticed the bright jewel in her hand.**
I primijetila je sjajni dragulj u svojoj ruci.
**"Out the jewel here till you are bathed"**
"Izvadi dragulj ovdje dok se ne okupaš"
**Now the jewel was in the hands of Phakir's mother.**
Sada je dragulj bio u rukama Phakirove majke.
**She wrapped the jewel up in a cloth.**
Zamotala je dragulj u krpu.
**And she wrapped the cloth around her waist.**
I omotala je tkaninu oko struka.
**Now the princess was unable to escape.**
Sada princeza nije mogla pobjeći.
**And Phakir's mother gave the signal.**
I Phakirova majka dala je znak.
**The attendants rushed to the water.**
Pratnjaši su pojurili prema vodi.
**And they took the princess captive.**
I zarobili su princezu.
**The news soon reached the city.**
Vijest je ubrzo stigla u grad.
**"Phakir's mother had captured a water-nymph"**
„Phakirova majka je uhvatila vodenu nimfu"
**And the people rejoiced at the news.**
I ljudi su se obradovali vijestima.
**All came to see the"daughter of the immortals"**
Svi su došli vidjeti "kćer besmrtnika"
**She was brought to the palace.**

Doveli su je u palaču.
**And she was brought to the rajah's son.**
I dovedena je radžinom sinu.
**The rajah's son was still of impaired intellect.**
Radžin sin je još uvijek bio intelektualno oslabljen.
**But that cloud on his brain soon dissipated.**
Ali taj oblak na njegovom mozgu ubrzo se raspršio.
**"I have found you! I have found you!"**
"Našao sam te! Našao sam te!"
**His eyes had been vacant and lusterless.**
Oči su mu bile prazne i bez sjaja.
**But now his eyes had the fire of intelligence.**
Ali sada su mu oči sjale inteligencijom.
**He had almost lost the use of his tongue.**
Gotovo je izgubio upotrebu jezika.
**"Now here, now gone!" was all he had been able to say.**
„Sad ovdje, sad nestalo!" bilo je sve što je uspio reći.
**But this sense too was restored.**
Ali i taj osjećaj je bio obnovljen.
**The joy of the rajah knew no bounds.**
Radosti radže nije bilo granica.
**There was great festivity in the city.**
U gradu je vladala velika svečanost.
**The people praised Phakir-Chand's mother.**
Ljudi su hvalili Phakir-Chandovu majku.
**And everyone soon expected the marriage.**
I svi su ubrzo očekivali vjenčanje.
**The rajah's son was to wed the water-nymph.**
Radžin sin trebao se oženiti vodenom nimfom.
**The princess, however, had made a promise.**
Princeza je, međutim, dala obećanje.
**She told Phakir's mother of her promise.**
Rekla je Phakirovoj majci o svom obećanju.
**"I won't as much as look at another man"**
„Neću ni pogledati drugog muškarca"
**"For one year my vows shall last"**
"Jednu godinu će trajati moji zavjeti"

"The marriage cannot happen in that time"
"Brak se ne može dogoditi u tom vremenu"
The rajah's son was somewhat disappointed.
Radžin sin bio je pomalo razočaran.
But he readily agreed to the delay.
Ali on je lako pristao na odgodu.
"Delay enhances the sweetness of the pleasure"
„Odgoda pojačava slatkoću užitka"
Of course the princess spent her time in sorrow.
Naravno da je princeza provodila vrijeme u tuzi.
She spent her days and nights sighing.
Dane i noći provodila je uzdišući.
And she lamented her idle curiosity.
I jadikovala je nad svojom praznom znatiželjom.
The curiosity that led her to the upper world.
Znatiželja koja ju je vodila u gornji svijet.
The curiosity that separated her from her husband.
Znatiželja koja ju je odvajala od muža.
She thought of her unfortunate husband.
Mislila je na svog nesretnog muža.
She had left him all alone below the waters.
Ostavila ga je sasvim samog pod vodom.
And she wept bitter tears each day.
I svaki je dan plakala gorke suze.
She wished that she could run away.
Poželjela je da može pobjeći.
But that would have been impossible.
Ali to bi bilo nemoguće.
Because she was immured within walls.
Jer je bila zazidana među zidovima.
And there were walls within the walls.
I unutar zidova su bili zidovi.
And what use was getting out the palace?
I čemu je služilo izlaženje iz palače?
She couldn't get to her husband anyway.
Ionako nije mogla doći do svog muža.
She didn't have the serpent jewel.

Nije imala zmijski dragulj.
**The ladies of the palace tried to comfort her.**
Dame iz palače pokušale su je utješiti.
**And Phakir's mother tried to divert her mind.**
I Phakirova majka pokušala je odvratiti njezine misli.
**But their efforts were in vain.**
Ali njihovi napori bili su uzaludni.
**She took pleasure in nothing.**
Ni u čemu nije uživala.
**She hardly spoke to anyone.**
Jedva je s kim razgovarala.
**She wept throughout the day.**
Plakala je cijeli dan.
**And she wept through the night.**
I plakala je cijelu noć.

**The year of her vow was drawing to a close.**
Godina njezinih zavjeta bližila se kraju.
**But she was still disconsolate.**
Ali i dalje je bila neutješna.
**The marriage, however, had to be celebrated.**
Vjenčanje se, međutim, moralo proslaviti.
**The rajah consulted the astrologers.**
Radža se konzultirao s astrolozima.
**The day and the hour had been decided.**
Dan i sat su bili određeni.
**The nuptial knot was to be tied.**
Bračni čvor je trebao biti vezan.
**Great preparations were made.**
Napravljene su velike pripreme.
**The confectioners were busy day and night.**
Slastičari su bili zauzeti danju i noću.
**They prepared all sorts of sweetmeats.**
Pripremali su sve vrste slatkiša.
**Milkmen supplied the palace with tanks of curds.**
Mljekari su opskrbljivali palaču cisternama skute.
**Great quantities of gunpowder were manufactured.**

Proizvodile su se velike količine baruta.
**There were going to be grand fireworks.**
Trebao je biti veličanstveni vatromet.
**Stages were erected everywhere.**
Posvuda su bile postavljene pozornice.
**And musicians were selected to play music.**
I glazbenici su bili odabrani da sviraju glazbu.
**All the city assumed an air of mirth.**
Cijeli grad je poprimio atmosferu veselja.
**All looked forward to the festivities.**
Svi su se veselili svečanostima.

**We must return out attention to the minister's son.**
Moramo ponovno usmjeriti pozornost na ministrovog sina.
**He had left his friend in the subterranean palace.**
Ostavio je svog prijatelja u podzemnoj palači.
**And he had gone to his country.**
I otišao je u svoju zemlju.
**He was bringing horses and elephants.**
Dovodio je konje i slonove.
**And he had with him many attendants.**
I imao je sa sobom mnogo pratitelja.
**For the return of the king's son.**
Za povratak kraljevog sina.
**And for the return of his lovely princess.**
I za povratak njegove ljupke princeze.
**So that the ceremony had due pomp.**
Tako da je ceremonija imala dužnu pompu.
**The preparations took him many months.**
Pripreme su mu trajale mnogo mjeseci.
**But eventually all was prepared.**
Ali na kraju je sve bilo pripremljeno.
**And the minister's son started on his journey.**
I ministarov sin krenu na put.
**He was accompanied by a long train of elephants.**
Pratila ga je dugačka kolona slonova.
**And behind the elephants were horses.**

A iza slonova bili su konji.
**And all the horses had their own attendants.**
I svi su konji imali svoje pratioce.
**He reached the water ahead of schedule.**
Stigao je do vode prije roka.
**So he had two or three days to spare.**
Dakle, imao je dva ili tri dana slobodno.
**Tents were pitched in the mango slopes.**
Šatori su bili postavljeni na obroncima manga.
**So the men and cattle had accommodation.**
Tako su muškarci i stoka imali smještaj.
**The minister's son kept his eyes on the water.**
Ministarov sin nije skidao pogled s vode.
**The sun of the appointed day sank below the horizon.**
Sunce dogovorenog dana zašlo je ispod horizonta.
**But there was no sign of the prince.**
Ali nije bilo ni traga od princa.
**Nor did the princess come to the surface.**
Niti je princeza izašla na površinu.
**He waited two or three days longer.**
Čekao je još dva ili tri dana.
**Still the prince did not make his appearance.**
Princ se ipak nije pojavio.
**What could have happened to his friend?**
Što se moglo dogoditi njegovom prijatelju?
**And where was his beautiful wife?**
A gdje je bila njegova lijepa žena?
**Had another serpent beaten them to death?**
Je li ih neka druga zmija pretukla na smrt?
**Possibly the mate of the one that had died.**
Moguće je da je to bio partner onoga koji je umro.
**Had they somehow lost the serpent-jewel?**
Jesu li nekako izgubili zmijski dragulj?
**Or had they perhaps visited the upper world?**
Ili su možda posjetili gornji svijet?
**And had they been captured in the upper world?**
I jesu li bili zarobljeni u gornjem svijetu?

**Such were the reflections of the prince's friend.**
Takve su bile misli prinčevog prijatelja.
**The prince's friend was overwhelmed with grief.**
Prinčevog prijatelja obuzela je tuga.
**The waters were quite close to the city.**
Vode su bile prilično blizu grada.
**And often the sound of music could be heard.**
I često se mogao čuti zvuk glazbe.
**He asked passers-by what that music meant.**
Pitao je prolaznike što ta glazba znači.
**He was told about the rajah's son.**
Rečeno mu je o radžinom sinu.
**And he was told of a wonderful young lady.**
I ispričali su mu o jednoj divnoj mladoj dami.
**And he was told they were going to marry.**
I rečeno mu je da će se vjenčati.
**And he was told more about the wonderful lady.**
I ispričali su mu više o divnoj gospođi.
**She had come out of the waters he was waiting by.**
Izašla je iz voda pokraj kojih ju je čekao.
**The marriage ceremony was in two days.**
Vjenčanje je bilo za dva dana.
**The minister's son made the connection.**
Ministrov sin je uspostavio vezu.
**The wonderful young lady was the wife of his friend.**
Divna mlada dama bila je supruga njegovog prijatelja.
**He resolved, therefore, to go into the city.**
Stoga je odlučio otići u grad.
**And he was going to find out all he could.**
I namjeravao je saznati sve što može.
**If he could, he would rescue the princess.**
Kad bi mogao, spasio bi princezu.
**He told the attendants to go home.**
Rekao je pratiocima da idu kući.
**And he told them to take the elephants.**
I rekao im je da uzmu slonove.
**And he told them to take the horses.**

I rekao im je da uzmu konje.
**And he himself went to the city.**
I sam je otišao u grad.
**And he took up his abode in the house of a Brahman.**
I nastanio se u kući jednog brahmana.
**First, he rested from his journey.**
Prvo se odmorio od svog putovanja.
**Then the prince's friend had his dinner.**
Zatim je prinčev prijatelj večerao.
**And then he spoke to the Brahman.**
A onda je progovorio s Brahmanom.
**"Throughout the city there are musicians and bands"**
„Po cijelom gradu ima glazbenika i bendova"
**"What is the cause of all the celebrations?**
„Što je uzrok svih tih slavlja?
**The Brahman was rather surprised.**
Brahman je bio prilično iznenađen.
**"From what part of the world have you come?"**
„Iz kojeg dijela svijeta dolazite?"
**"What rock have you been living under?"**
„Pod kojom si stijenom živio?"
**"Have you not heard the wonderful news?"**
„Nisi li čuo divne vijesti?"
**"A young lady of heavenly beauty"**
„Mlada dama nebeske ljepote"
**"She rose out of the waters"**
"Izronila je iz vode"
**"And she is going to the son of our rajah"**
„I ona ide sinu našeg radže"
**The prince's friend wanted to know more.**
Prinčev prijatelj je htio znati više.
**The information could be useful.**
Informacije bi mogle biti korisne.
**"I have not heard of this news"**
"Nisam čuo/čula za ovu vijest"
**"I have come from a distant country"**
„Došao sam iz daleke zemlje"

"The story has not reached us yet"
„Priča nam još nije stigla"
"Will you kindly tell me the particulars?"
„Možete li mi ljubazno reći detalje?"
**The Brahman was happy to relay the story.**
Brahman je rado ispričao priču.
**"The rajah's son went out hunting"**
"Radžin sin je otišao u lov"
**"It must have been about this time last year"**
"Moralo je biti otprilike u ovo doba prošle godine"
**"They pitched their tents by the waters in the suburbs"**
„Razbili su šatore uz vodu u predgrađu"
**"One day, the rajah's son was walking near the water"**
"Jednog dana, radžin sin je hodao blizu vode"
**"On this day, he saw a young woman"**
„Tog dana ugledao je mladu ženu"
**"I have to mention she was of uncommon beauty"**
„Moram spomenuti da je bila neobične ljepote"
**"She had risen from the depth of the waters"**
„Izronila je iz dubine voda"
**"She gazed about for a minute or two"**
„Promatrala je oko sebe minutu ili dvije"
**"And then the beautiful lady disappeared"**
„A onda je prekrasna dama nestala"
**"The rajah's son, however, had seen her"**
„Međutim, radžin sin ju je vidio"
**"He had been struck by her heavenly beauty"**
„Bio je zadivljen njezinom nebeskom ljepotom"
**"And so he became desperately enamored by her"**
„I tako se očajnički zaljubio u nju"
**"Indeed, she had affected him greatly"**
„Doista, jako je utjecala na njega"
**"And his mental faculties gave way to passion"**
„I njegove mentalne sposobnosti ustupile su mjesto strasti"
**"He was carried home as a mad man"**
„Odnijeli su ga kući kao luđaka"
**"He spoke no words except a few"**

„Nije progovorio nijednu riječ osim nekoliko"
"'now here, now gone!' was all he said"
„'Sad ovdje, sad nestalo!' bilo je sve što je rekao"
"The rajah sent for all the best physicians"
„Radža je poslao po sve najbolje liječnike"
"They tried to restore his son to reason"
„Pokušali su vratiti razum njegovom sinu"
"But the physicians were powerless"
„Ali liječnici su bili nemoćni"
"At last the rajah made a proclamation"
"Napokon je radža objavio proglas"
"And he had the drum beat around the kingdom"
„I bubnjao je po cijelom kraljevstvu"
"There was a reward for anyone who cured his son"
"Postojala je nagrada za svakoga tko bi izliječio njegovog sina"
"They would become the rajah's son-in-law"
„Postali bi radžini zetovi"
"And they would get half the kingdom"
„ I dobili bi pola kraljevstva"
"An old woman answered the call of the drum"
"Starica se odazvala zovu bubnja"
"All knew her as Phakir's mother"
„Svi su je znali kao Phakirovu majku"
"She said she could cure the rajah's son"
„Rekla je da može izliječiti radžinog sina"
"She had a hut built outside the town"
„Dala je sagraditi kolibu izvan grada"
"In the suburbs, next to the waters"
„U predgrađu, uz vodu"
"An in the hut she took her abode"
"I u kolibi se nastanila"
"She also had some huts erected close by"
„Također je dala podići nekoliko koliba u blizini"
"And in those huts attendants waited"
„A u tim kolibama čekali su poslužitelji"
"In case she might need their help"
„U slučaju da joj zatreba njihova pomoć"

"It seems the goddess rose from the waters"
"Čini se da se božica uzdigla iz vode"
"Phakir's mother and the attendants seized her"
„Phakirova majka i pratitelji su je uhvatili"
"And they carried her in a palki to the palace"
„I odnijeli su je u kolicima u palaču"
"The rajah's son saw the water-nymph"
„Radžin sin ugledao je vodenu nimfu"
"And he was soon restored to his senses"
„I ubrzo se osvijestio"
"They would have married there and then"
„Vjenčali bi se tamo i tada"
"But the water goddess had made a vow"
„Ali božica vode dala je zavjet"
"She wouldn't look at a man for one year"
„Nije htjela pogledati muškarca godinu dana"
"The year of the vow is now over"
„Godina zavjeta je sada završena"
"The music is from the rajah's palace"
„Glazba je iz radžine palače"
"This, in brief, is the story"
„Ovo je, ukratko, priča"
The prince's friend could put the story together.
Prinčev prijatelj je mogao sastaviti priču.
"a truly wonderful story!"
„zaista prekrasna priča!"
"So where is Phakir's mother?"
„Dakle, gdje je Phakirova majka?"
"And where is Phakir-Chand himself?"
„A gdje je sam Phakir-Chand?"
"Has he received the hand of the rajah's daughter?"
„Je li primio ruku radžine kćeri?"
"And has he received half the kingdom?"
„I je li primio pola kraljevstva?"
The Brahman could also answer these questions.
Brahman je također mogao odgovoriti na ova pitanja.
"No, they have not married yet"

„Ne, još se nisu vjenčali"

**"And he doesn't yet have half the kingdom"**

„I još nema pola kraljevstva"

**"And, I should say, he is a dimwitted lad"**

„I, moram reći, on je glup momak"

**"In fact, no one knows where the lad is"**

"Zapravo, nitko ne zna gdje je mladić"

**"He has been away from home for more than a year"**

„Bio je izvan kuće više od godinu dana"

**"That is his manner," he explained.**

„To je njegov način", objasnio je.

**"He stays away for a long time"**

"On dugo ostaje odsutan"

**"And then suddenly he comes home"**

„I onda odjednom dođe kući"

**"And then suddenly he leaves again"**

„A onda iznenada opet ode"

**"I believe his mother expects him to come soon"**

„Vjerujem da njegova majka očekuje da će uskoro doći."

**This was very useful information.**

Ovo je bila vrlo korisna informacija.

**"What is he like?" he asked.**

„Kakav je on?" upitao je.

**"And what does he do when he returns home?"**

„A što radi kad se vrati kući?"

**These questions the Brahman could also answer.**

Na ova pitanja je Brahman također mogao odgovoriti.

**"Well, he is about your height"**

„Pa, otprilike je tvoje visine."

**"Though he is somewhat younger than you"**

„Iako je nešto mlađi od tebe"

**"He wears a small piece of cloth round his waist"**

„Nosi mali komad tkanine oko struka"

**"And he rubs his body with ashes"**

„I trlja svoje tijelo pepelom"

**"He carries the branch of a tree in his hand"**

„U ruci nosi granu drveta"

**"And there is a tune to which he dances"**
„I postoji melodija uz koju pleše"
**"He comes to the door of the hut of his mother"**
"Dolazi do vrata kolibe svoje majke"
**"And he sings 'dhoop! dhoop! dhoop!'"**
"I pjeva 'dhoop! dhoop! dhoop!'"
**"His articulation is very indistinct"**
„Njegova artikulacija je vrlo nejasna"
**"'Come, stay with your mother,' she says"**
„' Dođi, ostani s majkom', kaže ona."
**"And he always gives the same answer"**
„I uvijek daje isti odgovor"
**"'No, I won't remain,' he says unintelligibly"**
„'Ne, neću ostati', kaže nerazumljivo."
**"You should hear him when he wants to say yes"**
„Trebala bi ga čuti kad želi reći da"
**"To answer in the affirmative he says 'hoom'"**
„Da bi potvrdno odgovorio, kaže 'hum'"
**A flood of light entered the prince's friend.**
Poplava svjetlosti ušla je u prinčevog prijatelja.
**He now saw very well how matters stood.**
Sada je vrlo dobro vidio kako stvari stoje.
**The princess must have taken the snake-jewel.**
Princeza je sigurno uzela zmijski dragulj.
**And she must have left the palace alone.**
I morala je sama napustiti palaču.
**And she was captured without the king's son.**
I bila je zarobljena bez kraljevog sina.
**Phakir's mother must have the snake-jewel.**
Phakirova majka mora imati zmijski dragulj.
**His friend was still below the water.**
Njegov prijatelj je još uvijek bio pod vodom.
**The prince had no means of escape.**
Princ nije imao načina za bijeg.
**He could imagine his friends desolate state.**
Mogao je zamisliti očajno stanje svojih prijatelja.
**And he could imagine how hopeless he must be.**

I mogao je zamisliti koliko beznadežan mora biti.
**The prince's friend was filled with grief.**
Prinčev prijatelj bio je ispunjen tugom.
**But that was not cause to give up hope.**
Ali to nije bio razlog za gubitak nade.
**Perhaps he could rescue his friend.**
Možda bi mogao spasiti svog prijatelja.
**"I must get the jewel from the old woman"**
„Moram uzeti dragulj od starice"
**"Can I not do it by personating Phakir-Chand?"**
„Zar to ne mogu učiniti oponašajući Phakir-Chanda?"
**"His mother is expecting him soon"**
"Njegova majka ga uskoro očekuje"
**"Maybe I can rescue the princess the same way"**
„Možda mogu spasiti princezu na isti način."

**He resolved to act the role of Phakir-Chand.**
Odlučio je glumiti ulogu Phakir-Chanda.
**In the morning he left the Brahman's house.**
Ujutro je napustio Brahmanovu kuću.
**And he went to the outskirts of the city.**
I otišao je na rub grada.
**He divested himself of his usual clothing.**
Skinuo je sa sebe svoju uobičajenu odjeću.
**Around his waist he put a narrow piece of cloth.**
Oko struka je stavio uski komad tkanine.
**The cloth scarcely reached his knees.**
Tkanina mu je jedva dosezala do koljena.
**And he rubbed his body well with ashes.**
I dobro je natrljao tijelo pepelom.
**And finally he broke some twigs off a tree.**
I na kraju je odlomio nekoliko grančica s drveta.
**And thus he was ready to play his role.**
I tako je bio spreman odigrati svoju ulogu.
**He went to the door of the hut of Phakir's mother.**
Otišao je do vrata kolibe Phakirove majke.
**And he commenced the operation by dancing.**

I započeo je operaciju plesom.
**He danced in a most violent manner.**
Plesao je na najnasilniji način.
**And he sung to the tune of"dhoop! dhoop! dhoop!"**
I pjevao je na melodiju "dhoop! dhoop! dhoop!"
**The dancing attracted the notice of the old woman.**
Ples je privukao pozornost starice.
**The critical moment had come.**
Došao je kritični trenutak.
**The old woman looked to her door.**
Starica je pogledala prema svojim vratima.
**"Phakir-Chand, my son, have you come?"**
„Phakir-Chand, sine moj, jesi li došao?"
**"my darling; the gods have become propitious to us"**
„Draga moja, bogovi su nam bili naklonjeni"
**Her supposed son uttered the monosyllable, "hoom"**
Njen navodni sin izgovorio je jednosložno "hum"
**And he danced more violent than before.**
I plesao je žešće nego prije.
**And he waved the twig in his hand.**
I mahao je grančicom u ruci.
**"this time you must not go away"**
„Ovaj put ne smiješ otići"
**"you must remain with me"**
„Moraš ostati sa mnom"
**"no, I won't remain," said the prince's friend.**
„Ne, neću ostati", rekao je prinčev prijatelj.
**"remain with me," the mother tried again.**
„Ostani sa mnom", pokušala je majka ponovno.
**"i'll get you married to the rajah's daughter"**
"Oženit ću te radžinom kćeri"
**"will you marry, Phakir-Chand?"**
„Hoćeš li se oženiti, Phakir-Chand?"
**The minister's son replied—"hoom, hoom"**
Ministarov sin je odgovorio: „Hum, hum"
**And he danced even more like a madman.**
I plesao je još više kao luđak.

"will you come with me to the rajah's house?"
"Hoćeš li poći sa mnom u radžinu kuću?"
"I'll show you a princess of uncommon beauty"
"Pokazat ću ti princezu neobične ljepote"
"She rose from the waters"
"Izašla je iz vode"
"hoom, hoom," was the answer from his lips.
„Hum, hum", bio je odgovor s njegovih usana.
And his feet stomped violently to"dhoop! dhoop!"
I njegove su noge silovito lupale uz "dup! dup!"
"Do you wish to see a jewel, Phakir?"
„Želiš li vidjeti dragulj, Phakire?"
"The crest jewel of the serpent"
"Grb dragulja zmije"
"The treasure of seven kings"
"Blago sedam kraljeva"
"hoom, hoom," was the reply.
„Hum, hum", bio je odgovor.
The old woman went back into the hut.
Starica se vratila u kolibu.
And she brought out the snake-jewel.
I izvadila je zmijski dragulj.
She put the jewel into the hand of her supposed son.
Stavila je dragulj u ruku svog navodnog sina.
The minister's son took the snake-jewel.
Ministarov sin je uzeo zmijski dragulj.
He wrapped the jewel up in the piece of cloth.
Zamotao je dragulj u komad tkanine.
And he wrapped the cloth around his waist.
I omotao je tkaninu oko struka.
Phakir's mother was delighted beyond measure.
Phakirova majka bila je neizmjerno oduševljena.
Her son had come at just the right time.
Njen sin je došao u pravo vrijeme.
She went to the rajah's house.
Otišla je u radžinu kuću.
She announced the news of Phakir's appearance.

Objavila je vijest o Phakirovom pojavljivanju.
**And also in order to show Phakir the princess.**
A također i kako bi Phakiru pokazala princezu.
**They were given access to the rajah's palace.**
Dobili su pristup radžinoj palači.
**And all parts of the palace were open to them.**
I svi dijelovi palače bili su im otvoreni.
**The old woman had saved the rajah's son.**
Starica je spasila radžinog sina.
**So she was the most important person in the kingdom.**
Dakle, bila je najvažnija osoba u kraljevstvu.
**She took her supposed son around the palace.**
Vodila je svog navodnog sina po palači.
**And she took him to the princess' room.**
I odvela ga je u princezinu sobu.
**Phakir's mother introduced her son to the princess.**
Phakirova majka upoznala je sina s princezom.
**You can imagine the princess was not best impressed.**
Možete zamisliti da princeza nije bila baš impresionirana.
**She did not appreciate the company of a madman.**
Nije cijenila društvo luđaka.
**A madman, half naked, and covered in ash.**
Luđak, polugol i prekriven pepelom.
**And he kept dancing in a wild manner.**
I nastavio je divlje plesati.

**The three had spent the day together.**
Njih troje su proveli dan zajedno.
**It was soon going to be sunset.**
Uskoro će zalazak sunca.
**The woman asked her son to come with her.**
Žena je zamolila sina da pođe s njom.
**But the supposed Phakir-Chand refused to comply.**
Ali navodni Phakir-Chand odbio je poslušati.
**He said he would stay there that night.**
Rekao je da će tu noć ostati tamo.
**His mother tried to persuade him to come with her.**

Majka ga je pokušala nagovoriti da pođe s njom.
**But he persisted in his determination.**
Ali on je ustrajao u svojoj odlučnosti.
**He said he would remain with the princess.**
Rekao je da će ostati s princezom.
**Phakir's mother went home without him.**
Phakirova majka otišla je kući bez njega.
**And she told the guards to look after her son.**
I rekla je stražarima da paze na njezina sina.
**Eventually all the palace retired to rest.**
Napokon se cijela palača povukla na počinak.
**The supposed Phakir spoke to the princess again.**
Navodni Phakir ponovno je razgovarao s princezom.
**But this time he spoke in his own voice.**
Ali ovaj put je govorio svojim glasom.
**"Princess! do you not recognize me?"**
„Princezo! Zar me ne prepoznaješ?"
**"I am the prince's friend"**
"Ja sam prinčev prijatelj"
**"I am the friend of your princely husband"**
„Ja sam prijatelj tvog kneževskog muža"
**The princess was astonished for a moment.**
Princeza se na trenutak začudila.
**"Who? the prince's friend?"**
„Tko? Prinčev prijatelj?"
**"Oh, my husband's best friend"**
" Oh, najbolji prijatelj mog muža"
**"Please rescue me from this terrible captivity"**
"Molim te, spasi me iz ovog strašnog zatočeništva"
**"This is worse than death"**
"Ovo je gore od smrti"
**"All of this is my own fault"**
"Sve je ovo moja vlastita krivnja"
**"Rescue me, oh please, thou best of friends!"**
"Spasi me, molim te, najbolji prijatelju!"
**She then burst into tears.**
Zatim je briznula u plač.

**The prince's friend spoke again.**
Prinčev prijatelj ponovno je progovorio.
**"Do not be disconsolate"**
„Ne budite neutješni"
**"I will try my best to rescue you"**
"Dat ću sve od sebe da te spasim"
**"I will try to have you out of here tonight"**
"Pokušat ću te večeras izvesti odavde"
**"But you must do whatever I tell you"**
„Ali moraš učiniti sve što ti kažem"
**The princess trusted the prince's friend.**
Princeza je vjerovala prinčevom prijatelju.
**"I will do anything you tell me"**
„Učinit ću sve što mi kažeš"
**After this the supposed Phakir left the room.**
Nakon toga navodni Phakir je napustio sobu.
**He passed through the courtyard of the palace.**
Prošao je kroz dvorište palače.
**Some of the guards challenged him.**
Neki od stražara su ga izazvali.
**"hoom hoom!" he replied.**
„Hum hum!", odgovorio je.
**"I'm just going out for a minute"**
"Izlazim samo na minutu"
**"And then I will come back again"**
„A onda ću se opet vratiti"
**They understood that it was the madcap Phakir.**
Shvatili su da je to bio ludi Phakir.
**True to his word he did come back shortly.**
Vjeran svojoj riječi, ubrzo se vratio.
**And again he went to the princess.**
I opet je otišao do princeze.
**An hour afterwards he again went out.**
Sat vremena kasnije opet je izašao.
**And again he was challenged by the guards.**
I opet su ga stražari izazvali.
**He made the same reply as at the first time.**

Dao je isti odgovor kao i prvi put.
**The guards began to talk among themselves.**
Stražari su počeli razgovarati među sobom.
**"This Phakir surely has no sense"**
„Ovaj Phakir sigurno nema pameti"
**"He will go out and come in all night"**
"Izlazit će i dolaziti cijelu noć"
**"Let us leave him to do what he likes"**
"Pustimo ga da radi što hoće"
**"There's no use guarding him all night"**
"Nema smisla čuvati ga cijelu noć"
**The minister's son had worn down the guards.**
Ministrov sin je iscrpio stražare.
**And he was looking for a way to escape.**
I tražio je način da pobjegne.
**He kept going in and out until three at night.**
Ulazio je i izlazio sve do tri sata noću.
**This time there were no guards there.**
Ovaj put nije bilo stražara.
**Because all the guards had fallen asleep.**
Jer su svi stražari zaspali.
**He was overjoyed at the auspicious circumstance.**
Bio je presretan zbog povoljnih okolnosti.
**Then he went back to the princess.**
Zatim se vratio princezi.
**"Now, princess, is the time for escape"**
"Sada, princezo, vrijeme je za bijeg"
**"The guards are all asleep"**
"Svi stražari spavaju"
**"You must mount on my back"**
"Moraš se popeti na moja leđa"
**"Tie the locks of your hair round my neck"**
"Zaveži pramenove svoje kose oko mog vrata"
**"And keep tight hold of me"**
"I čvrsto me drži"
**The princess did what she was asked of.**
Princeza je učinila što se od nje tražilo.

He passed unchallenged through the courtyard.
Neometan je prošao kroz dvorište.
And he had a lovely burden on his back.
I imao je lijep teret na leđima.
Eventually he got to the gate of the palace.
Napokon je stigao do vrata palače.
And he went through without being challenged.
I prošao je bez ikakvog izazova.
Then they went to the outskirts of the city.
Zatim su otišli na rub grada.
Eventually he reached the outer suburbs.
Napokon je stigao do vanjskih predgrađa.
They reached the water from which the princess had risen.
Stigli su do vode iz koje je princeza izašla.
The princess rejoiced at her escape.
Princeza se radovala svom bijegu.
But she was still trembling with fear.
Ali još uvijek je drhtala od straha.
The prince's friend untied the snake-jewel.
Prinčev prijatelj odvezao je zmijski dragulj.
And together they ascended into the water.
I zajedno su se uzdigli u vodu.
And soon they found back to the subterranean palace.
I ubrzo su se vratili u podzemnu palaču.
You can imagine how happy the prince was.
Možete zamisliti koliko je princ bio sretan.
He had nearly died of grief.
Zamalo je umro od tuge.
And you can imagine the princess' happiness too.
I možete zamisliti princezinu sreću.
All the three of them were mad with joy.
Sva trojica su bila luda od radosti.
For three days they remained in the palace.
Tri dana su ostali u palači.
And they retold the prince the whole story.
I prepričali su princu cijelu priču.
They told of how the princess was seized.

Ispričali su kako je princeza bila oteta.
**They told him of her captivity in the palace.**
Rekli su mu o njezinom zatočeništvu u palači.
**They described the marriage that was planned.**
Opisali su planirani brak.
**They told him of the old woman.**
Rekli su mu o starici.
**And they told him all about her Phakir-Chand.**
I ispričali su mu sve o njenom Phakir-Chandu.
**They told him how he had impersonated him.**
Rekli su mu kako ga je lažno predstavljao.
**And they told him how he freed the princess.**
I ispričali su mu kako je oslobodio princezu.
**I don't need to tell you how grateful they were.**
Ne moram vam reći koliko su bili zahvalni.
**The prince's friend truly was a good friend.**
Prinčev prijatelj je zaista bio dobar prijatelj.
**They thanked him in the warmest terms.**
Zahvalili su mu najtoplijim riječima.
**And they vowed to always follow his counsel.**
I zakleli su se da će uvijek slijediti njegov savjet.

**They were all resolved to return home.**
Svi su bili odlučni vratiti se kući.
**They wanted to return to their native country.**
Željeli su se vratiti u svoju rodnu zemlju.
**The king's son, the minister's son, and the princess.**
Kraljev sin, ministarov sin i princeza.
**They left the subterranean palace together.**
Zajedno su napustili podzemnu palaču.
**They lighted the passage with the snake-jewel.**
Osvijetlili su prolaz zmijskim draguljem.
**And they made their way to the upper world.**
I probili su se u gornji svijet.
**They had neither elephants nor horses waiting for them.**
Nisu ih čekali ni slonovi ni konji.
**So they had no choice but to travel on foot.**

Stoga nisu imali drugog izbora nego putovati pješice.
**The two friends had been bred in the lap of luxury.**
Dvoje prijatelja odrasli su u krilu luksuza.
**Both of them found walking troublesome.**
Oboje su smatrali hodanje problematičnim.
**But the princess found it infinitely more troublesome.**
Ali princezi je to bilo beskrajno problematičnije.
**She was used to even finer treatment.**
Bila je naviknuta na još finiji tretman.
**The stones of the road were too rough for her.**
Kamenje na cesti bilo je pregrubo za nju.
**And the rough stones wounded her tender feet.**
I grubo kamenje ranilo je njezina nježna stopala.
**Eventually her feet became very sore.**
Na kraju su je stopala počela jako boljeti.
**At times the king's son carried her on his shoulders.**
Ponekad ju je kraljev sin nosio na ramenima.
**The load he was carrying was of course lovely.**
Teret koji je nosio bio je naravno lijep.
**But although lovely, she was heavy to carry.**
Ali iako lijepa, bila je teška za nositi.
**And she could not be carried a great distance.**
I nije se mogla nositi na veliku udaljenost.
**And therefore she too had to walk often.**
I stoga je i ona morala često hodati.
**One evening they arrived beneath a tree.**
Jedne večeri stigli su pod drvo.
**There were no visible signs of human habitations.**
Nije bilo vidljivih znakova ljudskih nastambi.
**So they decided to make the tree their sleeping place.**
Stoga su odlučili da im drvo bude mjesto za spavanje.
**The prince's friend offered to keep guard.**
Prinčev prijatelj ponudio se da čuva stražu.
**"Both of you can go to sleep"**
"Oboje možete ići spavati"
**"I will keep watch over you both tonight"**
„Pazit ću na vas oboje večeras"

**"In order to prevent any danger"**

„Kako bi se spriječila bilo kakva opasnost"

**The royal couple soon dozed off.**

Kraljevski par je ubrzo zadrijemao.

**And they were locked in the arms of sleep.**

I bili su zaključani u naručju sna.

**The faithful friend of the prince did not sleep.**

Vjerni prijatelj kneza nije spavao.

**He stayed awake and watched for danger.**

Ostao je budan i pazio na opasnost.

**It so happened they camped under a special tree.**

Slučajno su se ulogorili pod posebnim drvetom.

**In the tree swung the nest of two birds.**

Na drvetu se njihalo gnijezdo dviju ptica.

**The immortal birds Bihangama and Bihangami.**

Besmrtne ptice Bihangama i Bihangami.

**These birds were endowed with human speech.**

Ove ptice su bile obdarene ljudskim govorom.

**And they could also see into the future.**

A mogli su i vidjeti budućnost.

**The minister's son listened the bird's conversation.**

Ministarov sin slušao je ptičji razgovor.

**He was more than a little astonished at what he heard!**

Bio je više nego malo zapanjen onim što je čuo!

**Bihangama: "The prince's friend risked his own life"**

Bihangama: „Prinčev prijatelj riskirao je vlastiti život"

**"He did everything for the safety of his friend"**

"Učinio je sve za sigurnost svog prijatelja"

**"But more dangers will befall the king's son"**

„Ali kraljevog će sina zadesiti još više opasnosti"

**"And he will find it difficult to save the prince"**

„I bit će mu teško spasiti princa"

**Bihangami: "Why is that?"**

Bihangami: „Zašto je to tako?"

**Bihangama: "Many dangers await the king's son"**

Bihangama: „Mnoge opasnosti čekaju kraljevog sina"

**"The prince's father will hear of his son's approach"**

„Prinčev otac će čuti za dolazak svog sina."
**"He will send for him an elephant and some horses"**
„Poslat će po njega slona i nekoliko konja"
**"And he will arrange attendants to meet him"**
„I on će pripremiti pratioce da ga dočekaju"
**"The king's son will ride the elephant"**
"Kraljev sin će jahati slona"
**"But he will fall from the back of the elephant"**
"Ali on će pasti s leđa slona"
**"And he will die from his fall from the elephant"**
"I umrijet će od pada sa slona"
**Bihangami: "But suppose someone prevented this?"**
Bihangami: „Ali što ako netko to spriječi?"
**"Suppose the king's son is not going to ride on the elephant"**
"Pretpostavimo da kraljev sin neće jahati na slonu"
**"What might happen if he rides on a horse instead?"**
„Što bi se moglo dogoditi ako umjesto toga jaše na konju?"
**"Will he not in that case be saved?"**
"Neće li se u tom slučaju spasiti?"
**Bihangama: "Yes, in that case he would escape that fate"**
Bihangama: „Da, u tom bi slučaju izbjegao tu sudbinu."
**"But then a fresh danger would await him"**
„Ali onda bi ga čekala nova opasnost"
**"When the king's son is in sight of his father's palace"**
„Kad kraljev sin ugleda očevu palaču"
**"When he is in the act of passing through the lion-gate"**
„Dok prolazi kroz lavlja vrata"
**"In that moment the lion-gate will fall upon him"**
„U tom će se trenutku lavlja vrata srušiti na njega"
**"And the stones will crush him to death"**
„I kamenje će ga zdrobiti do smrti"
**Bihangami: "But suppose someone gets there first"**
Bihangami: „Ali pretpostavimo da netko stigne tamo prvi"
**"Suppose someone destroys the lion-gate"**
„Zamislite da netko uništi lavlja vrata"

"If that happens the king's son couldn't go through the lion-gate"

„Ako se to dogodi, kraljev sin ne bi mogao proći kroz lavlja vrata."

"Will not the king's son in that case be saved?"

„Neće li se u tom slučaju kraljev sin spasiti?"

**Bihangama: "Yes, in that case he would escape his fate"**

Bihangama: „Da, u tom bi slučaju izbjegao svoju sudbinu"

**"But then a fresh danger would await him"**

„Ali onda bi ga čekala nova opasnost"

**"When the king's son reaches the palace"**

„Kad kraljev sin stigne u palaču"

**"When he sits at a feast prepared for him"**

„Kad sjedi za gozbom koja mu je pripremljena"

**"The head of a fish will be cooked for him"**

"Glava ribe bit će mu kuhana"

**"He will put into his mouth the head of the fish"**

„Stavit će riblju glavu u usta"

**"But the head of the fish will stick in his throat"**

"Ali glava ribe će mu se zaglaviti u grlu"

**"And he will choke to death on the head of the fish"**

„I zadavit će se na glavi ribe"

**Bihangami: "But suppose someone snatches the fish"**

Bihangami: „Ali pretpostavimo da netko ukrade ribu"

**"Suppose someone takes the head of the fish from his plate"**

"Zamislite da netko uzme glavu ribe sa svog tanjura"

**"Suppose he can't put the fish's head in his mouth"**

„Pretpostavimo da ne može staviti riblju glavu u usta"

**"Will not the king's son in that case be saved?"**

"Neće li se u tom slučaju kraljev sin spasiti?"

**Bihangama: "Yes, in that case he will escape his fate"**

Bihangama: „Da, u tom slučaju će izbjeći svoju sudbinu."

**"But a fresh danger would await him"**

„Ali čekala bi ga nova opasnost"

**"When the prince and princess retire after dinner"**

„Kad princ i princeza odu na počinak nakon večere"

**"When they go into their sleeping apartment"**

„Kad uđu u svoj spavaći stan"
**"They will lie together in bed"**
"Ležat će zajedno u krevetu "
**"A terrible cobra will come into the room"**
"Strašna kobra će ući u sobu"
**"And the cobra will bite the king's son to death"**
„I kobra će ugristi kraljevog sina do smrti"
**Bihangami: "But suppose someone was in the room"**
Bihangami: „Ali pretpostavimo da je netko bio u sobi"
**"Suppose this person was waiting for the snake"**
„Pretpostavimo da je ova osoba čekala zmiju"
**"And suppose that this person cuts the snake into pieces"**
„I pretpostavimo da ta osoba reže zmiju na komade"
**"Will not the king's son in that case be saved?"**
"Neće li se u tom slučaju kraljev sin spasiti?"
**Bihangama: "Yes, in that case he will escape his fate"**
Bihangama: „Da, u tom slučaju će izbjeći svoju sudbinu."
**"In that case the life of the king's son will be saved"**
„U tom slučaju život kraljevog sina bit će spašen"
**"But he who saves him can't repeat these words"**
„Ali onaj koji ga spasi ne može ponoviti ove riječi"
**"If he tells his secret he will be turned into marble"**
"Ako otkrije svoju tajnu, pretvorit će se u mramor"
**Bihangami: "Can the statue be returned to life?"**
Bihangami: „Može li se kip vratiti u život?"
**Bihangama: "Yes, the marble statue can be restored to life"**
Bihangama: „Da, mramorni kip može se vratiti u život"
**"The princess will give birth to a child"**
"Princeza će roditi dijete"
**"They must wash the statue with the blood of the infant"**
„Moraju oprati kip krvlju dojenčeta."
**The prophetical birds had spoken until that point.**
Proročke ptice su govorile do tog trenutka.
**But then they were interrupted by the craw of crows.**
Ali onda ih je prekinulo graktanje vrana.
**The eastern sky tinted in a reddish hue.**
Istočno nebo obojilo se crvenkastom nijansom.

**And the travelers beneath the tree bestirred themselves.**
I putnici pod drvetom se promeškoljiše.
**The prophetic conversation came to an end.**
Proročki razgovor je završio.
**But the prince's friend had heard everything.**
Ali prinčev prijatelj je sve čuo.

**The next morning they continued their journey.**
Sljedećeg jutra nastavili su putovanje.
**The prince, the princess, and the prince's friend.**
Princ, princeza i prinčev prijatelj.
**Soon they met the king's procession.**
Ubrzo su sreli kraljevu povorku.
**There was an elephant, a horse, and a palki.**
Bio je tu slon, konj i palki.
**And there was a large number of attendants.**
I bio je velik broj pratitelja.
**These animals and men had been sent by the king.**
Ove životinje i ljude poslao je kralj.
**The king heard his son was with his friend.**
Kralj je čuo da mu je sin s prijateljem.
**And he had heard that his son had married.**
I čuo je da mu se sin oženio.
**And he heard they were not far from the capital.**
I čuo je da nisu daleko od glavnog grada.
**The elephant had been richly caparisoned.**
Slon je bio bogato odjeven.
**The elephant was intended for the prince.**
Slon je bio namijenjen princu.
**The framework of the palki was of silver.**
Okvir palki bio je od srebra.
**The palki was meant for the princess.**
Palki je bio namijenjen princezi.
**And the horse was for the prince's friend.**
A konj je bio za prinčevog prijatelja .
**The prince was about to mount on the elephant.**
Princ se upravo spremao uzjahati slona.

**But then his friend spoke to him.**
Ali tada mu se obratio prijatelj.
**"Allow me to ride on the elephant, please"**
"Dopustite mi da jašem na slonu, molim vas"
**"And you can ride back on horseback"**
„I možete se vratiti na konju"
**The prince was not a little surprised.**
Princ je bio nemalo iznenađen.
**The proposal had been made in a very cold manner.**
Prijedlog je bio iznesen na vrlo hladan način.
**Maybe his friend felt a little too entitled.**
Možda se njegov prijatelj osjećao malo previše povlaštenim.
**And the king's son was slightly annoyed.**
I kraljev sin je bio pomalo uznemiren.
**But he remembered what his friend had done for him.**
Ali sjetio se što je njegov prijatelj učinio za njega.
**And he remembered how he saved the princess.**
I sjetio se kako je spasio princezu.
**So he mounted the horse without objecting.**
Tako je uzjahao konja bez prigovora.
**But his mind became somewhat alienated from him.**
Ali njegov se um nekako otuđio od njega.
**The procession towards the capital started again.**
Povorka prema glavnom gradu ponovno je krenula.
**After some time they came in sight of the palace.**
Nakon nekog vremena ugledali su palaču.
**The lion-gate had been gaily adorned.**
Lavlja vrata bila su veselo ukrašena.
**There was a grand reception for the prince.**
Za princa je bio priređen veličanstveni prijem.
**And the princess was equally anticipated.**
I princeza je bila jednako iščekivana.
**But the prince's friend seemed to have an objection.**
Ali prinčev prijatelj kao da je imao prigovor.
**"I want the lion-gate to be broken down"**
„Želim da se sruše lavlja vrata"
**The prince was astounded at the proposal.**

Princ je bio zapanjen prijedlogom.
**The request was very out of the ordinary.**
Zahtjev je bio vrlo neobičan.
**And he had given no reason for his demand.**
I nije naveo nikakav razlog za svoj zahtjev.
**But he remembered all his friend had done for him.**
Ali se sjećao svega što je njegov prijatelj učinio za njega.
**And he remembered how he saved the princess.**
I sjetio se kako je spasio princezu.
**So he complied with the wish of his friend.**
Tako je udovoljio želji svog prijatelja.
**And the beautiful lion-gate was torn down.**
I prekrasna lavlja vrata su srušena.
**But his mind became even more estranged from him.**
Ali njegov se um još više otuđio od njega.
**The procession now went into the palace.**
Povorka je sada ušla u palaču.
**The king gave a warm reception to his son.**
Kralj je toplo primio svog sina.
**He welcomed his daughter-in-law equally warmly.**
Jednako srdačno je dočekao i svoju snahu.
**And he was very pleased to see the prince's friend.**
I bio je vrlo zadovoljan što vidi prinčevog prijatelja.
**The story of their adventures was related.**
Priča o njihovim avanturama bila je povezana.
**The king expressed great astonishment at the tale.**
Kralj je izrazio veliko zaprepaštenje pričom.
**And his courtiers were equally impressed.**
I njegovi dvorjani bili su jednako impresionirani.
**All praised the minister's son's devotion.**
Svi su hvalili odanost ministrova sina.
**And the ladies of the palace praised the princess.**
I dame iz palače pohvališe princezu.
**The connoisseurs of beauty praised the princess.**
Poznavatelji ljepote hvalili su princezu.
**Her complexion was a mixture of milk and vermilion.**
Ten joj je bio mješavina mlijeka i cinobera.

**Her neck was like that of a swan.**
Vrat joj je bio kao u labuda.
**Her eyes were like those of a gazelle.**
Oči su joj bile poput gazelinih.
**Her lips were as red as the berry bimba.**
Usne su joj bile crvene poput bobičastog bimba.
**Her cheeks were as lovely as they could be.**
Obrazi su joj bili najljepši koliko su mogli biti.
**And her nose was straight and high.**
A nos joj je bio ravan i visok.
**Her hair reached down to her ankles.**
Kosa joj je dosezala do gležnjeva.
**Her walk was as graceful as that of a young elephant.**
Njen hod je bio graciozan poput hoda mladog slona.
**The princess whom destiny had brought to them.**
Princeza koju im je sudbina donijela.
**They sat around her wanting to know everything.**
Sjedili su oko nje želeći sve znati.
**And they put to her a thousand questions.**
I postavili su joj tisuću pitanja.
**They asked her about her parents.**
Pitali su je o roditeljima.
**They asked her about the subterranean palace.**
Pitali su je o podzemnoj palači.
**And they asked her all about the serpent.**
I pitali su je sve o zmiji.
**The serpent which had killed all her relatives.**
Zmija koja je ubila sve njezine rođake.
**Soon it was time for the new arrivals to dine.**
Ubrzo je došlo vrijeme da novopridošli objeduju.
**The dinner was served up in dishes of gold.**
Večera je bila poslužena u zlatnim posudama.
**All sorts of delicacies were on the table.**
Na stolu su bile sve vrste delicija.
**The most conspicuous dish was the head of a rohita fish.**
Najuočljivije jelo bila je glava ribe rohita.
**The large fish's head was placed in a golden cup.**

Glava velike ribe bila je stavljena u zlatnu čašu.
**And the cup was placed near the prince's plate.**
I šalica je bila postavljena blizu prinčevog tanjura.
**All were eating and retelling the adventure.**
Svi su jeli i prepričavali avanturu.
**And suddenly the prince's friend snatched the head.**
I odjednom prinčev prijatelj zgrabi glavu.
**He took the fish's head from the prince's plate.**
Uzeo je riblju glavu s prinčevog tanjura.
**"Let me, prince, eat this rohita's head"**
"Dopusti mi, prinče, da pojedem glavu ovog rohite"
**The king's son was quite indignant.**
Kraljev sin bio je prilično ogorčen.
**But he remembered all his friend had done for him.**
Ali se sjećao svega što je njegov prijatelj učinio za njega.
**And he remembered how he saved the princess.**
I sjetio se kako je spasio princezu.
**And so he made no objection to the request.**
I stoga nije prigovorio na zahtjev.
**But he could not hide his terrible rage.**
Ali nije mogao sakriti svoj strašni bijes.
**Of course the prince's friend noticed this.**
Naravno da je prinčev prijatelj to primijetio.
**But there was nothing else he could have done.**
Ali nije mogao ništa drugo učiniti.
**His conduct, however strange, was necessary.**
Njegovo ponašanje, ma koliko čudno bilo, bilo je nužno.
**It was for the safety of his friend's life.**
To je bilo za sigurnost života njegovog prijatelja.
**Nor could he tell his friend the reason.**
Niti je mogao reći prijatelju razlog.
**Else he would be transformed into a marble statue.**
Inače bi se pretvorio u mramorni kip.
**Soon the dinner was going to be over.**
Uskoro će večera biti gotova.
**The prince's friend had one more request.**
Prinčev prijatelj imao je još jednu molbu.

The two friends had spent every night together.
Dvojica prijatelja su provodila svaku noć zajedno.
But tonight he wanted to go to his own house.
Ali večeras je želio ići u svoju kuću.
The prince was also shocked at his strange conduct.
Princ je također bio šokiran njegovim čudnim ponašanjem.
But he remembered all his friend had done for him.
Ali se sjećao svega što je njegov prijatelj učinio za njega.
And he remembered how he saved the princess.
I sjetio se kako je spasio princezu.
And he also agreed to this request of his friend.
I on je također pristao na ovu molbu svog prijatelja.
The prince's friend, however, had other plans.
Prinčev prijatelj je, međutim, imao druge planove.
He had no intentions of going to his own house.
Nije imao namjeru ići u vlastitu kuću.
He was resolved to avert the last peril.
Bio je odlučan spriječiti posljednju opasnost.
The last thing to threaten the life of his friend.
Posljednja stvar koja je ugrozila život njegovog prijatelja.
Accordingly, he took a sword into his hand.
Sukladno tome, uzeo je mač u ruku.
And he stealthily entered the royal room.
I on krišom uđe u kraljevsku sobu.
The room of the prince and the princess.
Soba princa i princeze.
He ensconced himself under the bedstead.
Smjestio se ispod kreveta.
The bed was furnished with mattresses of down.
Krevet je bio opremljen madracima od perja.
The mosquito curtains were of the richest silk.
Zavjese protiv komaraca bile su od najbogatije svile.
And all the bedding was laced with gold.
I sva posteljina bila je ukrašena zlatom.
Soon the prince and princess came into the bedroom.
Ubrzo su princ i princeza ušli u spavaću sobu.
They undressed themselves and went to bed.

Svukli su se i otišli u krevet.
**And soon the royal couple were asleep.**
I ubrzo je kraljevski par zaspao.
**At midnight he heard the slithering of a snake.**
U ponoć je čuo puzanje zmije.
**The sound was coming from a water passage.**
Zvuk je dolazio iz vodenog prolaza.
**A snake of gigantic size entered the room.**
Zmija gigantske veličine ušla je u sobu.
**The serpent climbed up the frame of the bed.**
Zmija se popela uz okvir kreveta.
**The minister's son rushed out with the sword.**
Ministarov sin izjurio je s mačem.
**And he killed the serpent with one blow.**
I ubio je zmiju jednim udarcem.
**And then he cut the snake into smaller pieces.**
A onda je zmiju izrezao na manje komade.
**He put the pieces in the dish for holding betel-leaves.**
Stavio je komade u posudu za držanje betelovog lišća.
**But as he did this, he spilled a drop of blood.**
Ali dok je to činio, prolio je kap krvi.
**The drop of blood fell on the breast of the princess.**
Kap krvi pala je na princezine grudi.
**Because the mosquito curtains had not been let down.**
Jer zavjese protiv komaraca nisu bile spuštene.
**He worried for the health of the princess.**
Brinuo se za zdravlje princeze.
**The blood might be of some sort of poison.**
Krv bi mogla biti od neke vrste otrova.
**So he resolved to lick up the blood.**
Stoga je odlučio polizati krv.
**But he could not look at the naked princess.**
Ali nije mogao gledati golu princezu.
**It would have been a great sin.**
Bio bi to veliki grijeh.
**So he blindfolded himself with seven-fold cloth.**
Tako si je zavezao oči sedmerostrukom tkaninom.

**And he licked off the drop of blood.**
I polizao je kap krvi.
**But just at this time the princess awoke.**
Ali baš u tom trenutku princeza se probudila.
**Her scream roused her husband from his sleep.**
Njezin vrisak probudio je njezina muža iz sna.
**And he could not believe what he was seeing.**
I nije mogao vjerovati što vidi.
**The prince fell into a great rage.**
Princ je pao u veliki bijes.
**And he was prepared to kill his friend.**
I bio je spreman ubiti svog prijatelja.
**But he gave his friend a chance to speak.**
Ali dao je prijatelju priliku da govori.
**"Please, my friend, restrain your anger"**
"Molim te, prijatelju, obuzdaj svoj bijes"
**"I have done this only to save your life"**
„Učinio sam ovo samo da ti spasim život"
**The prince was more confused than before.**
Princ je bio zbunjeniji nego prije.
**"I do not understand what you mean"**
"Ne razumijem što misliš"
**"From the time we came out of the subterranean palace"**
„Od trenutka kada smo izašli iz podzemne palače"
**"You have been behaving in a most extraordinary way"**
„Ponašaš se na najneobičniji način"
**"First, you insisted on riding my elephant"**
„Prvo si inzistirao da jašeš mog slona"
**"The elephant my father had sent for me"**
„Slon kojeg mi je otac poslao"
**"I thought it was vain of you to ask"**
„Mislio sam da je uzaludno od tebe što pitaš."
**"But I remembered what you had done for me"**
„Ali sjetio sam se što si učinio za mene"
**"And I decided to let the matter pass"**
„I odlučio sam pustiti stvar da prođe"
**"And instead I rode back on horseback"**

„A umjesto toga sam se vratio na konju"
**"Secondly, you insisted on destroying the lion-gate"**
„Drugo, inzistirali ste na uništavanju lavljih vrata"
**"The lion-gate my father had adorned for me"**
„Lavlja vrata koju mi je otac ukrasio"
**"I thought it was strange of you to ask"**
„Mislio sam da je čudno od tebe što pitaš"
**"But I remembered what you had done for me"**
„Ali sjetio sam se što si učinio za mene"
**"And I decided to let the matter pass"**
„I odlučio sam pustiti stvar da prođe"
**"And I had the lion-gate destroyed"**
„I dao sam uništiti lavlja vrata"
**"Thirdly, at dinner you behaved most shamefully"**
„Treće, za večerom si se ponašao krajnje sramotno"
**"You snatched the rohita's head from my plate"**
"Ukrao si rohitinu glavu s mog tanjura"
**"And you insisted on eating the fish head"**
„I inzistirao si da pojedeš riblju glavu."
**"I thought you felt too entitled"**
„Mislio sam da se osjećaš previše povlašteno"
**"But I remembered what you had done for me"**
„Ali sjetio sam se što si učinio za mene"
**"So I decided to let the matter pass"**
„Zato sam odlučio pustiti stvar da prođe"
**"You then pretended that you were going home"**
„Tada si se pretvarao/la da ideš kući"
**"And I was very glad you were going home"**
„I bila sam jako sretna što ideš kući"
**"Because you had made yourself very disagreeable"**
„Jer si se učinio/la vrlo neugodnim/om"
**"And now you are actually in my bedroom"**
„A sada si zapravo u mojoj spavaćoj sobi"
**"You are bending over the naked bosom of my wife"**
"Naginješ se nad golim grudima moje žene"
**"You must have had some evil plan"**
"Mora da si imao neki zli plan"

**"And now you pretend you are saving my life"**
„A sada se pretvaraš da mi spašavaš život“
**"But I don't believe you want to save my life"**
„Ali ne vjerujem da mi želiš spasiti život.“
**"I believe you want to destroy my wife's chastity"**
"Vjerujem da želiš uništiti čednost moje žene"
**The prince's friend knew how things looked.**
Prinčev prijatelj je znao kako stvari izgledaju.
**"Oh, do not harbor such thoughts in your mind"**
"Oh, ne gaji takve misli u sebi"
**"Please do not think badly against me"**
„Molim te, nemoj misliti loše o meni“
**"The gods know what I have done"**
"Bogovi znaju što sam učinio"
**"They know I did it to save your life"**
„Znaju da sam to učinio da ti spasim život.“
**"You would see the reasonableness of my conduct"**
„Vidjeli biste razumnost mog ponašanja“
**"But I don't have liberty to state my reasons"**
„Ali nemam slobodu iznijeti svoje razloge“
**The prince asked him to explain himself.**
Princ ga je zamolio da objasni.
**"And why are you not at liberty?"**
„A zašto nisi na slobodi?“
**"Who has put a seal upon your mouth?"**
"Tko ti je zapečatio usta?"
**And the prince's friend answered.**
I prinčev prijatelj odgovori.
**"Destiny has put a seal upon my mouth"**
"Sudbina mi je stavila pečat na usta"
**"If I told you, I would be transformed into marble"**
"Kad bih ti rekao, pretvorio bih se u mramor"
**The prince grew angrier with his friend.**
Princ se još više naljutio na svog prijatelja.
**"You should be transformed into a marble statue!"**
„Trebao bi se pretvoriti u mramorni kip!“
**"You must take me to be a simpleton"**

"Moraš me smatrati prostakom"
**"You can't expect me to believe this nonsense"**
„Ne možeš očekivati da ću povjerovati u ove gluposti "
**The minister's son made one last request.**
Ministrov sin je postavio još jednu molbu.
**"Do you wish me then, friend, for me to tell you?**
„Želiš li dakle, prijatelju, da ti kažem?"
**"You would make your friend turn into stone?"**
„Pretvorio bi svog prijatelja u kamen?"
**The prince wanted to hear the reason.**
Princ je htio čuti razlog.
**He did not care about the consequences.**
Nije ga bilo briga za posljedice.
**"Tell me, or else you are a dead man"**
"Reci mi, inače si mrtav čovjek"
**The prince's friend wanted to clear his name.**
Prinčev prijatelj htio je očistiti svoje ime.
**He wanted no foul accusations brought against him.**
Nije želio da se protiv njega iznose ikakve ružne optužbe.
**And he deemed it his duty to reveal the secret.**
I smatrao je svojom dužnošću otkriti tajnu.
**Even if this would put his life at risk.**
Čak i ako bi to ugrozilo njegov život.
**He again warned the prince not to ask him.**
Ponovno je upozorio princa da ga ne pita.
**But the prince remained inexorable.**
Ali princ je ostao neumoljiv.
**The prince's friend then told him his secret.**
Prinčev prijatelj mu je tada povjerio svoju tajnu.
**"While sleeping under a lofty tree one night"**
"Dok sam jedne noći spavao pod visokim drvetom"
**"I overheard a conversation between two birds.**
„Čuo sam razgovor između dvije ptice."
**"The prophesizing birds Bihangama and Bihangami"**
„Ptice proricateljice Bihangama i Bihangami"
**"Bihangama predicted all the dangers in your life"**
„Bihangama je predvidio sve opasnosti u tvom životu"

"First the bird predicted your father would send an elephant"

"Prvo je ptica predvidjela da će ti otac poslati slona"

"The bird said you would fall from the elephant"

"Ptica je rekla da ćeš pasti sa slona"

"And the bird said you would die from the fall"

"A ptica je rekla da ćeš umrijeti od pada"

At this point the minister's son's legs turned to stone.

U tom trenutku noge ministrovog sina skameniše.

"See? my legs have already turned to stone"

„Vidiš? Moje su se noge već skamenile."

"Go on with your story," said the prince.

„Nastavi sa svojom pričom", rekao je princ.

And the prince's friend continued the story.

I prinčev prijatelj nastavi priču.

"The bird said the lion-gate would be gaily decorated"

„Ptica je rekla da će lavlja vrata biti veselo ukrašena"

"And the bird said the lion-gate would collapse on you"

"A ptica je rekla da će se lavlja vrata srušiti na tebe"

"If the lion-gate had fallen on you, you would have died"

"Da su se lavlja vrata srušila na tebe, umro bi"

At this point the minister's son's torso turned to stone.

U tom trenutku torzo ministrova sina pretvorio se u kamen.

But the prince insisted the minister's son continues.

Ali princ je inzistirao da ministrov sin nastavi.

"Go on with your story," said the prince.

„Nastavi sa svojom pričom", rekao je princ.

"The bird said there would be the head of a fish"

"Ptica je rekla da će biti glava ribe"

"And the bird predicted you would choke on the fish"

"A ptica je predvidjela da ćeš se ugušiti ribom"

Now his head was the only thing not of stone.

Sada je njegova glava bila jedino što nije bilo od kamena.

"See? my whole body has turned to stone"

„Vidiš? Cijelo mi se tijelo pretvorilo u kamen."

"If I continue, I will become a man of stone"

„Ako nastavim, postat ću čovjek od kamena"

**"Do you wish me to tell the rest"**
„Želiš li da ti ispričam ostatak?"
**"Go on with your story," said the prince.**
„Nastavi sa svojom pričom", rekao je princ.
**"Very well, I will go on to the end"**
„Vrlo dobro, ići ću do kraja"
**"But you may repent after I tell you"**
„Ali možete se pokajati nakon što vam kažem"
**"And you may wish to restore me to life"**
„I možda biste me željeli vratiti u život"
**"I will tell you how to reverse the spell"**
"Reći ću ti kako poništiti čaroliju"
**"In a few months the princess will bear a child"**
"Za nekoliko mjeseci princeza će roditi dijete"
**"Wait for the birth of the child"**
"Čekaj rođenje djeteta"
**"Besmear my statue with the infant's blood"**
"Pomažite moj kip krvlju djeteta"
**"Only then will I be restored back to life"**
„Tek tada ću se vratiti u život"
**The last word left his lips, and he turned to stone.**
Posljednja riječ sišla je s njegovih usana i on se pretvorio u kamen.
**The princess jumped out of bed.**
Princeza je skočila iz kreveta.
**She opened the vessel for betel-leaves and spices.**
Otvorila je posudu za betelovo lišće i začine.
**And she saw the pieces of a serpent.**
I vidjela je dijelove zmije.
**The prince and the princess were now convinced.**
Princ i princeza su sada bili uvjereni.
**They saw the good faith of their departed friend.**
Vidjeli su dobru volju svog preminulog prijatelja.
**They saw the benevolence of his actions.**
Vidjeli su dobrohotnost njegovih postupaka.
**They went to the marble statue.**
Otišli su do mramornog kipa.

But the statue of their friend was lifeless.
Ali kip njihovog prijatelja bio je beživotan.
They let out a loud cry lamentation.
Ispustili su glasan krik tužaljke.
But their cries were to no purpose.
Ali njihovi krici nisu imali smisla.
Because the statue was not moved by tears.
Jer kip nisu ganule suze.
The prince and princess knew what they had to do.
Princ i princeza znali su što moraju učiniti.
They concealed the marble figure in a safe place.
Sakrili su mramornu figuru na sigurno mjesto.
And they waited for the birth of their child.
I čekali su rođenje svog djeteta.
In process of time the hour came.
S vremenom je došao i čas.
The princess's travail had arrived.
Princezine su muke stigle.
The princess bore a beautiful boy.
Princeza je rodila prekrasnog dječaka.
The child was the perfect image of his mother.
Dijete je bilo savršena slika svoje majke.
The beauty of their child was striking.
Ljepota njihovog djeteta bila je zapanjujuća.
And they were in awe of him.
I bili su u strahopoštovanju prema njemu.
They would have spared his life.
Poštedjeli bi mu život.
But they remembered their best friend.
Ali su se sjetili svog najboljeg prijatelja.
They remembered all he had done for them.
Sjećali su se svega što je učinio za njih.
But now he was a lifeless stone.
Ali sada je bio beživotni kamen.
And they remembered the vows they had made.
I sjetili su se zavjeta koje su dali.
And they cut the child into two.

I prerezali su dijete na dvoje.
**They besmeared the statue with the child's blood.**
Kip su premazali djetetovom krvlju.
**And their friend became animated back to life.**
I njihov prijatelj se vratio u život.
**They were glad to see him alive again.**
Bili su sretni što ga opet vide živog.
**But the prince's friend was overwhelmed with grief.**
Ali prinčevog prijatelja obuzela je tuga.
**Because he saw the new-born in a pool of blood.**
Jer je vidio novorođenče u lokvi krvi.
**So he picked up the dead infant.**
Tako je podigao mrtvo dojenče.
**He carefully wrapped the child in a towel.**
Pažljivo je zamotao dijete u ručnik.
**And he resolved to get the child restored to life.**
I odlučio je vratiti dijete u život.
**He consulted all the physicians of the country.**
Konzultirao se sa svim liječnicima u zemlji.
**They all told him the same thing.**
Svi su mu rekli istu stvar.
**A cure can be found for any illness.**
Za svaku bolest se može pronaći lijek.
**But life requires the spark of life.**
Ali život zahtijeva iskru života.
**When the spark is gone, it is beyond their jurisdiction.**
Kad iskra nestane, to je izvan njihove nadležnosti.
**And so they had to go on with their lives.**
I tako su morali nastaviti sa svojim životima.


**Eventually the prince's friend returned to his wife.**
Na kraju se prinčev prijatelj vratio svojoj ženi.
**She was a devoted worshipper of the goddess kali.**
Bila je odana štovateljica božice Kali.
**She was the only one who could return life.**
Bila je jedina koja je mogla vratiti život.
**His wife was living in a distant town.**

Njegova žena je živjela u dalekom gradu.
**So he set out on a journey to the town.**
Stoga je krenuo na put prema gradu.
**His wife still lived in her father's house.**
Njegova žena je još uvijek živjela u očevoj kući.
**Adjoining the house there was a garden.**
Uz kuću se nalazio vrt.
**And in the garden there was a tree.**
A u vrtu je bilo drvo.
**The child had been stored in that tree.**
Dijete je bilo pohranjeno u tom drvetu.
**His wife was overjoyed to see her husband.**
Njegova žena je bila presretna što vidi svog muža.
**She had not seen him for a long time.**
Dugo ga nije vidjela.
**But she was surprised when she saw him.**
Ali bila je iznenađena kad ga je ugledala.
**Her husband was very melancholy that day.**
Njezin je muž bio vrlo melankoličan tog dana.
**He spoke very little to his wife.**
Vrlo malo je razgovarao sa svojom ženom.
**And his wife knew that he was not himself.**
I njegova žena je znala da on nije bio svoj.
**He was brooding over something in his mind.**
U mislima je premišljao o nečemu.
**She asked the reason for his melancholy.**
Pitala ga je za razlog njegove melankolije.
**But he kept quiet, and wouldn't tell her.**
Ali on je šutio i nije joj htio reći.
**One night they were lying together in bed.**
Jedne noći ležali su zajedno u krevetu.
**The wife got up and left the marital bed.**
Žena je ustala i napustila bračni krevet.
**She opened the door and went into the garden.**
Otvorila je vrata i ušla u vrt.
**Her husband had not been able to sleep well.**
Njen muž nije mogao dobro spavati.

**Therefore he awoke from the movement of his wife.**
Stoga se probudio od kretanja svoje žene.
**He heard her leave in the dead of the night.**
Čuo ju je kako odlazi usred noći.
**And he was determined to follow her.**
I bio je odlučan da je slijedi.
**But he was also determined not to be noticed.**
Ali je također bio odlučan da ga nitko ne primijeti.
**She went to a temple of the goddess kali.**
Otišla je u hram božice Kali.
**The temple was at no great distance from her house.**
Hram nije bio daleko od njezine kuće.
**She worshipped the goddess with flowers.**
Obožavala je božicu cvijećem.
**And she worshiped the goddess with sandal-wood perfume.**
I obožavala je božicu mirisom od sandalovine.
**"Oh mother kali! have mercy upon me"**
„O, majko Kali! smiluj mi se!"
**"Deliver me out of all my troubles"**
„Izbavi me iz svih mojih nevolja"
**The goddess replied to the woman.**
Božica je odgovorila ženi.
**"Why, what further grievance have you?**
„Zašto, kakvu još pritužbu imate?"
**"You long prayed for the return of your husband"**
„Dugo si se molila za povratak svog muža"
**"And your prayers have been answered"**
„I vaše su molitve uslišene"
**"Your husband has returned to you"**
"Vaš muž se vratio k vama"
**"So then, what ails thee now?"**
„Dakle, što te sada muči?"
**The woman answered the goddess.**
Žena je odgovorila božici.
**"True, oh mother, my husband has come to me"**
"Istina, o majko, moj muž je došao k meni"
**"But he has come to me in a melancholy mood"**

„Ali došao mi je u melankoličnom raspoloženju."
**"He hardly speaks to me when I speak to him"**
„Jedva razgovara sa mnom kad ja razgovaram s njim"
**"He takes no delight in me when he is with me"**
„Ne uživa u meni kad je sa mnom"
**"All he does is sit melancholy in a corner"**
„Sve što radi jest melankolično sjediti u kutu"
**The goddess replied to her devotee.**
Božica je odgovorila svom štovatelju.
**"Ask your husband why he feels melancholy"**
„Pitajte svog muža zašto se osjeća melankolično"
**"When he tells you, let me know the reason"**
„Kad ti kaže, reci mi razlog."
**The minister's son overheard the conversation.**
Ministrov sin je čuo razgovor.
**But he stayed unnoticed by the goddess.**
Ali ostao je nezapažen od strane božice.
**And his wife did not notice him either.**
A ni njegova žena ga nije primijetila.
**He quietly slunk away before his wife.**
Tiho se iskrao pred svojom ženom.
**And he returned back to bed before her.**
I vratio se u krevet prije nje.
**The following day the wife asked her husband.**
Sljedećeg dana žena je pitala svog muža.
**"My dear husband, why are you in a melancholy mood?"**
„Dragi moj muže, zašto si tako melankolično raspoložen?"
**Her husband retold the whole story.**
Njezin muž je prepričao cijelu priču.
**He told her about the jewel serpent.**
Rekao joj je o draguljnoj zmiji.
**He told her about the subterranean palace.**
Ispričao joj je o podzemnoj palači.
**He told her about the princess being captured.**
Rekao joj je da je princeza zarobljena.
**He told her how he freed the princess.**
Rekao joj je kako je oslobodio princezu.

And he told her about Bihangama and Bihangami.
I pričao joj je o Bihangami i Bihangamiju.
He told her how he had turned to stone.
Rekao joj je kako se pretvorio u kamen.
And he told her how he was returned back to life.
I ispričao joj je kako se vratio u život.
So he told her also about the killing of the child.
Tako joj je rekao i o ubojstvu djeteta.
That night his wife left the bed again.
Te noći njegova žena je opet ustala iz kreveta.
And she returned to the goddess kali's temple.
I vratila se u hram božice Kali.
And she told the goddess of her husband's melancholy.
I ispričala je božici o melankoliji svog muža.
The goddess listened intently to what was said.
Božica je pažljivo slušala što se govorilo.
“Bring the child here and I will restore it to life”
„Dovedite dijete ovamo i ja ću ga oživjeti“
The next night she left the marital bed again.
Sljedeće noći ponovno je napustila bračni krevet.
She went to the tree in the garden.
Otišla je do drveta u vrtu.
And she took the child from the tree.
I uzela je dijete s drveta.
And she took the child to the goddess kali.
I odvela je dijete božici Kali.
And the goddess kali returned the child back to life.
I božica Kali vrati dijete u život.
The prince's friend was entranced with joy.
Prinčev prijatelj bio je očaran od radosti.
He picked up the reanimated child.
Podigao je oživljeno dijete.
And he ran as fast as he could to his friend.
I potrčao je najbrže što je mogao do svog prijatelja.
And he gave him his child, alive and well.
I dao mu je svoje dijete, živo i zdravo.
They all rejoiced with exceedingly great joy.

Svi su se radovali izuzetno velikom radošću.
**And they lived together happily till the day of their death.**
I živjeli su sretno zajedno do dana svoje smrti.

# The Indignant Brahman
### Ogorčeni Brahman

**There was once a poor Brahman.**
Bio jednom jedan siromašni Brahman.
**This poor Brahman had a wife.**
Ovaj jadni Brahman imao je ženu.
**And he also had four children.**
I imao je četvero djece.
**He was a very poor man.**
Bio je vrlo siromašan čovjek.
**And he had no resources in the world.**
I nije imao nikakvih resursa na svijetu.
**He lived from the charity of others.**
Živio je od milosrđa drugih.
**During marriages he earned well.**
Tijekom brakova je dobro zarađivao.
**And he earned well during funerals.**
I dobro je zarađivao tijekom sprovoda.
**But his parishioners did not marry daily.**
Ali njegovi župljani nisu se ženili svakodnevno.
**And they did not die every day either.**
I nisu umirali svaki dan.
**It was difficult to make the two ends meet.**
Bilo je teško spojiti kraj s krajem.
**His wife often rebuked him.**
Njegova žena ga je često korila.
**"Why can you not support me?"**
„Zašto me ne možeš podržati?"
**"Our children run around naked"**
„Naša djeca trče okolo gola"
**"And they suffer from hunger"**
„I pate od gladi"
**Though poor, he was a good man.**
Iako siromašan, bio je dobar čovjek.
**And he was diligent in his devotions.**
I bio je marljiv u svojim pobožnostima.

**Every day he said his prayers.**
Svaki dan je izgovarao svoje molitve.
**He prayed at the same time each day.**
Molio se svaki dan u isto vrijeme.
**His tutelary deity was the Goddess Durga.**
Njegovo božanstvo zaštitnik bila je božica Durga.
**She is the consort of Shiva.**
Ona je Šivina supruga.
**She is the creative energy of the universe.**
Ona je kreativna energija svemira.
**Every day he wrote the name of Durga.**
Svaki dan je pisao ime Durga.
**He wrote the name in red ink.**
Napisao je ime crvenom tintom.
**At least one hundred and eight times.**
Barem sto i osam puta.
**He did not drink or eat till he did this.**
Nije pio ni jeo dok to nije učinio.
**throughout the day he uttered prayers.**
tijekom cijelog dana izgovarao je molitve.
**"O Durga! have mercy upon me"**
„O Durga! smiluj mi se"
**He prayed whenever he felt anxious.**
Molio se kad god bi osjećao tjeskobu.
**And he often felt anxious.**
I često je osjećao tjeskobu.
**Because he lived in poverty.**
Jer je živio u siromaštvu.
**He prayed when his worries were too much.**
Molio se kada su mu brige bile prevelike.
**And there were many things he worried about.**
I bilo je mnogo stvari oko kojih je brinuo.
**He worried about his wife and children.**
Brinuo se za svoju ženu i djecu.
**And he worried about supporting them.**
I brinuo se oko njihovog uzdržavanja.

**One day he was very sad.**

Jednog dana bio je jako tužan.

**On this day he went to a forest.**

Tog dana otišao je u šumu.

**The forest was far outside the village.**

Šuma je bila daleko izvan sela.

**He let out all his grief.**

Izlio je svu svoju tugu.

**And he wept bitter tears.**

I plakao je gorke suze.

**"O Durga! O Mother Bhagavati!"**

"O Durga! O majko Bhagavati!"

**"Please put an end to my misery?"**

„Molim te, stani na kraj mojoj patnji?"

**"I wish I were alone in the world"**

"Volio bih da sam sam na svijetu"

**"Then my poverty wouldn't worry me"**

„Tada me moje siromaštvo ne bi brinulo"

**"But thou hast given me a wife"**

„Ali ti si mi dao ženu"

**"And my wife has given me children"**

„A moja žena mi je dala djecu"

**"O Mother, I beg of you"**

„O Majko, molim te"

**"Give me the means to support them"**

„Dajte mi sredstva da ih uzdržavam"

**Shiva and his wife Durga happened to be there.**

Šiva i njegova supruga Durga slučajno su se tamo našli.

**They were taking their morning walk.**

Išli su u jutarnju šetnju.

**The Goddess Durga saw the Brahman at a distance.**

Božica Durga je u daljini ugledala Brahmana.

**"O Lord of Kailas, do you see that Brahman?"**

„O Gospodaru Kailasa, vidiš li tog Brahmana?"

**"He is always taking my name on his lips"**

"Stalno izgovara moje ime na usnama"

**"He prays I deliver him from his troubles"**

„Moli se da ga izbavim iz nevolja"
**"Can we not do something for the poor Brahman?"**
„Zar ne možemo nešto učiniti za jadnog Brahmana?"
**"He is oppressed with many cares"**
„Okupljen je mnogim brigama"
**"And he deeply cares for his growing family"**
„I duboko se brine za svoju rastuću obitelj"
**"We should make his life more comfortable"**
"Trebali bismo mu učiniti život ugodnijim"
**"Because the poor man never has enough to eat"**
"Jer siromah nikad nema dovoljno hrane"
**"And his family doesn't have enough to eat either"**
„A ni njegova obitelj nema dovoljno za jesti"
**"Let us give him a pot"**
"Dajmo mu lonac"
**"A pot with an infinite supply of murukku"**
„Lonac s beskonačnom zalihom murukkua"
**The divine consort was right.**
Božanska supruga je bila u pravu.
**The Lord of Kailas agreed to the proposal.**
Gospodar Kailasa pristao je na prijedlog.
**On the spot he created a magical pot.**
Na licu mjesta je stvorio čarobni lonac.
**Durga went to the poor Brahman.**
Durga je otišla siromašnom Brahmanu.
**"O Brahman! My loyal devotee"**
„O Brahmane! Moj odani bhakta"
**"I have often thought of your pitiable case"**
„Često sam razmišljao o tvom jadnom slučaju"
**"Your repeated prayers have moved my compassion"**
„Vaše ponovljene molitve izazvale su moje sažaljenje"
**"Here is a pot for you"**
"Evo ti lonac"
**"You must turn the pot upside down"**
"Moraš okrenuti lonac naopako"
**"And then you must shake the pot"**
"A onda moraš protresti lonac"

**"The finest murukku will pour out"**
„Izlit će se najfiniji murukku“
**"The murukku will keep pouring out forever"**
„Murukku će se izlijevati zauvijek“
**"Until you put the pot upright again"**
"Dok opet ne uspraviš lonac"
**"You can eat as much murukku as you like"**
„Možeš jesti murukku koliko god želiš“
**"Your wife and children will hunger no more"**
„Tvoja žena i djeca više neće gladovati“
**"And you can sell the murukku if you like"**
„I možeš prodati murukku ako želiš.“
**The Brahman was delighted beyond measure.**
Brahman je bio neizmjerno oduševljen.
**He had received a truly valuable treasure.**
Primio je uistinu vrijedno blago.
**He made his deepest obeisance to the goddess.**
Izrekao je najdublju poklonu božici.
**And he expressed his eternal gratefulness.**
I izrazio je svoju vječnu zahvalnost.

**The Brahman had started walking home.**
Brahman je krenuo pješice kući.
**But first he had to test his magical pot.**
Ali prvo je morao isprobati svoj čarobni lonac.
**He wanted to see if the pot really worked.**
Htio je vidjeti radi li lonac stvarno.
**He turned the pot upside down.**
Okrenuo je lonac naopako.
**And he shook the pot, as instructed.**
I protresao je lonac, kako mu je bilo rečeno.
**Lo and behold! The pot really did work.**
Gle čuda! Lonac je stvarno uspio.
**The finest murukku fell to the ground.**
Najfiniji murukku pao je na tlo.
**He tied the sweetmeat in his sheet.**
Zavezao je slatkiš u svoju plahtu.

**And he walked on, towards his village.**
I on je nastavio hodati, prema svom selu.
**By noon the Brahman had gotten hungry.**
Do podneva je Brahman ogladnio.
**But he could not eat without his ablutions.**
Ali nije mogao jesti bez pranja.
**First, he had to say his prayers.**
Prvo je morao izmoliti svoje molitve.
**There was an inn on his way.**
Na putu mu je bila gostionica.
**Close to the inn there was a water tank.**
Blizu gostionice nalazila se cisterna za vodu.
**So, he intended to halt there.**
Dakle, namjeravao je tamo stati.
**In order to bathe and say his prayers.**
Kako bi se okupao i izmolio svoje molitve.
**After this he could eat all the murukku.**
Nakon toga je mogao pojesti sav murukku.
**The Brahman sat at the innkeeper's shop.**
Brahman je sjedio u krčmarovoj trgovini.
**The shopkeeper was smoking tobacco.**
Trgovac je pušio duhan.
**He put the pot near the shopkeeper.**
Stavio je lonac blizu trgovca.
**And he asked him to look after the pot.**
I zamolio ga je da pazi na lonac.
**"Please take special care of this pot"**
"Molim vas, posebno pazite na ovaj lonac"
**"I must bathe and say my prayers"**
„Moram se okupati i pomoliti se"
**"Please look after this pot for me"**
"Molim te, pripazi na ovaj lonac za mene"
**"Make sure nothing happens to this pot"**
"Pazite da se ništa ne dogodi ovom loncu"
**He thought it was a strange request.**
Mislio je da je to čudan zahtjev.
**But he agreed to look after the pot.**

Ali pristao je paziti na lonac.
**And the Brahman gave him the pot.**
I Brahman mu je dao lonac.
**He besmeared his body with mustard oil.**
Namazao je tijelo uljem od gorušice.
**And he went to do his ablutions.**
I otišao je obaviti abdest.
**The innkeeper grew curious about the pot.**
Krčmar se zainteresirao za lonac.
**"This pot must have something valuable in it"**
"U ovom loncu mora biti nešto vrijedno"
**"Why else would he be so careful?"**
„Zašto bi inače bio tako oprezan?"
**His curiosity had been excited.**
Njegova je znatiželja bila uzbuđena.
**So, he opened the pot.**
Dakle, otvorio je lonac.
**To his surprise the pot was empty.**
Na njegovo iznenađenje, lonac je bio prazan.
**"What can be the meaning of this?"**
„Što bi ovo moglo značiti?"
**"Why does he care so much for an empty pot?"**
„Zašto mu je toliko stalo do praznog lonca?"
**He began to examine the pot more carefully.**
Počeo je pažljivije pregledavati lonac.
**During his inspection he turned the pot upside down.**
Tijekom pregleda okrenuo je lonac naopako.
**And then the finest murukku fell out from the pot.**
A onda je iz lonca ispao najfiniji murukku.
**And the murukku didn't stop falling out.**
I murukku se nije prestajao svađati.
**The innkeeper called his wife and children.**
Krčmar je pozvao ženu i djecu.
**He wanted them to witness what had happened.**
Želio je da svjedoče što se dogodilo.
**An unexpected stroke of good fortune!**
Neočekivani sretni trenutak!

**The pot gave copious showers of sugared paddy.**
Lonac je obilno prskao zašećerenim rižom.
**He filled all his pots and jars.**
Napunio je sve svoje lonce i vrčeve.
**He knew he had to have this pot.**
Znao je da mora imati ovaj lonac.
**So, he replaced the pot with another one.**
Dakle, zamijenio je lonac drugim.
**He had a pot of the same size and color.**
Imao je lonac iste veličine i boje.


**The Brahman had finished his ablutions.**
Brahman je završio svoje pranje.
**He had performed all of his devotions.**
Izvršio je sve svoje pobožnosti.
**He came back to the shop in wet clothes.**
Vratio se u trgovinu u mokroj odjeći.
**He was still reciting holy texts of the Vedas.**
Još je uvijek recitirao svete tekstove Veda.
**He put back on his dry clothes.**
Ponovno je obukao suhu odjeću.
**In red ink he wrote the name of Durga.**
Crvenom tintom napisao je ime Durga.
**He wrote her name one hundred and eight times.**
Napisao je njezino ime sto i osam puta.
**After doing this he broke his fast.**
Nakon što je to učinio, prekinuo je post.
**And he ate the murukku he had in his sheet.**
I pojeo je murukku koju je imao u svojoj plahti.
**He was refreshed from the meal.**
Bio je osvježen od obroka.
**Now he could resume his journey home.**
Sada je mogao nastaviti svoje putovanje kući.
**So he called to the innkeeper.**
Zato je pozvao krčmara.
**"Please could I get my pot back"**
"Molim vas, mogu li dobiti svoj lonac natrag?"

The innkeeper gave him back his pot.
Krčmar mu je vratio lonac.
**"There, sir, here is your pot"**
"Evo, gospodine, evo vašeg lonca"
**"The pot is exactly where you had put it"**
"Lonac je točno tamo gdje si ga stavio"
**"Your pot is just as you left it"**
"Tvoj lonac je baš onakav kakav si ga ostavio/la"
**"I made sure no one has touched your pot"**
"Pobrinuo sam se da nitko nije dirao tvoj lonac"
**The Brahman didn't suspect a thing.**
Brahman nije ništa sumnjao.
**He picked up the pot.**
Podigao je lonac.
**And he proceeded on his journey home.**
I nastavio je svoj put kući.

**On his journey he had to think.**
Na svom putovanju morao je razmišljati.
**He congratulated his good fortune.**
Čestitao mu je na sreći.
**"My wife will be most pleasantly surprised!"**
„Moja će žena biti vrlo ugodno iznenađena!"
**"The children will devour the murukku!"**
"Djeca će prožderati murukku!"
**"I shall soon become rich"**
"Uskoro ću postati bogat"
**"I will be able to lift my head up high"**
"Moći ću visoko podići glavu"
**The pains of travelling had been reduced.**
Bolovi putovanja su bili smanjeni.
**Now his problems were much more pleasant.**
Sada su mu problemi bili puno ugodniji.
**Only anticipation made the journey difficult.**
Samo je iščekivanje otežavalo putovanje.
**He finally reached his home again.**
Konačno je opet stigao do svoje kuće.

He called to his wife and children.
Pozvao je svoju ženu i djecu.
**"Look at what I have brought"**
"Pogledajte što sam donio/donijela"
**"This pot is an unfailing source of wealth".**
„Ovaj lonac je neiscrpni izvor bogatstva."
**"We will never have to struggle again"**
„Nikada se više nećemo morati mučiti"
**"I will turn the pot upside down"**
"Okrenut ću lonac naopako"
**"And then you will see something.**
„I onda ćeš nešto vidjeti.
**"Something you've never seen before"**
„Nešto što nikada prije niste vidjeli"
**"A stream of the finest murukku will flow"**
"Potok najfinijeg murukkua će poteći"
**You can imagine what his wife was thinking.**
Možete zamisliti što je njegova žena mislila.
**"My husband has gone mad," she thought.**
„Moj muž je poludio", pomislila je.
**She was soon confirmed in her opinion.**
Ubrzo je potvrđeno njezino mišljenje.
**Nothing fell from the pot, as promised.**
Ništa nije ispalo iz lonca, kako je i obećano.
**He turned the pot upside down again and again.**
Okretao je lonac naopako iznova i iznova.
**The Brahman was overwhelmed with grief.**
Brahmana je obuzela tuga.
**He realized that he had been tricked.**
Shvatio je da je prevaren.
**The innkeeper must have swapped the pot.**
Krčmar je vjerojatno zamijenio lonac.
**He must have stolen Durga's pot.**
Mora da je ukrao Durgin lonac.
**And he must have replaced the pot with a normal one.**
I mora da je lonac zamijenio normalnim.
**He went back to the innkeeper the next day.**

Sljedećeg dana vratio se gostioničaru.
**And he accused him of having changed his pot.**
I optužio ga je da mu je promijenio lonac.
**At first the innkeeper acted surprised.**
U početku se gostioničar pravio iznenađeno.
**Then he pretended to be angry at the accusation.**
Zatim se pretvarao da je ljut zbog optužbe.
**Finally, he chased him out of his shop.**
Napokon ga je istjerao iz svoje trgovine.

**He had no way of getting the pot back.**
Nije imao načina da vrati lonac.
**The Brahman knew what he had to do.**
Brahman je znao što mora učiniti.
**He went to see the goddess Durga again.**
Ponovno je otišao vidjeti božicu Durgu.
**Siva and Durga honored him with their presence.**
Šiva i Durga su ga počastili svojom prisutnošću.
**Durga spoke to the poor Brahman.**
Durga je razgovarala sa siromašnim Brahmanom.
**"So, you have lost the pot I gave you"**
„Dakle, izgubio si lonac koji sam ti dao."
**"I take pity on your situation"**
"Žao mi je zbog tvoje situacije"
**"Here is another magical pot"**
"Evo još jednog čarobnog lonca"
**"Take this pot, and make good use of it"**
"Uzmi ovaj lonac i dobro ga iskoristi"
**The Brahman was elated with joy.**
Brahman je bio oduševljen radošću.
**He made obeisance to the divine couple.**
Poklonio se božanskom paru.
**And he took the pot with him.**
I lonac je ponio sa sobom.
**Again he had to see if the pot worked.**
Opet je morao provjeriti radi li lonac.
**He turned the pot upside down.**

Okrenuo je lonac naopako.
**And he shook the pot as before.**
I protresao je lonac kao i prije.
**And he waited for the murukku to fall out.**
I čekao je da murukku ispadne.
**But no, horror of horrors!**
Ali ne, užas nad užasima!
**Murukku did not fall from the pot.**
Murukku nije pao iz lonca.
**Instead of murukku, demons jumped out.**
Umjesto murukkua, iskočili su demoni.
**They began to beat the astonished Brahman.**
Počeli su tući zapanjenog Brahmana.
**The Brahman received punches and kicks.**
Brahman je primao udarce šakama i nogama.
**But he kept his presence of mind.**
Ali je zadržao prisutnost duha.
**He turned the pot the right way up.**
Okrenuo je lonac na pravu stranu.
**And he covered the pot up again.**
I ponovno je pokrio lonac.
**Fortunately his quick thinking worked.**
Srećom, njegovo brzo razmišljanje je upalilo.
**The demons disappeared as soon as he did this.**
Demoni su nestali čim je to učinio.
**The Brahman tried to understand what this meant.**
Brahman je pokušao shvatiti što to znači.
**It must be to punish the innkeeper!**
To mora biti da se kazni krčmar!
**So he went to the innkeeper again.**
Zato je ponovno otišao do krčmara.
**He gave him the new pot.**
Dao mu je novi lonac.
**He begged of him to look after the pot.**
Molio ga je da pripazi na lonac.
**Just like he had done before.**
Baš kao što je to radio i prije.

He went for his ablutions and prayers.
Otišao je na abdest i molitvu.
The innkeeper was delighted.
Gostioničar je bio oduševljen.
He had been given a second godsend.
Dobio je drugi božji dar.
He agreed to take the greatest care of the pot.
Pristao je da će se najstrože brinuti o loncu.
He waited for the Brahman to go.
Čekao je da Brahman ode.
And he called his wife and children.
I pozvao je svoju ženu i djecu.
"This is another pot from the Brahman"
„Ovo je još jedan lonac od Brahmana"
"This time I hope it is not murukku"
„Ovaj put se nadam da nije murukku"
"I hope this pot is full of sandesa"
"Nadam se da je ovaj lonac pun sandese"
"Come, be ready with the baskets"
"Dođi, pripremi košare"
"I will turn the pot upside down"
"Okrenut ću lonac naopako"
"And then I will shake the pot"
"A onda ću protresti lonac"
And he did what he said he would do.
I učinio je što je rekao da će učiniti.
But the room did not fill with food.
Ali soba se nije napunila hranom.
This time the room filled with demons.
Ovaj put soba se ispunila demonima.
The demons caught hold of the innkeeper.
Demoni su uhvatili krčmara.
And the demons also caught his family.
A demoni su uhvatili i njegovu obitelj.
And the demons beat them mercilessly.
I demoni su ih nemilosrdno tukli.
They would have completely destroyed the shop.

Potpuno bi uništili trgovinu.
**But the victims ran to the Brahman.**
Ali žrtve su potrčale do Brahmana.
**The Brahman had returned from his ablutions.**
Brahman se vratio sa svog pranja.
**The Brahman showed mercy to them.**
Brahman im je pokazao milost.
**And he accepted their request.**
I on je prihvatio njihov zahtjev.
**But there was one condition to his help.**
Ali postojao je jedan uvjet za njegovu pomoć.
**"I will only help if I get my pot back"**
"Pomoći ću samo ako dobijem svoj lonac natrag"
**The innkeeper didn't have much choice.**
Krčmar nije imao puno izbora.
**He had to accept the Brahman's conditions.**
Morao je prihvatiti Brahmanove uvjete.
**The Brahman put the pot upright again.**
Brahman je ponovno uspravio lonac.
**And he put the lid on the pot.**
I stavio je poklopac na lonac.
**He took his pot back from the innkeeper.**
Uzeo je natrag svoj lonac od krčmara.
**And he returned back to his village.**
I vratio se u svoje selo.
**Now the Brahman had two magical pots.**
Sada je Brahman imao dva čarobna lonca.
**The Brahman shut the door of his house.**
Brahman je zatvorio vrata svoje kuće.
**And he called his family again.**
I ponovno je nazvao svoju obitelj.
**He turned the murukku-pot upside down.**
Okrenuo je murukku-lonac naopako.
**And he shook the murukku-pot as before.**
I protrese murukku-lonac kao i prije.
**This time the magic pot worked.**
Ovaj put je čarobni lonac uspio.

**An endless stream of the finest murukku.**
Beskrajni tok najfinijeg murukkua.
**The family devoured the sweetmeat.**
Obitelj je proždrla slatkiš.
**They ate to their hearts' content.**
Jeli su do mile volje.
**All the pots and pans were filled.**
Svi lonci i tave bili su puni.


**The next day the Brahman became confectioner.**
Sljedećeg dana Brahman je postao slastičar.
**He opened a shop in his house.**
Otvorio je trgovinu u svojoj kući.
**And he sold the best murukku.**
I prodao je najbolji murukku.
**The whole village came to the Brahman's house.**
Cijelo selo došlo je u brahmanovu kuću.
**They all wanted to buy the wonderful murukku.**
Svi su htjeli kupiti prekrasni murukku.
**They had never seen such murukku in their life.**
Nikada u životu nisu vidjeli takav murukku.
**It was the most delicious murukku they ever had.**
To je bio najukusniji murukku koji su ikad jeli.
**No one had ever made anything like this dessert.**
Nitko nikada nije napravio ništa slično ovom desertu.
**The reputation of the Brahman's murukku spread.**
Ugled brahmanovog murukkua se proširio.
**Soon people from outside the city came.**
Ubrzo su došli ljudi izvan grada.
**Cartloads of the sweetmeat were sold every day.**
Kola puna slatkiša prodavala su se svaki dan.
**The Brahman quickly became very rich.**
Brahman je brzo postao vrlo bogat.
**He built a large brick house.**
Sagradio je veliku kuću od cigle.
**And he lived like a nobleman of the land.**
I živio je kao pravi plemić u zemlji.

**Once, however, his luck almost changed.**
Jednom se, međutim, sreća gotovo okrenula.
**His children had taken the wrong pot.**
Njegova su djeca uzela krivi lonac.
**A large number of demons came out.**
Izašao je veliki broj demona.
**And they caught hold of the Brahman's wife.**
I uhvatili su Brahmanovu ženu.
**And they also caught his children.**
I uhvatili su mu djecu.
**They were striking them mercilessly.**
Nemilosrdno su ih udarali.
**Fortunately the Brahman came back into the house.**
Srećom, Brahman se vratio u kuću.
**He turned the pot back to its proper position.**
Okrenuo je lonac natrag u pravilan položaj.
**He wanted to prevent a similar catastrophe.**
Želio je spriječiti sličnu katastrofu.
**So the Brahman had a private room built.**
Tako je Brahman dao sagraditi privatnu sobu.
**And he put the pot in a secret place.**
I stavio je lonac na tajno mjesto.
**Mortals, however, do not have the luck of Gods.**
Smrtnici, međutim, nemaju sreću kao bogovi.
**Uninterrupted prosperity is not their fortune.**
Neprekidni prosperitet nije njihova sreća.
**The demon-pot had been put out of the way.**
Demonski lonac je bio uklonjen.
**But why might accident not befall the murukku pot?**
Ali zašto se nesreća ne bi mogla dogoditi loncu murukku?
**One day the Brahman and his wife were absent.**
Jednog dana Brahman i njegova žena nisu bili prisutni.
**The children decided to shake the pot.**
Djeca su odlučila protresti lonac.
**Each of them wanted to do the honors.**
Svaki od njih je želio učiniti tu čast.
**So there was a fight to get the pot.**

Dakle, došlo je do borbe za dobivanje lonca.
**In the struggle the pot fell to the ground.**
U borbi lonac je pao na tlo.
**Like any other earthen pot, it broke.**
Kao i svaki drugi zemljani lonac, razbio se.
**Eventually the Braham came back home again.**
Na kraju se Braham vratio kući.
**You can imagine how the news grieved him.**
Možete zamisliti koliko ga je ta vijest rastužila.
**Of course the children were well cudgeled.**
Naravno da su djeca bila dobro namažena.
**But anger could not replace the pot.**
Ali ljutnja nije mogla zamijeniti lonac.
**After some days he went to the forest again.**
Nakon nekoliko dana ponovno je otišao u šumu.
**He offered many a prayer for Durga's favor.**
Izmolio je mnogo molitvi za Durginu naklonost.
**At last Siva and Durga appeared to him.**
Napokon su mu se pojavili Šiva i Durga.
**They listened to how the pot had been broken.**
Slušali su kako je lonac razbijen.
**Durga decided to give him another pot.**
Durga je odlučila dati mu još jedan lonac.
**But this pot was accompanied with a caution.**
Ali ovaj lonac je bio popraćen oprezom.
**"Brahman, take care of this pot"**
„Brahmane, čuvaj ovaj lonac"
**"Do not break or lose this pot again"**
"Nemoj više razbiti ili izgubiti ovaj lonac"
**"Next time I will not give you another pot"**
"Sljedeći put ti neću dati drugi lonac"
**The Brahman made obeisance to the Gods.**
Brahman se poklonio bogovima.
**And he went straight back to his house.**
I odmah se vratio svojoj kući.
**This time he did not halt at the innkeepers'.**
Ovaj put nije se zaustavio kod krčmara.

**He shut the door of his house.**
Zatvorio je vrata svoje kuće.
**He called his family to him.**
Pozvao je svoju obitelj k sebi.
**And he turned the pot upside down.**
I okrenuo je lonac naopako.
**And then he began to shake the pot.**
A onda je počeo tresti lonac.
**They were only expecting murukku.**
Očekivali su samo murukku.
**But this time it was not murukku.**
Ali ovaj put nije bio murukku.
**A stream of beautiful sandesa poured out.**
Izlio se potok prekrasne sandese.
**It was the finest sandesa you can imagine.**
Bila je to najbolja sandesa koju možete zamisliti.
**It truly was the food of Gods.**
To je zaista bila hrana bogova.
**The Brahman set up another shop.**
Brahman je otvorio još jednu trgovinu.
**Now he was selling sandesa.**
Sada je prodavao sandesu.
**The fame of his shop soon drew large crowds.**
Slava njegove trgovine ubrzo je privukla velike mase.
**People came from all over the country.**
Ljudi su dolazili iz cijele zemlje.
**At all festivals and marriage feasts.**
Na svim festivalima i svadbenim svečanostima.
**And at all funeral celebrations in the area.**
I na svim pogrebnim proslavama u tom području.
**No one bought any other sandesa.**
Nitko nije kupio nijednu drugu sandesu.
**All day long the pot produced sandesa.**
Cijeli dan lonac je proizvodio sandesu.
**Gigantic jars were filled with sweet.**
Ogromne staklenke bile su pune slatkiša.
**And the jars were sent all over the country.**

I staklenke su poslane po cijeloj zemlji.

**The Brahman's wealth made the Zemindar jealous.**
Brahmanovo bogatstvo učinilo je Zemindare ljubomornima.
**In these days all villages had a Zemindar.**
U to vrijeme sva su sela imala Zemindara.
**He had heard strange things about the sandesa.**
Čuo je čudne stvari o sandesi.
**He heard the dessert came from a magic pot.**
Čuo je da desert dolazi iz čarobnog lonca.
**So he devised a plan to get this pot.**
Zato je smislio plan kako da dobije ovaj lonac.
**His son was going to get married.**
Njegov sin se namjeravao oženiti.
**To celebrate there was a great feast.**
Za proslavu je bila priređena velika gozba.
**Many hundreds of people were invited.**
Pozvane su stotine ljudi.
**Mountain-loads of sandesa were required.**
Bile su potrebne planine sandese.
**The Zemindar made a proposal to the Brahman.**
Zemindar je dao prijedlog Brahmanu.
**"Bring the magical pot to my house"**
"Donesi čarobni lonac u moju kuću"
**At first the Brahman refused to bring the pot.**
Brahman je isprva odbio donijeti lonac.
**But the Zemindar insisted.**
Ali Zemindar je inzistirao.
**"I will have hundreds of guests"**
"Imat ću stotine gostiju"
**"I will need mountains of sandesa"**
"Trebat će mi planine sandese"
**"More sandesa than you can carry"**
"Više sandese nego što možeš ponijeti"
**"Bring the vessel to my house"**
"Donesi posudu u moju kuću"
**"It will be easier for you and me"**

„Bit će lakše i tebi i meni"
**Eventually the Brahman agreed.**
Na kraju se Brahman složio.
**Himalayas of sandesa were shaken out.**
Himalaje sandese su bile potresene.
**But the Zemindar got hold of the pot.**
Ali Zemindar se dočepao lonca.
**The Zemindar insulted the Brahman.**
Zemindar je uvrijedio Brahmana.
**And he chased him out of his house.**
I istjerao ga je iz kuće.
**The Brahman didn't give vent to anger.**
Brahman nije dao oduška ljutnji.
**Instead, he quietly went back to his house.**
Umjesto toga, tiho se vratio svojoj kući.
**He went to the private room.**
Otišao je u privatnu sobu.
**And he took out the demon-pot.**
I izvadio je demonski lonac.
**He came back to the Zemindar's house.**
Vratio se u Zemindarovu kuću.
**And he went to the door of the Zemindar.**
I otišao je do vrata Zemindara.
**He turned the pot upside down.**
Okrenuo je lonac naopako.
**And then shook the magical pot.**
A zatim protresao čarobni lonac.
**A hundred demons fell out of the pot.**
Stotinu demona ispalo je iz lonca.
**The chaos was impossible to describe.**
Kaos je bio nemoguće opisati.
**The unearthly visitors flooded the party.**
Nezemaljski posjetitelji preplavili su zabavu.
**They caught hundreds of the guests.**
Uhvatili su stotine gostiju.
**And the demons beat them mercilessly.**
I demoni su ih nemilosrdno tukli.

**The women were dragged by their hair.**
Žene su vukli za kosu.
**The Zemindar was chased from room to room.**
Zemindara su progonili iz sobe u sobu.
**The demons' mischief was getting out of hand.**
Demonska zloba je izmicala kontroli.
**Someone had to put an end to their mischief.**
Netko je morao stati na kraj njihovim nestašlucima.
**Else all the men would have been killed.**
Inače bi svi muškarci bili ubijeni.
**And the house would have been torn to the ground.**
I kuća bi bila srušena do temelja.
**The Zemindar fell at the feet of the Brahman.**
Zemindar je pao pred noge Brahmana.
**And he begged to be shown mercy.**
I molio je da mu se ukaže milost.
**The Brahman showed him great mercy.**
Brahman mu je pokazao veliku milost.
**And he put the demons back in the pot.**
I vratio je demone u lonac.
**The Zemindar never disturbed the Brahman again.**
Zemindar više nikada nije uznemirio Brahmana.
**Nor was he disturbed by anyone else.**
Niti ga je itko drugi uznemiravao.
**And he lived for many happy years.**
I živio je mnogo sretnih godina.

### The Story of the Rakshasas
#### Priča o Rakšasama

**There was once a poor dimwitted Brahman.**
Bio jednom jedan siromašni, glupi brahman.
**This dimwitted man had a wife, but no children.**
Ovaj glupan je imao ženu, ali ne i djecu.
**But him not having children was probably for the best.**
Ali to što nije imao djece je vjerojatno bilo najbolje.
**Because he was barely able to meet his own needs.**
Jer je jedva uspio zadovoljiti vlastite potrebe.
**And he could hardly supply enough for his wife.**
I jedva je mogao osigurati dovoljno za svoju ženu.
**But his dimwittedness was not even his biggest problem.**
Ali njegova glupost nije bila čak ni njegov najveći problem.
**This dimwitted man was also a rather lazy man!**
Ovaj glupan bio je ujedno i prilično lijen čovjek!
**He was averse to making any long journeys.**
Bio je nesklon bilo kakvim dugim putovanjima.
**Had he travelled further he might have had enough.**
Da je putovao dalje, možda bi mu bilo dosta.
**He could have got presents from rich men.**
Mogao je dobiti poklone od bogatih muškaraca.
**This would have enabled them to live comfortably.**
To bi im omogućilo ugodan život.
**There was a great king in a neighbouring country.**
U susjednoj zemlji živio je veliki kralj.
**The mother of the great king had just died.**
Majka velikog kralja upravo je umrla.
**So this king was celebrating the funeral obsequies.**
Dakle, ovaj kralj je slavio pogrebnu komemoraciju.
**And the funeral was celebrated with great pomp.**
I sprovod je proslavljen s velikom pompom.
**Brahmans and beggars were coming from faraway lands.**
Brahmani i prosjaci dolazili su iz dalekih zemalja.
**They all came expecting to receive rich presents.**
Svi su došli očekujući bogate darove.

**The Brahman's wife requested him to also go.**
Brahmanova žena ga je zamolila da i on pođe.
**"Seize this opportunity and get us a little money"**
"Iskoristite ovu priliku i nabavite nam malo novca"
**But his constitutional indolence stood in the way.**
Ali njegova ustavna lijenost stajala je na putu.
**The woman, however, gave her husband no rest.**
Žena, međutim, nije dala mužu odmora.
**Finally she extorted from him the promise.**
Napokon je iznudila obećanje od njega.
**He promised his wife that he would go.**
Obećao je svojoj ženi da će otići.
**The good woman, accordingly, cut down a plantain tree.**
Dobra žena je, prema tome, posjekla stablo banane.
**And she burnt the plantain tree to ashes.**
I spalila je stablo banane u pepeo.
**With the ashes she cleaned the clothes of her husband.**
Pepelom je čistila odjeću svog muža.
**And she made his clothes as white as any cleaner could.**
I oprala mu je odjeću što je moguće bijelijom nego što je to
mogao učiniti bilo koji čistač.
**Her husband was going to the palace of a great king.**
Njezin muž je išao u palaču velikog kralja.
**The king could not be approached by men in rags.**
Kralju se nisu mogli približiti ljudi u dronjcima.
**Besides, Brahman are bound to appear neat and clean.**
Osim toga, Brahmani su dužni izgledati uredno i čisto.
**At last, one morning the Brahman left his house.**
Konačno, jednog jutra, Brahman je napustio svoju kuću.
**And he made his way to the palace of the great king.**
I uputio se prema palači velikog kralja.
**I have already mentioned he was a dimwitted man.**
Već sam spomenuo da je bio glup čovjek.
**He did not inquire which road he should take.**
Nije se raspitao kojim putem treba ići.
**Instead, he walked on and on without directions.**
Umjesto toga, hodao je i hodao bez ikakvih uputa.

**And he followed wherever his nose pointed him.**
I slijedio ga je kamo god ga je nos vodio.
**I don't need to say he was not on the right road.**
Ne moram ni reći da nije bio na pravom putu.
**The regions he wandered became less and less inhabited.**
Regije kojima je lutao postajale su sve manje naseljene.
**Soon he met no human being for many miles.**
Ubrzo kilometrima nije sreo nijedno ljudsko biće.
**But there were many other things he saw there.**
Ali bilo je tamo mnogo drugih stvari koje je vidio.
**Things he had never seen in all his life.**
Stvari koje nikada u životu nije vidio.
**He saw hillocks of cowries on the roadside.**
Ugledao je brežuljke kaurija uz cestu.
**Cowries were shells used as money in those times.**
Kauri su bile školjke koje su se u to vrijeme koristile kao
novac.
**He kept going and saw hillocks of jewels.**
Nastavio je dalje i ugledao brežuljke dragulja.
**Next, he saw hillocks of four-anna pieces.**
Zatim je ugledao brežuljke komada od četiri ane.
**Further along were hillocks of eight-anna pieces.**
Dalje su se nalazile gomile komada od osam anna.
**And further yet were hillocks of rupees.**
A još dalje bila su brežuljci rupija.
**But the Brahman's surprise did not end there.**
Ali Brahmanovo iznenađenje nije tu završilo.
**Next there was a hill of burnished gold-mohurs.**
Zatim se nalazilo brdo uglačanih zlatnih mohura.
**The burnished gold-mohurs were shining brightly.**
Uglačani zlatni mohuri jarko su sjali.
**Because the gold-mohurs had been freshly minted.**
Jer su zlatni mohuri bili svježe kovani.
**Close to the hill of gold-mohurs was a large house.**
Blizu brda zlatnih mohura nalazila se velika kuća.
**The house looked like the palace of a powerful king.**
Kuća je izgledala kao palača moćnog kralja.

At the door stood a lady of exquisite beauty.
Na vratima je stajala dama izuzetne ljepote.
The lady, seeing the Brahman, said;
Gospođa, vidjevši Brahmana, reče;
"Come to me, my beloved husband"
"Dođi k meni, ljubljeni mužu moj"
"You married me when I was young"
"Oženio si me kad sam bio mlad"
"But you never came back after our marriage"
„Ali se nikad nisi vratio nakon našeg vjenčanja"
"Though I have been daily expecting you"
„Iako sam te svaki dan očekivao"
"Blessed be this day," said the lady.
„Blagoslovljen bio ovaj dan", rekla je gospođa.
"On this day I see the face of my husband"
"Na današnji dan vidim lice svog muža"
"Come, my sweet, come in," she asked of him.
„Dođi, dragi moj, uđi", zamolila ga je.
"You must be fatigued from your long journey"
"Mora da ste umorni od dugog putovanja"
"Wash your feet and rest, and eat and drink"
„Operi noge, odmori se, jedi i pij"
"And after that we shall make ourselves merry"
„A poslije toga ćemo se veseliti"
The Brahman was astonished beyond measure.
Brahman je bio neizmjerno zapanjen.
He had no recollection marrying twice.
Nije se sjećao da se dvaput ženio.
He remembered marrying the wife he left at home.
Sjetio se kako se oženio ženom koju je ostavio kod kuće.
But he did not remember marrying this lady.
Ali nije se sjećao da se oženio ovom gospođom.
But he remembered that he was a Kulin Brahman.
Ali sjetio se da je Kulin Brahman.
Perhaps his father got him married as a child.
Možda ga je otac oženio dok je bio dijete.
But what he thought did not matter much.

Ali što je on mislio nije bilo puno važno.
**The woman was certain he was her husband.**
Žena je bila uvjerena da joj je on muž.
**And he had no reason to say he was not her husband.**
I nije imao razloga reći da joj nije muž.
**Because her beauty was more than he could fathom.**
Jer je njezina ljepota bila veća nego što je mogao zamisliti.
**As beautiful as the Goddesses of Indra's heaven.**
Lijepa poput božica Indrinog neba.
**And he was sure that she was wealthy too.**
I bio je siguran da je i ona bogata.
**These thoughts went through the Brahman's mind.**
Ove su misli prošle kroz Brahmanov um.
**But the lady interrupted his flow of thought.**
Ali gospođa je prekinula njegov tok misli.
**"Are you doubting whether I am your wife?"**
„Sumnjaš li da sam ti ja žena?"
**"Have you lost all memories of that happy event?**
„Jesi li izgubio sva sjećanja na taj sretan događaj?"
**"All the pomp and circumstance of our nuptials"**
„Sva pompa i okolnosti našeg vjenčanja"
**"Come in, beloved; this is your house"**
"Uđi, ljubljeni; ovo je tvoja kuća"
**"Because whatever is mine is thine also"**
„Jer što je moje, to je i tvoje"
**The fair lady easily persuaded the Brahman.**
Lijepa dama je lako uvjerila Brahmana.
**And he succumbed to her loving entreaties.**
I podlegao je njezinim ljubavnim molbama.
**And he went into the house of the lady.**
I uđe u kuću gospođe.
**The house was not an ordinary one.**
Kuća nije bila obična.
**The house was in fact a magnificent palace.**
Kuća je zapravo bila veličanstvena palača.
**All the apartments were large and lofty.**
Svi stanovi bili su veliki i visoki.

Every room in the palace was richly furnished.
Svaka soba u palači bila je bogato namještena.
But one thing surprised the Brahman very much.
Ali jedna stvar je jako iznenadila Brahmana.
There was no other person in all the house.
U cijeloj kući nije bilo nikoga drugog.
The only one there was the lady herself.
Jedina tamo bila je sama gospođa.
He could not account for the strange phenomenon.
Nije mogao objasniti taj neobičan fenomen.
They meet anyone on their walks either.
Susreću bilo koga na svojim šetnjama.
The fact was that the lady was not a human being.
Činjenica je bila da gospođa nije bila ljudsko biće.
What the lady really was was a Rakshasi.
Ono što je gospođa zapravo bila bila je Rakšasi.
She had eaten up the king and queen.
Pojela je kralja i kraljicu.
And she had eaten all the members of the royal family.
I pojela je sve članove kraljevske obitelji.
And gradually she had eaten their servants too.
I postupno je pojela i njihove sluge.
This was why there were no humans far and wide.
Zato nije bilo ljudi daleko i široko.
The Rakshasi and the Brahman now lived together.
Rakšasi i Brahman su sada živjeli zajedno.
After a week the former said to the latter;
Nakon tjedan dana prvi reče drugome;
“I am very anxious to see my sister”
„Jako sam nestrpljiva da vidim svoju sestru“
“As you know, my sister is your other wife”
„Kao što znaš, moja sestra ti je druga žena .“
“You must go and fetch my sister; your other wife”
„Moraš otići i dovesti moju sestru; svoju drugu ženu.“
“Then we shall all live together happily”
"Tada ćemo svi zajedno živjeti sretno"
“You must go to get her early tomorrow”

„Moraš sutra rano otići po nju.“
**"I will give you clothes and jewels for her"**
"Dat ću ti odjeću i nakit za nju"
**Next morning the Brahman set out for his home.**
Sljedećeg jutra Brahman je krenuo prema svom domu.
**He was furnished with fine clothes.**
Bio je opremljen finom odjećom.
**And he wore around his wrists costly ornaments.**
I nosio je skupocjene ukrase oko zapešća.

**The poor woman was in great distress.**
Jadna žena bila je u velikoj nevolji.
**The funeral ceremony of the king's mother was over.**
Pogrebna ceremonija kraljeve majke bila je završena.
**All the Brahmans and Pandits had returned.**
Svi brahmani i panditi su se vratili.
**And they were loaded with donations.**
I bili su prepuni donacija.
**But her husband had not returned.**
Ali njen muž se nije vratio.
**No one could give any news of him.**
Nitko nije mogao dati nikakve vijesti o njemu.
**Because no one had seen him there.**
Jer ga nitko tamo nije vidio.
**The woman therefore could only come to one conclusion.**
Žena je stoga mogla doći samo do jednog zaključka.
**He must have been murdered on the road by highwaymen.**
Mora da su ga drumski razbojnici ubili na cesti.
**She was in this terrible suspense.**
Bila je u toj strašnoj neizvjesnosti.
**But then one day she heard some rumors.**
Ali onda je jednog dana čula neke glasine.
**People in her village were talking about her husband.**
Ljudi u njezinom selu pričali su o njezinom mužu.
**They said they saw him coming back.**
Rekli su da su ga vidjeli kako se vraća.
**And they said he was dressed in fine clothes.**

I rekli su da je bio odjeven u finu odjeću.
**And they said he had fine jewels for his wife.**
I rekli su da ima lijep nakit za svoju ženu.
**And sure enough the Brahman soon appeared.**
I doista, Brahman se ubrzo pojavio.
**And he was carrying fine jewels for his wife.**
I nosio je lijep nakit za svoju ženu.
**On seeing his wife the Brahman thus accosted her;**
Ugledavši svoju ženu, Brahman joj se tako obrati;
**"Come with me, my dearest wife"**
"Pođi sa mnom, moja najdraža ženo"
**"I have found my first wife"**
"Pronašao sam svoju prvu ženu"
**"She lives in a stately palace"**
„Živi u raskošnoj palači"
**"Near her palace are hillocks of rupees"**
„U blizini njezine palače nalaze se brežuljci rupija"
**"And there is a large hill of gold-mohurs"**
„I postoji veliko brdo zlatnih mohura"
**"Why should you pine away in wretchedness?"**
"Zašto bi trebao čamiti u bijedi?"
**"Why would you stay in this horrible place?"**
„Zašto bi ostao/la na ovom užasnom mjestu?"
**"Come with me to the house of my first wife"**
"Pođi sa mnom u kuću moje prve žene"
**"There we shall all live together happily"**
"Tamo ćemo svi zajedno sretno živjeti"
**At first, she thought her half-witted man had gone mad.**
Isprva je mislila da je njezin poluduhoviti muškarac poludio.
**She could not imagine the hillocks of rupees.**
Nije mogla zamisliti brežuljke rupija.
**And she could not imagine a hill of gold-mohurs.**
I nije mogla zamisliti brdo zlatnih mohura.
**But then she saw how he was beautifully dressed.**
Ali onda je vidjela kako je lijepo odjeven.
**Beautiful clothes of exquisite silks and satins.**
Prekrasna odjeća od izuzetne svile i satena.

**Ornaments set with diamonds and precious stones.**
Ukrasi ukrašeni dijamantima i dragim kamenjem.
**Clothes fit for the queen of the land.**
Odjeća dostojna kraljice zemlje.
**Clothes only princesses were in the habit of putting on.**
Odjeću koju su samo princeze imale običaj nositi.
**She concluded in her mind that something was amiss:**
U sebi je zaključila da nešto nije u redu:
**Her stupid husband must have been tricked.**
Njen glupi muž mora da je prevaren.
**He must have fallen into the meshes of a Rakshasi.**
Mora da je upao u mreže nekog Rakšasija.
**The Brahman, however, insisted his wife went with him.**
Brahman je, međutim, inzistirao da njegova žena pođe s njim.
**"Feel free to stay here and pine away in poverty"**
„Slobodno ostanite ovdje i čamite u siromaštvu"
**"As for me, I will return to the palace of my first wife"**
„Što se mene tiče, vratit ću se u palaču svoje prve žene"
**The good woman did her best to stop her husband.**
Dobra žena je dala sve od sebe da zaustavi svog muža.
**But in the end she resolved to go with him.**
Ali na kraju je odlučila poći s njim.
**Perhaps she could judge the matter better at the palace.**
Možda bi mogla bolje procijeniti stvar u palači.

**They set out accordingly the next morning.**
Sukladno tome, krenuli su sljedećeg jutra.
**They went the same road the Brahman had travelled.**
Išli su istim putem kojim je putovao Brahman.
**The woman was not a little surprised by what she saw.**
Žena je bila nemalo iznenađena onim što je vidjela.
**She saw the hillocks of cowries and of jewels.**
Vidjela je brežuljke kaurija i dragulja.
**And she saw hillocks of eight-anna pieces.**
I vidjela je brežuljke komada od osam anna.
**And she saw the hillocks of rupees too.**
I vidjela je brežuljke rupija.

**And last of all she saw a lofty hill of gold-mohurs.**

I na kraju je ugledala visoko brdo zlatnih mohura.

**She saw also an exceedingly beautiful lady.**

Vidjela je i izuzetno lijepu damu.

**The lady of the palace was hastening towards her.**

Gospođa palače žurila je prema njoj.

**The lady fell on the neck of the Brahman woman.**

Gospođa je pala na vrat brahmanki.

**And she wept tears of joy, and said:**

I zaplakala je od radosti i rekla:

**"Welcome, beloved sister!"**

„Dobrodošla, voljena sestro!"

**"This is the happiest day of my life!"**

"Ovo je najsretniji dan u mom životu!"

**"I see the face of my dearest sister again!"**

„Opet vidim lice svoje najdraže sestre!"

**The husband and his two wives entered the palace.**

Muž i njegove dvije žene ušli su u palaču.

**Now he was lodged in a stately mansion.**

Sada je bio smješten u raskošnoj vili.

**The most delectable food appeared, as if by enchantment.**

Najukusnija hrana pojavila se, kao začarana.

**He was caressed and endeared by his two wives.**

Njegove dvije žene su ga mazile i voljele.

**Both wives did their best to make him happy.**

Obje supruge su dale sve od sebe da ga usreće.

**Both wives did their best to make him comfortable.**

Obje supruge su dale sve od sebe da mu bude ugodno.

**His two wives were competing for his love.**

Njegove dvije žene su se natjecale za njegovu ljubav.

**The Brahman had a jolly time of it.**

Brahman se veselo proveo.

**He was steeped in an ocean of enjoyment.**

Bio je uronjen u ocean užitka.

**The Brahman lived in this state of Elysian pleasure.**

Brahman je živio u ovom stanju elizejskog zadovoljstva.

**Some fifteen or sixteen years he spent this way.**

Tako je proveo nekih petnaest ili šesnaest godina.
**During this time his two wives presented him with two sons.**
Za to vrijeme njegove dvije žene rodile su mu dva sina.
**The Rakshasi's son was the elder.**
Rakšasijev sin bio je stariji.
**He looked more like a god than a human being.**
Izgledao je više kao bog nego kao čovjek.
**He was named Sahasra-Dal.**
Zvali su ga Sahasra-Dal.
**His name meant the thousand-branched.**
Njegovo ime značilo je tisuću grana.
**The son of the Brahman woman was a year younger.**
Sin brahmanke bio je godinu dana mlađi.
**He was named Champa-Dal**
Zvali su ga Champa-Dal.
**His name meant the branch of a champaka tree.**
Njegovo ime značilo je grana stabla champaka.
**The two brothers loved each other dearly.**
Dva brata su se jako voljela.
**They were both sent to the same school.**
Oboje su poslani u istu školu.
**The school was several miles distant from the palace.**
Škola je bila nekoliko kilometara udaljena od palače.
**Every day they rode their two little ponies to school.**
Svaki dan su jahali svoja dva mala ponija u školu.
**The Brahman woman had always been suspicious.**
Brahmanka je oduvijek bila sumnjičava.
**A thousand little circumstances gave her clues.**
Tisuću sitnih okolnosti dalo joj je tragove.
**She knew her sister-in-law was not a human being.**
Znala je da njezina šogorica nije ljudsko biće.
**She was sure her sister-in-law was a Rakshasi.**
Bila je sigurna da joj je šogorica Rakšasi.
**But her suspicion had not yet ripened into certainty.**
Ali njezina sumnja još nije sazrela u sigurnost.
**Because the Rakshasi exercised great self-restraint.**

Jer su Rakšasi pokazali veliku samokontrolu.
**She never did anything which human beings did not do.**
Nikada nije učinila ništa što ljudska bića ne čine.
**But she couldn't hide her demonic nature forever.**
Ali nije mogla zauvijek skrivati svoju demonsku prirodu.
**Her demonic nature was eventually going to reveal itself.**
Njena demonska priroda će se na kraju otkriti.

**The Brahman had little to keep him busy.**
Brahman je imao malo toga što bi ga zaokupljalo.
**In order to pass his time he went hunting.**
Kako bi prekratio vrijeme, odlazio je u lov.
**The first day he returned with an antelope.**
Prvog dana se vratio s antilopom.
**The antelope was laid in the courtyard of the palace.**
Antilopa je položena u dvorištu palače.
**The Rakshasi saw the antelope with great interest.**
Rakšasi su s velikim zanimanjem promatrali antilopu.
**At the sight of the raw meat her mouth began to water.**
Pri pogledu na sirovo meso počela joj je teći voda na usta.
**The antelope was never taken to the kitchen.**
Antilopa nikada nije odvedena u kuhinju.
**Instead, the Rakshasi took the antelope to another room.**
Umjesto toga, Rakšasi je odveo antilopu u drugu sobu.
**In this room she began devouring the antelope.**
U ovoj sobi počela je proždirati antilopu.
**The Brahman woman saw everything from a secret room.**
Brahmanka je sve vidjela iz tajne sobe.
**Her Rakshasi sister tore a leg off the antelope.**
Njena sestra Rakshasi otkinula je nogu antilopi.
**She saw how she opened her tremendous jaw.**
Vidjela je kako je otvorila svoju ogromnu čeljust.
**And in one mouthful she swallowed up the leg.**
I u jednom zalogaju progutala je nogu.
**The other limbs were devoured in the same manner.**
Ostali udovi su proždirani na isti način.
**And opening her jaw even further, she swalled the body.**

I otvorivši čeljust još više, progutala je tijelo.
**Only a little bit of the meat was kept for the kitchen.**
Samo mali dio mesa sačuvan je za kuhinju.
**On the second day the Brahman caught another antelope.**
Drugog dana Brahman je uhvatio još jednu antilopu.
**On the third day the Brahman caught another antelope.**
Trećeg dana Brahman je uhvatio još jednu antilopu.
**The Rakshasi was unable to restrain her appetite.**
Rakšasi nije mogla obuzdati apetit.
**The raw flesh brought out her demonic nature.**
Sirovo meso istaknulo je njezinu demonsku prirodu.
**And she devoured each antelope like the last.**
I proždrla je svaku antilopu kao i prethodnu.
**On the third day the Brahman woman expressed her surprise.**
Trećeg dana brahmanka je izrazila svoje iznenađenje.
**"Nearly three whole antelopes have disappeared"**
„Gotovo tri cijele antilope su nestale"
**"All that is left is a little bit of meat"**
„Sve što je ostalo je malo mesa"
**The Rakshasi did not appreciate the accusation.**
Rakšasiju se optužba nije svidjela.
**"Do I eat raw flesh?" she asked fiercely.**
„Jedem li sirovo meso?" upitala je žestoko.
**"Perhaps you do eat raw flesh," replied the Brahman woman.**
„Možda doista jedete sirovo meso", odgovorila je brahmanka.
**"I have nothing to prove the contrary"**
„Nemam ništa što bi dokazalo suprotno"
**The Rakshasi knew she had been discovered.**
Rakšasi je znala da je otkrivena.
**Her eyes became even fiercer than before.**
Oči su joj postale još žešće nego prije.
**And she vowed to get her revenge.**
I zaklela se da će se osvetiti.
**The Brahman woman concluded her fate was sealed.**
Brahmanka je zaključila da je njezina sudbina zapečaćena.

**She thought her husband would meet the same fate.**
Mislila je da će njezin muž doživjeti ista sudbina.
**She did not expect her son to be spared either.**
Nije očekivala da će ni njezin sin biti pošteđen.
**That night she hardly slept at all.**
Te noći jedva da je uopće spavala.
**The Rakshasi had prevented her from seeing her husband.**
Rakšasi su joj spriječili da vidi muža.
**Early next morning Champa-Dal went to school.**
Rano sljedećeg jutra Champa-Dal je otišao u školu.
**Before he went to school she gave her son a golden bottle.**
Prije nego što je krenuo u školu, dala je sinu zlatnu bocu.
**In the golden bottle was her own breast milk.**
U zlatnoj bočici bilo je njezino vlastito majčino mlijeko.
**"Carefully watch the colour of the milk"**
"Pažljivo pratite boju mlijeka"
**"If the milk turns red, your father has been killed"**
„Ako mlijeko postane crveno, tvoj otac je ubijen"
**"If the milk turns redder, then I have been killed"**
„Ako mlijeko postane crvenije, onda sam ubijen/a"
**"If the milk turns red you must gallop away"**
"Ako mlijeko postane crveno, moraš odgalopirati"
**"Gallop as fast as your horse can carry you"**
"Galopiraj najbrže što te konj može nositi"
**"If you do not run away, you will be devoured"**
"Ako ne pobjegneš, bit ćeš proždreran"
**That morning the Rakshasi made a suggestion to her husband.**
Tog jutra Rakšasi je dala svom mužu prijedlog.
**"Let us bathe in the river this morning"**
"Hajde da se jutros okupamo u rijeci"
**She would not take no for an answer.**
Nije prihvaćala ne kao odgovor.
**The river was some distance from the palace.**
Rijeka je bila na određenoj udaljenosti od palače.
**The Brahman followed her as meekly as a lamb.**
Brahman ju je slijedio krotko poput janjeta.

The Brahman woman saw that her doom was near.
Brahmanka je vidjela da joj je propast blizu.
But it was beyond her power to avert the catastrophe.
Ali bilo je izvan njezine moći spriječiti katastrofu.
The Brahman and the Rakshasi did indeed reach the river.
Brahman i Rakšasi su doista stigli do rijeke.
Soon after the Rakshasi changed into her real dimensions.
Ubrzo nakon toga, Rakshasi se promijenila u svoju pravu veličinu.
She tore the Brahman limb from limb.
Rastrgala je Brahmana ud po ud.
She devoured him like she had devoured the antelope.
Proždrla ga je kao što je proždrla antilopu.
Then she ran back to her palace.
Zatim je otrčala natrag u svoju palaču.
The wive's fate was the same as the Brahman's.
Sudbina žene bila je ista kao i brahmanova.

Young Champ Dal had done as his mother instructed.
Mladi Champ Dal je učinio kako mu je majka rekla.
He was diligently observing the golden bottle.
Pažljivo je promatrao zlatnu bocu.
He paid special attention to the colour of the milk.
Posebnu je pozornost posvetio boji mlijeka.
He was horror-struck to find the milk redden a little.
Užasnuo se kad je otkrio da je mlijeko malo pocrvenjelo.
"My father has been killed," he cried.
„Moj otac je ubijen", plakao je.
Soon after the milk completely reddened.
Ubrzo nakon toga mlijeko je potpuno pocrvenjelo.
"Now my mother has been killed too," he cried.
„Sad je i moja majka ubijena", plakao je.
Quickly he rushed to mount his pony.
Brzo je pojurio uzjahati svog ponija.
His half-brother, Sahasra-Dal, was surprised.
Njegov polubrat, Sahasra-Dal, bio je iznenađen.
"Where are you going, Champa?"

„Kamo ideš, Čampa?“
**"Why are you crying, brother?"**
„Zašto plačeš, brate?“
**"Let me accompany you to wherever you are going"**
"Dopusti mi da te otpratim kamo god ideš"
**But Champa-Dal now feared his brother.**
Ali Champa-Dal se sada bojao svog brata.
**"Oh! do not come to me," he objected.**
„Oh! nemoj dolaziti k meni“, prigovorio je.
**"Your mother has devoured my father and mother"**
„Tvoja je majka proždrla moga oca i majku“
**"Don't you come and devour me"**
"Nemoj doći i proždrijeti me"
**"I will not devour you," he promised his brother.**
„Neću te prožderati“, obećao je bratu.
**"I'll save you," he promised his brother.**
„Spasit ću te“, obećao je bratu.
**And he galloped after his brother, Champa-Dal.**
I galopirao je za svojim bratom, Champa-Dalom.
**Soon his mother, the Rakshasi, appeared at a distance.**
Ubrzo se u daljini pojavila njegova majka, Rakšasi.
**She demanded Champa-Dal to come to her.**
Zahtijevala je da Champa-Dal dođe k njoj.
**But Champa-Dal knew better than to go to the Rakshasi.**
Ali Champa-Dal je znao da je bolje da ne ide Rakshasima.
**"Champa-Dal will not come to you, but I will"**
„Čampa-Dal neće doći k tebi, ali ja hoću“
**And instead, Sahasra-Dal went to his mother.**
I umjesto toga, Sahasra-Dal je otišao svojoj majci.
**The young prince always carried a sword with him.**
Mladi princ je uvijek nosio mač sa sobom.
**With his sword he cut off his mother's head.**
Mačem je odsjekao glavu svojoj majci.
**Champa-Dal had not stayed to witness this.**
Champa-Dal nije ostao da to svjedoči.
**He had galloped off as far as his pony could carry him.**
Odgalopirao je koliko god ga je njegov poni mogao nositi.

**Because he was running for his life.**
Jer je trčao da bi spasio život.
**But Sahasra-Dal soon caught up with his brother.**
Ali Sahasra-Dal je ubrzo sustigao svog brata.
**And he told him that his mother was no more.**
I rekao mu je da mu majke više nema.
**This was small consolation to Champa-Dal.**
To je bila slaba utjeha za Champa-Dala.
**The Rakshasi had already devoured both his parents.**
Rakšasi su već proždrli oba njegova roditelja.
**But he could still not trust Sahasra-Dal's friendship.**
Ali još uvijek nije mogao vjerovati Sahasra-Dalinom
prijateljstvu.
**They both rode as fast as their horses could carry them.**
Oboje su jahali najbrže što su ih njihovi konji mogli nositi.
**And their horses could carry them very far.**
A njihovi su ih konji mogli nositi jako daleko.
**Because their horses were Pakshirajes horses.**
Jer su im konji bili pakshirajski konji.
**Pakshirajes horses are the kings of birds.**
Pakshirajes konji su kraljevi ptica.
**On their horses they travelled over hundreds of miles.**
Na konjima su putovali stotinama kilometara.
**An hour or two before sundown they reached a village.**
Sat ili dva prije zalaska sunca stigli su u selo.
**Here they became the guests of a respectable family.**
Ovdje su postali gosti ugledne obitelji.
**But the two brothers saw the family was in gloom.**
Ali dva brata su vidjela da je obitelj u tmurnoj situaciji.
**Something was agitating the family very much.**
Nešto je jako uznemirilo obitelj.
**Some of the family held private consultations.**
Neki članovi obitelji održali su privatne konzultacije.
**And others in the family were weeping.**
I drugi u obitelji su plakali.
**The mother was the eldest lady in the house.**
Majka je bila najstarija žena u kući.

"I will go, as I am the eldest," she said.

„Idem ja, jer sam najstarija", rekla je.

"I have lived long enough"

"Živio sam dovoljno dugo"

"At most my life would be cut short by a year or two"

„Najviše bi mi život bio skraćen za godinu ili dvije"

The youngest member of the house was a little girl.

Najmlađi član kuće bila je mala djevojčica.

"I will go, as I am young," she said.

„Ići ću, jer sam mlada", rekla je.

"I am useless to the family"

"Beskoristan sam za obitelj"

"If I die, I shall not be missed"

„Ako umrem, nikome neće nedostajati"

The head of the house was the son of the old lady.

Glava kuće bio je sin starice.

"I am the representative of the family," he said.

„Ja sam predstavnik obitelji", rekao je.

"It is but reasonable that I should give up my life"

"Sasvim je razumno da se odreknem svog života"

He also had a younger brother.

Imao je i mlađeg brata.

"You are the pillar of the family," he said.

„Ti si stup obitelji", rekao je.

"If you go the whole family is ruined"

"Ako odeš, cijela obitelj je uništena"

"It is not reasonable that you should go"

„Nije razumno da ideš"

"I will go, as I shall not be much missed"

„Idem, jer me neće puno nedostajati"

The two strangers listened to all this conversation.

Dvojica stranaca slušala su cijeli taj razgovor.

You can imagine their curiosity was not little.

Možete zamisliti da njihova znatiželja nije bila mala.

They wondered what the discussion could be about.

Pitali su se o čemu bi se mogla voditi rasprava.

Sahasra-Dal took the risk of being thought meddlesome.

Sahasra-Dal je riskirao da je smatraju nametljivom.
**"What is the subject of your consultations?"**
„Što je tema vaših konzultacija?"
**"What is the reason for your deep miserable?"**
„Koji je razlog tvoje duboke bijede?"
**"Why are your words full of countenances?"**
„Zašto su ti riječi pune izraza lica?"
**The head of the house gave the following answer.**
Glavar kuće dao je sljedeći odgovor.
**"There is something you must know, me worthy guests"**
„Nešto morate znati, dragi gosti."
**"These lands are infested by a terrible Rakshasi"**
„Ove zemlje su zaražene strašnim Rakšasima"
**"This Rakshasi has depopulated all the regions here"**
„Ovaj Rakšasi je depopulirao sve regije ovdje"
**"This town, too, would have been depopulated"**
„I ovaj grad bi bio depopuliran"
**"But that our king became suppliant to the Rakshasi"**
„Ali da je naš kralj postao molitelj Rakšasima"
**"He begged her to show mercy to us his people"**
„Molio ju je da pokaže milost prema nama, njegovom narodu"
**The Rakshasi replied to the king.**
Rakšasi je odgovorio kralju.
**"I will consent to show mercy to your subjects"**
"Pristat ću iskazati milost tvojim podanicima"
**"But there is one condition for my mercy"**
„Ali postoji jedan uvjet za moju milost"
**"Every night I demand one human being"**
"Svake noći zahtijevam jedno ljudsko biće"
**"I don't mind if it is a male or a female"**
"Ne smeta mi je li muškarac ili žena"
**"Put the human being in a temple for me to feast"**
„Stavite ljudsko biće u hram da se gostim"
**"If I get a human being every night I will rest satisfied"**
"Ako svake noći dobijem ljudsko biće, bit ću zadovoljan"
**"Promise me this and I will commit no further depredations"**

"Obećaj mi ovo i neću počiniti daljnja pljačkanja"
**"Your subjects will be spared from my ravenous hunger"**
„Tvoji će podanici biti pošteđeni moje proždrljive gladi"
**"Our king had no other alternative than to agree"**
„Naš kralj nije imao drugog izbora nego pristati"
**"What human can ever hope to contend against a Rakshasi?"**
„Koji čovjek ikada može očekivati da će se suprotstaviti Rakšasiju?"
**"From that day the king made a new law"**
„Od tog dana kralj je donio novi zakon"
**"Every family has to send one member to the temple"**
„Svaka obitelj mora poslati jednog člana u hram"
**"To appease the wrath of the terrible Rakshasi"**
„Da umiri gnjev strašnog Rakšasija"
**"To satisfy the endless hunger of the Rakshasi"**
„Da se zadovolji beskrajna glad Rakšasija"
**"All the families in this neighbourhood have had their turn"**
„Sve obitelji u ovom susjedstvu su došle na red"
**"This night it is the turn of our family"**
"Ove noći je red na našu obitelj"
**"One of us is to devote ourself to destruction"**
"Jedan od nas je da se posveti uništenju"
**"We are therefore discussing who should go to the Rakshasi"**
„Stoga raspravljamo o tome tko bi trebao ići u Rakshasi."
**"You can now perceive the cause of our distress"**
„Sada možete shvatiti uzrok naše nevolje"
**The two friends consulted together for a few minutes.**
Dvojica prijatelja su se nekoliko minuta savjetovala.
**After this time they concluded their consultation.**
Nakon tog vremena završili su konzultacije.
**Sahasra-Dal was the spokesman for the brothers.**
Sahasra-Dal je bio glasnogovornik braće.
**"Most worthy host, do not any longer be sad"**
"Najvrjedniji domaćine, ne budite više tužni"
**"You have been very kind to us"**
„Bili ste vrlo ljubazni prema nama"

**"We have resolved to requite your hospitality"**
„Odlučili smo uzvratiti vam gostoprimstvo"
**"We will go to the temple instead of you"**
„Mi ćemo ići u hram umjesto tebe"
**"We shall go as your representatives"**
"Ići ćemo kao vaši predstavnici"
**"We will become the food of the Rakshasi"**
„Postat ćemo hrana Rakšasija"
**The whole family protested against the proposal.**
Cijela obitelj prosvjedovala je protiv prijedloga.
**They declared that guests were like gods.**
Izjavili su da su gosti poput bogova.
**"The host must ensure the comfort of the guests"**
„Domaćin mora osigurati udobnost gostiju"
**"The guests must not suffer for the host"**
"Gosti ne smiju patiti zbog domaćina"
**But the two strangers could not be persuaded.**
Ali dvojicu stranaca nije bilo moguće uvjeriti.
**"We will stand as proxies for your family"**
"Mi ćemo biti opunomoćenici vaše obitelji"
**There was a great deal of objection to the proposal.**
Bilo je mnogo prigovora na prijedlog.
**But eventually the guests persuaded their hosts.**
Ali gosti su na kraju uvjerili svoje domaćine.
**Finally the hosts consented to the arrangement.**
Konačno su domaćini pristali na dogovor.


**Sahasra-Dal and Champa-Dal rode off on their horses.**
Sahasra-Dal i Champa-Dal odjahali su na svojim konjima.
**Immediately after candle light they reached the temple.**
Odmah nakon paljenja svijeća stigli su do hrama.
**They went into the temple, and shut the door.**
Ušli su u hram i zatvorili vrata.
**Sahasra told his brother to go to sleep.**
Sahasra je rekla svom bratu da ide spavati.
**"I will guard over your sleep"**
„Čuvat ću tvoj san"

"I will watch out for the terrible Rakshasi"
„Pazit ću na strašnog Rakshasija"
**Champa was soon in a fine sleep.**
Čampa je ubrzo lijepo zaspao.
**Sahasra lay awake, waiting for the Rakshasi.**
Sahasra je ležao budan, čekajući Rakshasije.
**Nothing happened during the early hours of the night.**
Ništa se nije dogodilo u ranim noćnim satima.
**But then the gong of the king's bell sounded.**
Ali tada se začuo gong kraljevog zvona.
**It was midnight, the dead hour of the night.**
Bila je ponoć, mrtvi sat noći.
**Sahasra heard the sound as of a rushing tempest.**
Sahasra je čula zvuk kao da nailazi na oluju.
**He used the knowledge he had of Rakshasas.**
Koristio je znanje koje je imao o Rakšasama.
**He concluded the Rakshasi was nigh.**
Zaključio je da je Rakshasi blizu.
**A thundering knock was heard at the door.**
Na vratima se začulo gromoglasno kucanje.
**The following words accompanied the knock at the door:**
Kucanje na vratima popratile su sljedeće riječi:
**"How, mow, khow! A human being I smell"**
"Kako, kosi, khou! Mirišem na ljudsko biće."
**"Who keeps guard inside this temple?"**
„Tko čuva stražu u ovom hramu?"
**To this question Sahasra-Dal made the following reply:**
Na ovo pitanje Sahasra-Dal je dao sljedeći odgovor:
**"Sahasra-Dal keeps guard inside this temple"**
„Sahasra-Dal čuva stražu unutar ovog hrama"
**"Champa-Dal keeps guard inside this temple"**
„Čampa-Dal čuva stražu unutar ovog hrama"
**"Two winged horses keep guard inside this temple"**
„Dva krilata konja čuvaju stražu unutar ovog hrama"
**Rakshasa blood flowed through Sahasra-Dal's veins.**
Rakšasina krv tekla je Sahasra-Dalovim venama.
**The Rakshasi knew Sahasra-Dal was not human.**

Rakshasi su znali da Sahasra-Dal nije čovjek.
**And so the Rakshasi turned away with a groan.**
I tako se Rakšasi okrenuo uz stenjanje.
**After an hour the Rakshasi returned to the temple.**
Nakon sat vremena Rakšasi se vratio u hram.
**The Rakshasi thundered at the door again.**
Rakšasi je ponovno zagrmio na vrata.
**"How, mow, khow! A human being I smell"**
"Kako, kosi, khou! Mirišem na ljudsko biće."
**"Who keeps guard inside this temple?"**
„Tko čuva stražu u ovom hramu?"
**To this question Sahasra-Dal again replied:**
Na ovo pitanje Sahasra-Dal je ponovno odgovorio:
**"Sahasra-Dal keeps guard inside this temple"**
„Sahasra-Dal čuva stražu unutar ovog hrama"
**"Champa-Dal keeps guard inside this temple"**
„Čampa-Dal čuva stražu unutar ovog hrama"
**"Two winged horses keep guard inside this temple"**
„Dva krilata konja čuvaju stražu unutar ovog hrama "
**The Rakshasi again groaned and went away.**
Rakšasi je ponovno zastenjao i otišao.
**At two o'clock the Rakshasi appeared once more.**
U dva sata Rakshasi se ponovno pojavio.
**And at three o'clock the Rakshasi came again.**
I u tri sata Rakšasi je opet došao.
**Each time the Rakshasi made the same inquiry.**
Rakšasi je svaki put postavio isto pitanje.
**And each time the Rakshasi left with a groan.**
I svaki put Rakšasi je otišao uz stenjanje.
**After three o'clock, however, Sahasra-Dal felt very sleepy.**
Međutim, nakon tri sata, Sahasra-Dal se osjećala jako pospano.
**He could not any longer keep awake.**
Više nije mogao ostati budan.
**He therefore roused Champa.**
Stoga je probudio Champu.
**And he told him to keep guard over the temple.**
I reče mu da čuva stražu nad hramom.

"The Rakshasi will come again in an hour"
„Rakšasi će se vratiti za sat vremena“
"The Rakshasi will ask who keeps guard here"
„Rakšasi će pitati tko ovdje čuva stražu."
"You must mention Sahasra's name first"
„Prvo moraš spomenuti Sahasrino ime“
Having given these instructions he went to sleep.
Davši te upute, otišao je spavati.
At four o'clock the Rakshasi again made her appearance.
U četiri sata Rakshasi se ponovno pojavila.
The Rakshasi thundered at the door, and said:
Rakšasi je zagrmio na vrata i rekao:
"How, mow, khow! A human being I smell"
"Kako, kosi, khou! Mirišem na ljudsko biće."
"Who keeps guard inside this temple?"
„Tko čuva stražu u ovom hramu?“
Champa-Dal was in a terrible fright.
Champa-Dal je bio u strašnom strahu.
He had forgotten the instructions of his brother.
Zaboravio je bratove upute.
"Champa-Dal keeps guard inside this temple"
„Čampa-Dal čuva stražu unutar ovog hrama“
"Sahasra-Dal keeps guard inside this temple"
„Sahasra-Dal čuva stražu unutar ovog hrama“
"Two winged horses keep guard inside this temple"
„Dva krilata konja čuvaju stražu unutar ovog hrama“
The Rakshasi uttered a shout of exultation.
Rakšasi je ispustio krik oduševljenja.
And the Rakshasi laughed how only demons can laugh.
I Rakšasi su se smijali kako se samo demoni mogu smijati.
With a dreadful noise the door broke open.
Uz strašnu buku vrata su se otvorila.
The noise roused Sahasra from his sleep.
Buka je probudila Sahasru iz sna.
Within a moment he sprung to his feet.
U trenutku je skočio na noge.
He had his sword with him not only by day.

Imao je mač sa sobom ne samo danju.
**He had his sword with him by night too.**
I noću je imao mač sa sobom.
**His sword was as supple as a palm-leaf.**
Njegov mač bio je gibak poput palminog lista.
**And he cut off the head of the Rakshasi.**
I odsjekao je glavu Rakšasiju.
**The huge mountain of a body fell to the ground.**
Ogromna planina tijela pala je na tlo.
**The body made a great noise when it fell.**
Tijelo je ispuštalo veliku buku kada je padalo.
**And the body covered many surrounding acres.**
I tijelo je prekrilo mnoga okolna hektara.
**Sahasra-Dal kept the severed head of the Rakshasi.**
Sahasra-Dal je zadržao odsječenu glavu Rakshasija.
**And he slept again with the head near him.**
I ponovno je zaspao s glavom blizu sebe.

**Early in the morning some wood-cutters came.**
Rano ujutro došli su neki drvosječe.
**The wood-cutters were passing near the temple.**
Drvosječe su prolazile blizu hrama.
**The wood-cutters saw the huge body on the ground.**
Drvosječe su ugledale ogromno tijelo na tlu.
**So they walked towards the temple.**
Tako su hodali prema hramu.
**Soon they saw that it was a carcass.**
Ubrzo su vidjeli da je to leš.
**The carcass of the terrible Rakshasi.**
Leš strašnog Rakshasija.
**The Rakshasi that had nearly depopulated the land.**
Rakšasi koji su gotovo depopulirali zemlju.
**There had been a bounty for this Rakshasi.**
Za ovog Rakshasija bila je raspisana nagrada.
**The king offered the hand of his daughter.**
Kralj je ponudio ruku svoje kćeri.
**And the king had offered half the kingdom.**

A kralj je ponudio pola kraljevstva.
**He would trade it all for the head of the Rakshasi.**
Sve bi to mijenjao za glavu Rakšasija.
**The wood-cutters saw no claimant at hand.**
Drvosječe nisu vidjele nijednog podnositelja zahtjeva u blizini.
**So they went to get the reward.**
Tako su otišli po nagradu.
**Each wood-cutter cut off a limb from the Rakshasi.**
Svaki je drvosječa odsjekao granu Rakshasiju.
**And each wood-cutter went to the king.**
I svaki je drvosječa otišao kralju.
**And each wood-cutter tried to claim the reward.**
I svaki je drvosječa pokušao zatražiti nagradu.
**"I am the destroyer of the great man eater"**
"Ja sam uništitelj velikog ljudoždera"
**"I have come to claim my reward"**
"Došao sam po svoju nagradu"
**The king knew there could only be one hero.**
Kralj je znao da može postojati samo jedan junak.
**So he made an inquiry with his minister.**
Stoga je uputio upit svom ministru.
**"What family's turn was it last night?"**
„Koja je obitelj bila na redu sinoć?“
**"And who is the head of that family?"**
„A tko je glava te obitelji?“
**The king's minister set out to find the family.**
Kraljev ministar krenuo je u potragu za obitelji.
**He brought the head of the family to the king.**
Doveo je glavu obitelji kralju.
**And the head of the family told of his guests.**
I glava obitelji ispriča o svojim gostima.
**"Last night two youthful travelers came to me"**
„Sinoć su mi došla dva mlada putnika“
**"We offered to be their hosts for the night"**
„Ponudili smo se da im budemo domaćini za tu noć“
**"Soon they discovered the problem we had"**
„Ubrzo su otkrili problem koji smo imali“

"And they volunteered to take our place"
„I dobrovoljno su se javili da zauzmu naše mjesto“
"They went to the temple, instead of one of us"
„Oni su otišli u hram, umjesto jednog od nas“
The king took his men to the temple.
Kralj je odveo svoje ljude u hram.
The door of the temple was broken open.
Vrata hrama bila su provaljena.
They found the two brothers sleeping.
Zatekli su dva brata kako spavaju.
And the horses were safe in the temple too.
I konji su bili sigurni u hramu.
And the head of the Rakshasi was there too.
I glava Rakšasija je također bila tamo.
There was no doubt about who had killed the monster.
Nije bilo sumnje tko je ubio čudovište.
The real hero had been discovered.
Pravi junak je bio otkriven.
And the king kept true to his word.
I kralj je održao svoju riječ.
He gave the hand of his daughter to Sahasra-Dal.
Dao je ruku svoje kćeri Sahasra-Dalu.
And he gave him half his kingdom too.
I dao mu je i pola svog kraljevstva.
Champa-Dal remained with his friend.
Champa-Dal je ostao sa svojim prijateljem.
And he rejoiced in Sahasra-Dal's prosperity.
I radovao se blagostanju Sahasra-Dale.
And they lived together happily for some time.
I živjeli su sretno zajedno neko vrijeme.


But one day a misunderstanding arose between them.
Ali jednog dana među njima je došlo do nesporazuma.
The queen-mother had a certain maid-servant.
Kraljica-majka imala je izvjesnu sluškinju.
This maid-servant was the most useful domestic.
Ova sluškinja bila je najkorisnija kućna pomoćnica.

**She could turn her hand to any task.**
Mogla je prihvatiti bilo koji zadatak.
**And she had uncommon strength for a woman.**
I imala je neuobičajenu snagu za ženu.
**Her intelligence was not lacking either.**
Ni inteligencija joj nije nedostajala.
**And she had a remarkable amount of energy.**
I imala je izvanrednu količinu energije.
**She would have been quickly missed in the palace.**
U palači bi je brzo propustili.
**The zenana was completely dependent on her.**
Zenana je bila potpuno ovisna o njoj.
**Hence her services were highly valued.**
Stoga su njezine usluge bile visoko cijenjene.
**The queen-mother appreciated her very much.**
Kraljica-majka ju je jako cijenila.
**And the ladies of the palace valued her too.**
I dame iz palače su je cijenile.
**But this valuable woman was not a woman.**
Ali ova vrijedna žena nije bila žena.
**What this woman was was a Rakshasi.**
Ova žena je bila Rakšasi.
**She had put on the appearance of a woman.**
Odnijela je izgled žene.
**She had her own nefarious reasons for doing this.**
Imala je svoje zlokobne razloge zašto je to učinila.
**And then she took service in the royal household.**
A onda je preuzela službu u kraljevskom kućanstvu.
**At night she used to assume her own real form.**
Noću je poprimala svoj pravi oblik.
**When everyone in the palace was asleep.**
Kad su svi u palači spavali.
**And then she went about in search of food.**
A onda je krenula u potragu za hranom.
**Because her hunger was not satisfied at the palace.**
Jer njezina glad nije bila zadovoljena u palači.
**A Rakshasi needs much more food than a man or woman.**

Rakšasiju treba mnogo više hrane nego muškarcu ili ženi.
**At this time Champa-Dal had no wife.**
U to vrijeme Champa-Dal nije imao ženu.
**So he often slept outside the zenana.**
Tako je često spavao izvan zenane.
**He was not far from the outer gate of the palace.**
Nije bio daleko od vanjskih vrata palače.
**And from there he could observe her.**
I odatle ju je mogao promatrati.
**He saw her devouring sundry goats and sheep.**
Vidio ju je kako proždire razne koze i ovce.
**And he saw her devouring horses and elephants.**
I vidio ju je kako proždire konje i slonove.
**This of course was not good for the maid-servant.**
To naravno nije bilo dobro za sluškinju.
**Champa-Dal was in the way of her supper.**
Champa-Dal joj je smetao pri pripremi večere.
**So she was determined to get rid of him.**
Stoga je bila odlučna riješiti ga se.
**One day she went to the queen-mother.**
Jednog dana otišla je kraljici-majci.
**"Queen-mother," she said to her.**
„Kraljice-majko", rekla joj je.
**"I can no longer work in the palace"**
„Više ne mogu raditi u palači"
**"Why?" asked the queen-mother.**
„Zašto?" upitala je kraljica-majka.
**"What is the matter, Dasi" she wanted to know.**
„Što se dogodilo, Dasi?" htjela je znati.
**"How can I go on without you?"**
„Kako mogu dalje bez tebe?"
**"Tell me your reasons for leaving"**
"Reci mi razloge svog odlaska"
**The maid-servant explained her situation.**
Sluškinja je objasnila svoju situaciju.
**"I am but a poor woman in this palace"**
"Ja sam samo siromašna žena u ovoj palači"

**"A woman like me can't preserve her honour here"**
„Žena poput mene ne može ovdje sačuvati svoju čast"
**"Your son-in-law has a friend, Champa-Dal"**
„Tvoj zet ima prijatelja, Champa-Dala."
**"He always cracks indecent jokes with me"**
„Uvijek mi priča nepristojne šale"
**"I would rather beg for my rice than to lose my honour"**
"Radije bih prosio za rižu nego izgubio čast"
**"If Champa-Dal remains in the palace I must go away"**
„Ako Champa-Dal ostane u palači, moram otići."
**The maid-servant was irreplicable in the palace.**
Sluškinja je bila neponovljiva u palači.
**The queen-mother knew what sacrifice to make.**
Kraljica-majka znala je koju žrtvu treba podnijeti.
**Champa-Dal was going to have to leave the palace.**
Champa-Dal je morao napustiti palaču.
**And she told Sahasra-Dal all her reasons.**
I ispričala je Sahasra-Dalu sve svoje razloge.
**"Champa-Dal is a bad man"**
„Čampa-Dal je loš čovjek"
**"His character and morals are loose"**
„Njegov karakter i moral su labavi"
**"He must leave this palace at once"**
„Mora odmah napustiti ovu palaču"
**Sahasra-Dal did his best to persuade her otherwise.**
Sahasra-Dal je dao sve od sebe da je uvjeri u suprotno.
**He earnestly pleaded on behalf of his friend.**
Usrdno je molio u ime svog prijatelja.
**But his efforts were in vain.**
Ali njegovi su napori bili uzaludni.
**The queen-mother had made up her mind.**
Kraljica-majka je donijela odluku.
**He had to be driven out of the palace.**
Morao je biti istjeran iz palače.
**Sahasra-Dal had not the courage to tell his friend.**
Sahasra-Dal nije imao hrabrosti reći svom prijatelju.
**He therefore wrote a letter to him.**

Stoga mu je napisao pismo.
**In the letter he was vague about the reason.**
U pismu je bio nejasan o razlogu.
**But either way, he was going to have to leave.**
Ali u svakom slučaju, morao je otići.
**Champa-Dal went to have a bath.**
Champa-Dal se otišao okupati.
**And the letter was put in his room.**
I pismo je stavljeno u njegovu sobu.
**Champa-Dal was grieved upon reading the letter.**
Champa-Dal je bio ožalošćen kad je pročitao pismo.
**He mounted his fleet of horses.**
Uzjahao je svoju flotu konja.
**And on his horses he left the palace.**
I na konjima je napustio palaču.

**Champa's horses were uncommonly fleet.**
Champini konji bili su neobično brzi.
**Soon he had traversed thousands of miles.**
Ubrzo je prešao tisuće kilometara.
**And eventually he reached a new city.**
I na kraju je stigao u novi grad.
**He stood at the gateway of a magnificent palace.**
Stajao je na ulazu u veličanstvenu palaču.
**He dismounted from his horse.**
Sjahao je s konja.
**And he entered the palace.**
I ušao je u palaču.
**But in the palace he met not a single creature.**
Ali u palači nije sreo ni jedno jedino stvorenje.
**He went from apartment to apartment.**
Išao je od stana do stana.
**All the rooms were richly furnished.**
Sve sobe bile su bogato namještene.
**But none of the rooms were lived in.**
Ali nijedna od soba nije bila nastanjena.
**But in the end he came to a different room.**

Ali na kraju je došao u drugu sobu.
**In this room there was a young lady.**
U toj sobi bila je mlada dama.
**The young lady was of heavenly beauty.**
Mlada dama bila je nebeske ljepote.
**And she was lying down on a splendid bedstead.**
I ležala je na prekrasnom krevetu.
**The beautiful young lady was asleep.**
Prekrasna mlada dama je spavala.
**Champa-Dal looked upon the sleeping beauty.**
Champa-Dal je pogledao uspavanu ljepoticu.
**He was captivated by what he was seeing.**
Bio je očaran onim što je vidio.
**He had not seen any woman so beautiful.**
Nije vidio nijednu tako lijepu ženu.
**Upon the bed there were two sticks.**
Na krevetu su bila dva štapa.
**The two sticks were near the woman's head.**
Dva štapa bila su blizu ženine glave.
**One of the sticks was made of silver.**
Jedan od štapova bio je napravljen od srebra.
**And the other stick was made of gold.**
A drugi štap je bio od zlata.
**Champa took the silver stick into his hand.**
Čampa je uzeo srebrni štap u ruku.
**And with the stick he touched the body of the lady.**
I štapom je dodirnuo tijelo gospođe.
**But no change was perceptible to her sleep.**
Ali nije se primjećivala nikakva promjena u njezinu snu.
**He then took up the gold stick.**
Zatim je uzeo zlatni štap.
**And with the stick he touched the body of the lady.**
I štapom je dodirnuo tijelo gospođe.
**This time the young lady did awake.**
Ovaj put se mlada dama probudila.
**Eyeing the stranger, she inquired who he was.**
Promatrajući stranca, upitala je tko je on.

"I am Champa-Dal," he told her.
„Ja sam Champa-Dal", rekao joj je.
"There was once a poor dimwitted Brahman"
"Bio jednom jedan siromašni, glupi brahman"
"This dimwitted man had a wife, but no children"
„Ovaj glupan imao je ženu, ali nije imao djecu"
"But him not having children was probably for the best"
„Ali vjerojatno je bilo najbolje što nije imao djecu"
"Because he was barely able to meet his own needs"
„Jer je jedva uspijevao zadovoljiti vlastite potrebe"
"And he could hardly supply enough for his wife"
„I jedva je mogao osigurati dovoljno za svoju ženu"
"But his dimwittedness was not even his biggest problem"
„Ali njegova glupost nije bila čak ni njegov najveći problem"
And he continued the story as we have followed it.
I nastavio je priču kako smo je pratili.
"My mother concluded her fate was sealed"
„Moja majka je zaključila da joj je sudbina zapečaćena"
"And she thought my father would meet the same fate"
„I mislila je da će i mog oca zadesiti ista sudbina."
"And she did not expect me to be spared either"
„I nije očekivala da ću biti pošteđena."
"That night she hardly slept at all"
„Te noći jedva da je uopće spavala"
"The Rakshasi had prevented her from seeing my father"
„Rakšasi su joj spriječili da vidi mog oca."
"Early next morning I went to school"
„Rano sljedećeg jutra krenuo sam u školu"
"Before I went to school she gave me a golden bottle"
„Prije nego što sam krenuo u školu, dala mi je zlatnu bocu"
"In the golden bottle was her own breast milk"
„U zlatnoj bočici bilo je njezino vlastito majčino mlijeko"
"I was told to carefully watch the colour of the milk"
„Rečeno mi je da pažljivo pratim boju mlijeka"
And he continued the story as we have followed it.
I nastavio je priču kako smo je pratili.
"We will stand as proxies for your family"

"Mi ćemo biti opunomoćenici vaše obitelji"
**"There was a great deal of objection to our proposal"**
"Bilo je mnogo prigovora na naš prijedlog"
**"But eventually we persuaded our hosts"**
„Ali na kraju smo uvjerili naše domaćine"
**"Finally the hosts consented to the arrangement"**
„Napokon su domaćini pristali na dogovor"
**And he continued the story as we have followed it.**
I nastavio je priču kako smo je pratili.
**"So I often slept outside the zenana"**
„Tako sam često spavao izvan zenane"
**"I was not far from the outer gate of the palace"**
„Nisam bio daleko od vanjskih vrata palače"
**"And from there I could observe her"**
„I odatle sam je mogao promatrati"
**"I saw her devouring sundry goats and sheep"**
„Vidio sam je kako proždire razne koze i ovce "
**"And I saw her devouring horses and elephants"**
„I vidio sam je kako proždire konje i slonove"
**And he continued the story as we have followed it.**
I nastavio je priču kako smo je pratili.
**"One day a letter was put in my room"**
"Jednog dana su mi u sobu ostavili pismo"
**"I was grieved upon reading the letter"**
„Bilo mi je žao kad sam pročitao pismo"
**"I mounted my fleet of horses"**
"Ujahao sam svoju flotu konja"
**"And on my horses he left the palace"**
„I na mojim konjima napustio je palaču"
**"My horse are uncommonly fleet"**
"Moj konj je neobično brz"
**"Soon I had traversed thousands of miles"**
„Ubrzo sam prešao tisuće kilometara"
**"And eventually I reached a new city"**
„I na kraju sam stigao u novi grad"
**And he continued the story as we have followed it.**
I nastavio je priču kako smo je pratili.

**"I took the silver stick into his hand"**
„Uzeo sam mu srebrni štap u ruku"
**"And with the stick I touched your body"**
"I štapom sam dodirnuo tvoje tijelo"
**"But no change was perceptible to your sleep"**
„Ali nije bilo primjetne promjene u tvom snu"
**"I then took up the gold stick"**
„Tada sam uzeo zlatni štapić"
**And with the stick he touched your body.**
I štapom je dodirnuo tvoje tijelo.
**"This time you did awake from your sleep"**
"Ovaj put si se probudio iz sna"
**The young lady had listened to Champa-Dal's story.**
Mlada dama je slušala Champa-Dalovu priču.
**The young lady was in fact a princess.**
Mlada dama je zapravo bila princeza.
**"Unhappy man! why have you come here?"**
"Nesretni čovječe! Zašto si došao ovamo?"
**"This is the country of Rakshasas"**
„Ovo je zemlja Rakšasa"
**"No less than seven hundred Rakshasas live here"**
„Ovdje živi ne manje od sedamsto Rakšasa"
**"Every morning the Rakshasas leave"**
„Svako jutro Rakšase odlaze"
**"They go to the other side of the ocean"**
"Oni idu na drugu stranu oceana"
**"And they search for provisions there"**
„I tamo traže namirnice"
**"And before dusk they return again"**
„I prije sumraka se opet vraćaju"
**"My father was king in these regions"**
„Moj otac je bio kralj u ovim krajevima"
**"His kingdom had millions of subjects"**
„Njegovo kraljevstvo imalo je milijune podanika"
**"They lived in flourishing towns and cities"**
„Živjeli su u procvatu gradovima i mjestima"
**"But some years ago the Rakshasas invaded"**

„Ali prije nekoliko godina Rakšase su napale"

**"And they devoured all the subjects of the kingdom"**

„I proždrli su sve podanike kraljevstva"

**"The Rakshasas devoured my father and my mother"**

„Rakšase su proždrle mog oca i majku"

**"The Rakshasas devoured my brothers and sisters"**

„Rakšase su proždrle moju braću i sestre"

**"And they devoured all the cattle of the country"**

„I proždrli su svu stoku u zemlji"

**"There is no living human being in these regions"**

„U ovim krajevima nema živog ljudskog bića"

**"I am the last human living left"**

"Ja sam posljednji živi čovjek"

**"I too would have been devoured long ago"**

"I mene bi odavno proždrali"

**"But an old Rakshasi took a liking to me"**

„Ali jednom starom Rakšasiju sam se svidio"

**"She prevents the other Rakshasas from eating me"**

„Ona sprječava ostale Rakšase da me pojedu"

**"Do you see those sticks of silver and gold?"**

„Vidiš li one srebrne i zlatne štapiće?"

**"Every morning she kills me with the silver stick"**

"Svako jutro me ubija srebrnim štapom"

**"Every evening she re-animates me with the gold stick"**

„Svake večeri me oživljava zlatnim štapićem"

**"I do not know how to advise you"**

„Ne znam kako da ti savjetujem"

**"If the Rakshasas see you, you are a dead man"**

"Ako te Rakšase vide, mrtav si čovjek"

**Then they talked in a very affectionate manner.**

Zatim su razgovarali na vrlo privržen način.

**And they laid their heads together.**

I položili su glave zajedno.

**And they thought to devise a means of escape.**

I smislili su način za bijeg.

**Some way to get out of the hands of the Rakshasas.**

Neki način da se izvuče iz ruku Rakšasa.

The hour of the return of the Rakshasas was coming.
Bližio se čas povratka Rakšasa.
The seven hundred flesh-eaters were soon returning.
Sedamsto mesoždera se ubrzo vraćalo.
Keshavati called out to Champa-Dal.
Keshavati je pozvao Champa-Dala.
(Because that was the name of the princess)
(Jer se tako zvala princeza)
"Hide yourself in the heaps of the sacred trefoil"
"Sakrij se u hrpe svetog trolista"
But first Champ Dal picked up the silver stick.
Ali prvo je Champ Dal uzeo srebrni štap.
He touched Keshavati with the silver stick.
Dodirnuo je Keshavatija srebrnim štapom.
And as soon as he touched her, she died.
I čim ju je dodirnuo, umrla je.
Then he went to the center of the temple of Siva.
Zatim je otišao u središte Šivinog hrama.
And he hid beneath the heaps of sacred trefoil.
I sakrio se pod hrpe svetog trolista.
From his hiding place he heard the sound of wind rushing.
Iz svog skrovišta čuo je zvuk naleta vjetra.
Then he heard terrible noises in the palace.
Tada je čuo strašne zvukove u palači.
The Rakshasas had come home from their hunt.
Rakšase su se vratile kući iz lova.
They had filled their stomachs with meat.
Napunili su si želuce mesom.
Sundry goats, sheep, cows, horses, buffaloes.
Razne koze, ovce, krave, konji, bivoli.
And they had devoured elephants too.
I proždrli su slonove.
The old Rakshasi returned to the palace too.
Stari Rakshasi se također vratio u palaču.
She went to the room of the sleeping princess.
Otišla je u sobu usnule princeze.

And she woke her with the stick made of gold.
I probudila ju je štapom od zlata.
"Hye, mye, khye! A human being I smell"
„Hye, mye, khye! Osjećam miris ljudskog bića."
"I am the only human being here," said the princess.
„Ja sam jedino ljudsko biće ovdje", rekla je princeza.
"Eat me if you like," added Keshavati.
„Pojedi me ako želiš", dodao je Keshavati.
To this the Rakshasi replied:
Na to je Rakšasi odgovorio:
"Let me eat up your enemies"
"Pusti me da pojedem tvoje neprijatelje"
"Why should I eat you?" she asked the princess.
„Zašto bih te trebala pojesti?" upitala je princezu.
She laid herself down on the ground.
Legla je na tlo.
She was as long and high as the Vindhya Hills.
Bila je duga i visoka kao brda Vindhya.
And in this position she fell asleep.
I u tom položaju je zaspala.
The other Rakshasas and Rakshasis soon fell asleep too.
I ostali Rakšase i Rakšasiji ubrzo su zaspali.
Because they were tired from their gigantic labour.
Jer su bili umorni od svog ogromnog rada.
Keshavati also composed herself to sleep.
Keshavati se također pribrala za spavanje.
But Champa did not dare to come out from under the leaves.
Ali Čampa se nije usudio izaći ispod lišća.
And he tried his best to pray to the god of repose.
I trudio se svim silama moliti boga mira.


At daybreak all seven hundred Rakshasas got up again.
U zoru je svih sedamsto Rakšasa ponovno ustalo.
They went on their usual predatory excursion.
Krenuli su na svoj uobičajeni grabežljivi izlet.
And along with them went the old Rakshasi.
I zajedno s njima otišao je stari Rakshasi.

But first the old Rakshasi picked up the silver stick.
Ali prvo je stari Rakshasi uzeo srebrni štap.
And she touched Keshavati with the silver stick.
I dodirnula je Keshavati srebrnim štapom.
Soon the coast was clear for Champa-Dal.
Uskoro je obala bila slobodna za Champa-Dal.
And he dared to come out from under the pile of leaves.
I usudio se izaći ispod hrpe lišća.
He walked back into the room of the princess.
Vratio se u princezinu sobu.
And he touched her with the golden stick.
I dodirnuo ju je zlatnim štapom.
And the princess revived from her death again.
I princeza je ponovno oživjela od svoje smrti.
They sauntered about in the gardens.
Šetali su se po vrtovima.
They enjoyed the cool breeze of the morning.
Uživali su u hladnom jutarnjem povjetarcu.
They bathed in a lucid pool of water.
Kupali su se u bistrom bazenu vode.
And they ate and drank food in the palace.
I jeli su i pili hranu u palači.
And they spent the day in sweet converse.
I proveli su dan u slatkom razgovoru.
And they concocted a plan for their deliverance.
I skovali su plan za svoje oslobođenje.
Keshavaity was going to speak to the old Rakshasi.
Keshavaity je išao razgovarati sa starim Rakshasijem.
She was going to ask on what a Rakshasa's life depended.
Htjela je pitati o čemu ovisi život Rakšase.
And with that secret they were going to act accordingly.
I s tom tajnom namjeravali su djelovati u skladu s tim.


The hour of the return of the Rakshasas was coming again.
Vrijeme povratka Rakšasa se ponovno približavalo.
And events unfolded as they had the evening before.
I događaji su se odvijali kao i prethodne večeri.

**The seven hundred flesh-eaters were returning to the palace.**
Sedamsto mesoždera vraćalo se u palaču.
**Champ Dal touched Keshavati with the silver stick.**
Champ Dal je dodirnuo Keshavatija srebrnim štapom.
**She died like the had died the night before.**
Umrla je kao što je umrla i prethodne noći.
**Champa-Dal went to the centre of the temple of Siva.**
Champa-Dal je otišao u središte Šivinog hrama.
**He hid beneath the heaps of sacred trefoil again.**
Ponovno se sakrio ispod hrpa svetog trolista.
**He heard the sound of wind rushing.**
Čuo je zvuk juriša vjetra.
**And he heard terrible noises in the palace.**
I čuo je strašne zvukove u palači.
**The Rakshasas had come home from their hunt.**
Rakšase su se vratile kući iz lova.
**They had filled their stomachs with meat.**
Napunili su si želuce mesom.
**Sundry goats, sheep, cows, horses, buffaloes.**
Razne koze, ovce, krave, konji, bivoli.
**And they had devoured elephants too.**
I proždrli su slonove.
**The old Rakshasi returned to the palace too.**
Stari Rakshasi se također vratio u palaču.
**She went to the room of the sleeping princess.**
Otišla je u sobu usnule princeze.
**And she woke her with the stick made of gold.**
I probudila ju je štapom od zlata.
**"Hye, mye, khye! A human being I smell"**
„Hye, mye, khye! Osjećam miris ljudskog bića.“
**"I am the only human being here," said the princess.**
„Ja sam jedino ljudsko biće ovdje“, rekla je princeza.
**"Eat me if you like," added Keshavati.**
„Pojedi me ako želiš“, dodao je Keshavati.
**To this the Rakshasi replied:**
Na to je Rakšasi odgovorio:
**"Let me eat up your enemies"**

"Pusti me da pojedem tvoje neprijatelje"
**"Why should I eat you?" she asked the princess.**
„Zašto bih te trebala pojesti?" upitala je princezu.
**She laid herself down on the ground.**
Legla je na tlo.
**And she looked like a part of the Himalaya mountains.**
I izgledala je kao dio Himalaje.
**Keshavati had a phial of heated mustard oil.**
Kešavati je imao bočicu zagrijanog ulja od gorušice.
**And she approached the foot of the Rakshasi.**
I približila se podnožju Rakšasija.
**"Mother, your feet are sore from walking"**
„Mama, bole te noge od hodanja"
**"Let me rub your sore feet with oil"**
"Dopusti mi da ti natrljam bolna stopala uljem"
**And she began to rub with oil the Rakshasi's feet.**
I počela je trljati uljem Rakšasijeva stopala.
**Then a few tear-drops fell from the eyes of the princess.**
Tada je nekoliko suza palo iz princezinih očiju.
**And the tear-drops landed on the monster's legs.**
I suze su sletjele na noge čudovišta.
**The Rakshasi tasted the tear-drops with her lips.**
Rakšasi je usnama okusila suze.
**And she found the tear-drops tasted briny.**
I otkrila je da su suze imale slan okus.
**"Why are you weeping, darling?" asked the Rakshasi.**
„Zašto plačeš, draga?" upitao je Rakšasi.
**"What aileth thee?" she wanted to know.**
„Što ti je?" htjela je znati.
**The princess tried to stop herself from crying.**
Princeza se pokušala suzdržati od plača.
**"Mother, I am weeping because you are old"**
„Mama, plačem jer si stara"
**"When you die one of the Rakshasas will devour me"**
"Kad umreš, jedan od Rakšasa će me prožderati"
**"When I die?! Don't be foolish, girl"**
„Kad umrem?! Ne budi glupa, djevojko."

"Don't you know that Rakshasas never die?"
„Zar ne znaš da Rakšase nikad ne umiru?"
"We are not naturally immortal"
„Nismo prirodno besmrtni"
"There is a secret to our strength"
"Postoji tajna naše snage"
"But no human can unravel this secret"
„Ali nijedan čovjek ne može odgonetnuti ovu tajnu"
"But let me tell you the secret"
„Ali dopusti mi da ti otkrijem tajnu"
"So that you are comforted a little"
„Da se malo utješiš"
"Do you see the pool of water in the palace?"
„Vidiš li onaj bazen s vodom u palači?"
"In that pool of water is a Sphatikasthamba"
„U toj lokvi vode je Sphatikasthamba"
"The Sphatikasthambha is deep in the water"
„Sphatikasthamba je duboko u vodi"
"And on the Sphatikasthambha are two bees"
"A na Sphatikasthambhi su dvije pčele"
"A human being would have to dive into the water"
„Čovjek bi morao zaroniti u vodu"
"The human being would have to bring the bees onto dry land"
„Čovjek bi morao pčele dovesti na suho tlo "
"Then the human being would have to kill the two bees"
„Tada bi čovjek morao ubiti dvije pčele"
"But not a drop of their blood must touch the ground"
„Ali ni kap njihove krvi ne smije dotaknuti tlo"
"Only then can a human kill a Rakshasa"
„Samo tada čovjek može ubiti Rakšasu"
"But if the blood touches the ground, a thousand Rakshasas will rise"
„Ali ako krv dotakne tlo, tisuću Rakšasa će se uzdići"
"But what human will find out this secret?"
„Ali koji će čovjek otkriti ovu tajnu?"
"And what human can achieve this feat?"

„I koji čovjek može postići ovaj podvig?"
**"No human knows the secret to the life of a Rakshasa"**
„Nijedan čovjek ne zna tajnu života Rakšase"
**"And no human can achieve such a feat"**
„I nijedan čovjek ne može postići takav podvig"
**"So there is no reason to be sad, my darling"**
„Dakle, nema razloga za tugu, draga moja."
**"I am practically immortal," she confirmed.**
„Praktički sam besmrtna", potvrdila je.
**Keshavati treasured the secret in her memory.**
Keshavati je čuvala tajnu u svom sjećanju.
**And then she went back to sleep.**
A onda se vratila na spavanje.

**Next morning the Rakshasas, as usual, went away.**
Sljedećeg jutra Rakšase su, kao i obično, otišle.
**Champa came out of his hiding-place.**
Čampa je izašao iz svog skrovišta.
**And he roused Keshavati from her sleep.**
I probudio je Kešavati iz sna.
**The princess told him the secret she had learnt.**
Princeza mu je ispričala tajnu koju je saznala.
**Champa-Dal immediately started to prepare himself.**
Champa-Dal se odmah počeo pripremati.
**He brought to the pool a knife.**
Donio je nož u bazen.
**And he brought a quantity of ashes.**
I donio je količinu pepela.
**He took off his heavy clothes.**
Skinuo je svoju tešku odjeću.
**He put a drop or two of mustard oil into each ear.**
Stavio je kap ili dvije ulja gorušice u svako uho.
**To prevent water from entering into his ears.**
Da spriječi ulazak vode u uši.
**He swam out into the middle of the water.**
Otplivao je u sredinu vode.
**And from there he dove down into the pool.**

I odatle je zaronio u bazen.
**Soon he reached the top of the crystal pillar.**
Ubrzo je stigao do vrha kristalnog stupa.
**And on Sphatikasthambha were the two bees.**
A na Sphatikasthambi bile su dvije pčele.
**He caught hold of the two bees he found there.**
Uhvatio se za dvije pčele koje je tamo pronašao.
**And he swam up again in a singular breath.**
I ponovno je isplivao u jednom jedinom dahu.
**He took the knife he had left at the edge of the water.**
Uzeo je nož koji je ostavio na rubu vode.
**And over the ashes he cut up the bees.**
I nad pepelom je isjekao pčele.
**A drop or two of the blood fell from the bees.**
Kap ili dvije krvi pale su s pčela.
**But their blood did not touch the ground.**
Ali njihova krv nije dotakla tlo.
**Instead, their blood landed on the ashes.**
Umjesto toga, njihova krv je pala na pepeo.
**A terrible scream was heard at a distance.**
U daljini se začuo strašan krik.
**The scream was the wailing of the Rakshasas.**
Vrisak je bio jauk Rakšasa.
**They were all running home as fast as they could.**
Svi su trčali kući što su brže mogli.
**They wanted to prevent the bees from being killed.**
Htjeli su spriječiti ubijanje pčela.
**But they could not reach the palace in time.**
Ali nisu uspjeli stići do palače na vrijeme.
**Because the bees had already perished.**
Jer su pčele već bile propale.
**The moment the bees were killed, all the Rakshasas died.**
U trenutku kada su pčele ubijene, svi Rakšase su umrli.
**Their carcases fell on the very spot they were standing.**
Njihova su tijela pala na samo mjesto gdje su stajala.
**Their carcases now blocked the gateway of the palace.**
Njihova su tijela sada blokirala ulaz u palaču.

**In this manner the seven hundred Rakshasas were destroyed.**
Na taj je način uništeno sedamsto Rakšasa.


**Afterwards Champa-Dal and Keshavati got married.**
Nakon toga, Champa-Dal i Keshavati su se vjenčali.
**They made the traditional exchange of garlands of flowers.**
Napravili su tradicionalnu razmjenu vijenaca od cvijeća.
**The princess had never been out of the house.**
Princeza nikad nije izlazila iz kuće.
**So she naturally expressed a desire to see the outer world.**
Stoga je prirodno izrazila želju da vidi vanjski svijet.
**Every morning and evening they went on long walks.**
Svako jutro i večer išli su u duge šetnje.
**There was a large river Keshavati wished to bathe in.**
Bila je tu velika rijeka u kojoj se Keshavati želio okupati.
**As she bathed one of Keshavati's hairs came off.**
Dok se kupala, Keshavati je otpala jedna od dlaka.
**There was a special custom in those times.**
U to vrijeme postojao je poseban običaj.
**A woman never threw away a hair away by itself.**
Žena nikada nije bacila ni dlaku samu od sebe.
**A sea-shell was floating in the water.**
Morska školjka je plutala u vodi.
**So Keshavati tied the strand of hair to the sea-shell.**
Tako je Kešavati privezala pramen kose za školjku.
**And then the couple returned to the palace.**
A onda se par vratio u palaču.
**Meanwhile the sea-shell floated down the stream.**
U međuvremenu, školjka je plutala niz potok.
**And in due time the sea-shell reached another bathing spot.**
I u određeno vrijeme školjka je stigla do drugog mjesta za kupanje.
**This was the bathing spot Sahasra-Dal went to.**
Ovo je bilo mjesto za kupanje na koje je išla Sahasra-Dal.
**Here Champa-Dal's brother performed his ablutions.**
Ovdje je Champa-Dalov brat obavio svoje pranje.

On this day Sahasra-Dal was in the water.
Tog dana Sahasra-Dal je bila u vodi.
He was bathing and swimming with his friends.
Kupao se i plivao sa svojim prijateljima.
And so the sea-shell floated past the men.
I tako je morska školjka proplutala pored muškaraca.
The men were in a playful mood that day.
Muškarci su tog dana bili razigrano raspoloženi.
"Whoever gets to the sea-shell first wins"
"Tko prvi dođe do školjke, pobjeđuje"
And so they all swam towards the sea-shell.
I tako su svi plivali prema morskoj školjki.
Sahasra-Dal was the strongest swimmer among his friends.
Sahasra-Dal je bio najjači plivač među svojim prijateljima.
And so he was the first the reach the sea-shell.
I tako je on bio prvi koji je stigao do morske školjke.
Examining the seashell, he found a hair tied to it.
Pregledavajući školjku, pronašao je dlaku privezanu za nju.
But it was a hair of extraordinary length.
Ali to je bila kosa izvanredne duljine.
He had never seen such a long hair.
Nikad nije vidio tako dugu kosu.
The strand of hair was exactly seven cubits long.
Pramen kose bio je dug točno sedam lakata.
"This strand of hair must belong to a woman"
„Ovaj pramen kose mora pripadati ženi"
"And this woman must be very remarkable"
„A ova žena mora da je vrlo izvanredna"
"I must see who this remarkable woman is"
„Moram vidjeti tko je ova izvanredna žena"
Sahasra-Dal was determined to find the remarkable woman.
Sahasra-Dal je bila odlučna pronaći tu izvanrednu ženu.
He went home from the river in a pensive mood.
Vratio se kući s rijeke u zamišljenom raspoloženju.
And he did not proceed to the zenana for breakfast.
I nije otišao u zenanu na doručak.
Instead he remained in the outer part of the palace.

Umjesto toga, ostao je u vanjskom dijelu palače.
**The queen-mother heard about Sahasra-Dal's meloncholy.**
Kraljica-majka čula je za Sahasra-Dalinu melonokoliju.
**And she heard he had not come to breakfast.**
I čula je da nije došao na doručak.
**So she went to him and asked the reason.**
Zato je otišla k njemu i upitala ga za razlog.
**He showed her the strand of hair he had found.**
Pokazao joj je pramen kose koji je pronašao.
**"I must see the woman who's head this strand of hair adorned"**
„Moram vidjeti ženu koja nosi ovaj pramen kose na glavi.“
**The queen-mother was happy to help her son-in-law.**
Kraljica-majka je rado pomogla svom zetu.
**"Very well," she said to him.**
„Vrlo dobro“, rekla mu je.
**"You shall soon have that lady in the palace"**
"Uskoro ćete imati tu damu u palači"
**"I promise you to bring her here"**
„Obećavam ti da ću je dovesti ovamo.“
**The queen mother already had a plan.**
Kraljica majka već je imala plan.
**Her favourite maid-servant would be good at the job.**
Njena omiljena sluškinja bi bila dobra u tom poslu.
**Because this maid-servant was very resourceful.**
Jer je ova sluškinja bila vrlo snalažljiva.
**Of course the queen-mother did not really know her maid.**
Naravno, kraljica-majka nije zapravo poznavala svoju sluškinju.
**She did not know her favourite maid was a Rakshasi.**
Nije znala da joj je omiljena sluškinja Rakšasi.
**"Please find the owner of this strand of hair," she asked.**
„Molim vas, pronađite vlasnika ove vlasi kose“, zamolila je.
**And her maid-servant more than politely agreed.**
I njezina sluškinja se više nego uljudno složila.
**"It would my pleasure to find this woman"**
"Bilo bi mi zadovoljstvo pronaći ovu ženu"

"I will soon bring her to the palace"
"Uskoro ću je dovesti u palaču"
"I will need a boat build from Hajol wood"
"Trebat će mi brod napravljen od Hajol drveta"
"The oars of the boat must be made from Mon-Paban wood"
„Vesla broda moraju biti izrađena od mon-pabanskog drveta."
The boat makers soon made the boat.
Graditelji brodova ubrzo su napravili brod.
And the boat was launched on the stream.
I čamac je bio porinut na potok.
The maid-servant went on board of the boat.
Sluškinja se ukrcala na brod.
With her she took some baskets of wicker.
Sa sobom je ponijela nekoliko košara od pruća.
The baskets of wicker were of curious workmanship.
Košare od pruća bile su neobične izrade.
She also took with her some sweetmeats.
Ponijela je sa sobom i neke slatkiše.
Into the sweetmeats some poison had been mixed.
U slatkiše je bio umiješan neki otrov.
She snapped her fingers thrice.
Tri puta je pucnula prstima.
And then she uttered the following charm:
A onda je izgovorila sljedeću čaroliju:
"Boat of Hajol! Oars of Mon Paban!"
"Čamac Hajol! Vesla Mon Paban!"
"Take me to the Ghat,"
"Odvedi me do Ghata,"
"The Ghat in which Keshavati bathes"
„Ghat u kojem se Keshavati kupa"
The boat heeded to her command.
Brod je poslušao njezinu naredbu.
And the boat flew like lightning over the waters.
I čamac je letio poput munje preko vode.
And the boat left many towns and cities behind.
I brod je ostavio mnoge gradove i mjesta za sobom.
At last the boat stopped at a bathing-place.

Konačno se brod zaustavio na kupalištu.
**The Rakshasi maid-servant had reached her goal.**
Rakšaska sluškinja je postigla svoj cilj.
**She concluded it was the bathing ghat of Keshavati.**
Zaključila je da je to Kešavatijev kupališni ghat.
**She landed with the sweetmeats in her hand.**
Sletjela je sa slatkišima u ruci.
**She went to the gate of the palace, and cried aloud:**
Otišla je do vrata palače i glasno povikala:
**"Oh Keshavati! Keshavati! I am your aunt"**
„Oh Keshavati! Keshavati! Ja sam tvoja teta."
**"Oh Keshavati, I am your mother's sister"**
„O Keshavati, ja sam sestra tvoje majke."
**"I have come to see you, my darling"**
„Došao sam te vidjeti, dragi moj"
**"I have come after so many years"**
„Došao sam nakon toliko godina"
**"Are you home, Keshavati?" she asked.**
„Jesi li kod kuće, Keshavati?" upitala je.
**The princess heard the words of the false-aunt.**
Princeza je čula riječi lažne tete.
**She came out of her room and to the entrance of the palace.**
Izašla je iz svoje sobe i krenula prema ulazu u palaču.
**She had no doubt that it was really her aunt.**
Nije sumnjala da je to zaista njezina teta.
**And she embraced and kissed her aunt.**
I zagrlila je i poljubila svoju tetku.
**They both wept rivers of joy.**
Oboje su plakali od radosti.
**Although you should know the Rakshasi wept first.**
Iako bi trebao znati da je Rakshasi prvi plakao.
**Keshavati wept with her out of empathy.**
Keshavati je plakala s njom iz empatije.
**Champa-Dal also believed the Rakshasi to be her aunt.**
Champa-Dal je također vjerovala da je Rakshasi njezina tetka.
**They all ate and drank and enjoyed the happy occasion.**
Svi su jeli i pili i uživali u sretnoj prigodi.

**And then they took rest in the middle of the day.**
A onda su se odmorili usred dana.
**And they celebrated again in the evening.**
I ponovno su slavili navečer.

**The next day the celebrations continued at breakfast.**
Sljedećeg dana slavlje se nastavilo za doručkom.
**Champa-Dal had a habit of sleeping after breakfast.**
Champa-Dal je imao naviku spavati nakon doručka.
**Towards afternoon, the supposed aunt said to Keshavati:**
Pred popodne, navodna tetka je rekla Keshavatiju:
**"Let us both go to the river and wash ourselves:**
"Hajdemo oboje do rijeke i operimo se:"
**Keshavati replied, "How can we go now?"**
Kešavati je odgovorio: „Kako sada možemo ići?"
**"My husband is sleeping," she explained.**
„Moj muž spava", objasnila je.
**"Do not worry about your husband's sleep," said the aunt.**
„Ne brini se za mužev san", rekla je tetka.
**"Let him sleep as much as he likes"**
"Neka spava koliko god želi"
**"Let me put these sweetmeats near his bedside"**
"Dopustite mi da stavim ove slatkiše blizu njegovog kreveta"
**"That way, when he awakes, he has something to eat"**
„Tako će, kad se probudi, imati nešto za jesti."
**Then they then went to the river-side.**
Zatim su otišli na obalu rijeke.
**They went close to the spot where the boat was.**
Približili su se mjestu gdje se nalazio brod.
**From a distance Keshavati saw the baskets of wicker-work.**
Kešavati je izdaleka ugledala košare od pruća.
**"Aunt, what beautiful things are those!"**
„Teta, kako su to prekrasne stvari!"
**"I wish I could get some of those wicker baskets"**
"Volio bih da mogu nabaviti neke od onih pletenih košara"
**Her aunt happily obliged her.**
Teta joj je rado udovoljila.

**"Come, my child, and look at the wicker baskets"**
"Dođi, dijete moje, i pogledaj pletene košare"
**"You can have as many baskets as you like"**
"Možeš imati koliko god košara želiš"
**Keshavati at first refused to go into the boat.**
Keshavati je isprva odbio ući u brod.
**But her aunt was very persuasive.**
Ali njezina teta je bila vrlo uvjerljiva.
**And finally she went onto the boat.**
I konačno je otišla na brod.
**But once on the boat her aunt did a strange thing.**
Ali jednom na brodu, njezina teta je učinila nešto čudno.
**The aunt snapped her fingers thrice and said:**
Tetka je tri puta pucnula prstima i rekla:
**"Boat of Hajol! Oars of Mon-Paban!"**
"Čamac Hajol! Vesla Mon-Paban!"
**"Take me to the Ghat,"**
"Odvedi me do Ghata,"
**"The Ghat in which Sahasra-Dal bathes"**
„Ghat u kojem se kupa Sahasra-Dal"
**And the boat heeded to her command.**
I brod je poslušao njezinu naredbu.
**And the boat flew like an arrow over the waters.**
I čamac je letio poput strijele preko vode.
**Keshavati was frightened and began to cry.**
Keshavati se uplašila i počela plakati.
**But the boat went on despite her crying.**
Ali brod je nastavio ploviti unatoč njezinom plaču.
**And the boat left behind many towns and cities.**
I brod je ostavio za sobom mnoge gradove i mjesta.
**In a trice the boat reached its destination.**
U tren oka brod je stigao na odredište.
**The ghat where Sahasra-Dal was in the habit of bathing.**
Ghat gdje se Sahasra-Dal obično kupala.
**Keshavati was taken to the palace.**
Kešavati je odveden u palaču.
**Sahasra-Dal admired her beauty and the length of her hair.**

Sahasra-Dal se divila njezinoj ljepoti i duljini kose.
**And the ladies of the palace tried their best to comfort her.**
I dame iz palače su se svim silama trudile da je utješe.
**But she set up a loud cry of protest.**
Ali ona je glasno protestirala.
**And she wanted to be taken back to her husband.**
I htjela je da je odvedu natrag svom mužu.
**Finally she saw that she had been taken captive.**
Konačno je shvatila da je zarobljena.
**So she spoke to the ladies of the palace.**
Tako je razgovarala s damama u palači.
**"Upon marriage I made a vow to my husband"**
„Prilikom udaje dala sam zavjet svom mužu"
**"I promised not to look upon the face of any other man"**
"Obećao sam da neću pogledati lice nijednog drugog čovjeka"
**"I promised to uphold this vow for six months"**
„Obećao sam da ću se ovog zavjeta držati šest mjeseci"
**She was then lodged away from the others in the palace.**
Zatim je smještena odvojeno od ostalih u palači.
**And she was given a small house to live in.**
I dobila je malu kuću za život.
**The window of the house overlooked the road.**
Prozor kuće gledao je na cestu.
**There she spent the livelong day.**
Tamo je provela cijeli dan.
**And there she spent the livelong night.**
I ondje je provela cijelu noć.
**Because she had very little sleep.**
Jer je vrlo malo spavala.
**Because her time was spent in sighing and weeping.**
Jer je vrijeme provodila u uzdisanju i plaču.


**In the meantime Champa-Dal awoke from his sleep.**
U međuvremenu se Champa-Dal probudio iz sna.
**He was distracted with the grief of not finding his wife.**
Bio je ometen tugom što nije pronašao svoju ženu.
**His suspicions turned to the aunt of Keshavati.**

Njegove sumnje su se okrenule prema Keshavatijevoj tetki.
**He knew she was a cheat and an impostor.**
Znao je da je varalica i prevarantica.
**It must have been her who carried away Keshavati.**
Mora da je ona odvela Keshavatija.
**He did not eat the sweetmeats left for him.**
Nije jeo slatkiše koji su mu ostali.
**Because he suspected the sweets to have been poisoned.**
Jer je sumnjao da su slatkiši otrovani.
**He threw one of the sweets to a crow.**
Bacio je jedan od slatkiša vrani.
**The moment the crow ate the sweet, it dropped down dead.**
Čim je vrana pojela slatkiš, pala je mrtva.
**This confirmed his suspicion of the pretend aunt.**
To je potvrdilo njegovu sumnju u lažnu tetu.
**Maddened with grief, he rushed out of the house.**
Izbezumljen od tuge, izjurio je iz kuće.
**He was determined to go wherever his feet took him.**
Bio je odlučan ići kamo god ga noge odvedu.
**Like a madman he blubbered, "Oh Keshavati! Oh Keshavati!"**
Poput luđaka jecao je: „O Keshavati! O Keshavati!"
**He travelled on foot day after day.**
Putovao je pješice dan za danom.
**And he followed whatever way his feet took him.**
I slijedio je put kojim su ga noge vodile.
**Six months he spent travelling in this wearisome manner.**
Šest mjeseci je proveo putujući na ovaj zamoran način.
**After six month he reached the capital of Sahasra-Dal.**
Nakon šest mjeseci stigao je u glavni grad Sahasra-Dala.
**He passed by the gate of the palace.**
Prošao je pored vrata palače.
**And from the road he could see a small house.**
I s ceste je mogao vidjeti malu kuću.
**And from in the house he could hear sighs.**
A iz kuće je mogao čuti uzdahe.
**Champa-Dal instantly recognized his wife.**

Champa-Dal je odmah prepoznao svoju ženu.
**And Keshavita instantly recognized her husband.**
I Kešavita je odmah prepoznala svog muža.
**Keshavita told her husband everything that had happened.**
Kešavita je ispričala svom mužu sve što se dogodilo.
**"The woman asked to go bathing after breakfast"**
"Žena je pitala može li se okupati nakon doručka"
**"At the river there was a boat"**
"Na rijeci je bio čamac"
**"The woman persuaded me onto the boat"**
„Žena me nagovorila da se ukrcam na brod“
**"And then the boat took us to this place"**
„A onda nas je brod odveo na ovo mjesto“
**"I realized that I had been made captive"**
„Shvatio sam da sam postao zarobljenik“
**"So I told them of my vows to you"**
„Tako sam im rekao o svojim zavjetima tebi“
**"But tomorrow will be the end of six month"**
„Ali sutra će biti kraj šest mjeseci“
**There was a custom in those days.**
U to vrijeme postojao je običaj.
**The fulfilments of vows were publicly recited.**
Ispunjenja zavjeta javno su se izgovarala.
**This was normally fulfilled by a learned Brahman.**
To je obično ispunjavao učeni Brahman.
**They planned for Champa-Dal to take on this role.**
Planirali su da Champa-Dal preuzme tu ulogu.
**And so that evening the palace drum was beat.**
I tako se te večeri zasvirao palačni bubanj.
**The king wanted a learned Brahman to make a recitation.**
Kralj je želio da učeni brahman održi recitaciju.
**The story of Keshavati on the fulfilment of her vow.**
Priča o Kešavati o ispunjenju njenog zavjeta.
**Champa-Dal touched the drum and volunteered.**
Champa-Dal je dodirnuo bubanj i dobrovoljno se javio.
**"I will make the recitation of Keshavita's vows"**
„Izrecitovat ću Kešavitine zavjete“

**The next morning all assembled in the courtyard.**
Sljedećeg jutra svi su se okupili u dvorištu.
**The old king and the queen mother.**
Stari kralj i kraljica majka.
**Sahasra-Dal and his wife were there.**
Sahasra-Dal i njegova supruga bili su tamo.
**All the courtiers and the learned Brahmans of the country.**
Svi dvorjani i učeni brahmani zemlje.
**All royalty was under a huge canopy of silk.**
Sva kraljevska obitelj bila je pod ogromnim svilenim baldahinom.
**Kashavati was also there, but behind a veil.**
Kašavati je također bila tamo, ali iza vela.
**So that she wouldn't be exposed to the rude gaze of people.**
Kako ne bi bila izložena grubim pogledima ljudi.
**Champa-Dal, the reciter, sat on a dais.**
Čampa-Dal, recitator, sjedio je na podiju.
**And he began to tell the story of Keshavati.**
I počeo je pričati priču o Kešavatiju.
**"There was once a poor dimwitted Brahman"**
"Bio jednom jedan siromašni, glupi brahman"
**"This dimwitted man had a wife, but no children"**
„Ovaj glupan imao je ženu, ali nije imao djecu"
**"But him not having children was probably for the best"**
„Ali vjerojatno je bilo najbolje što nije imao djecu"
**"Because he was barely able to meet his own needs"**
„Jer je jedva uspijevao zadovoljiti vlastite potrebe"
**"And he could hardly supply enough for his wife"**
„I jedva je mogao osigurati dovoljno za svoju ženu"
**"But his dimwittedness was not even his biggest problem"**
„Ali njegova glupost nije bila čak ni njegov najveći problem"
**And he continued the story as we have followed it.**
I nastavio je priču kako smo je pratili.
**And sometimes he turned around to Keshavati.**
A ponekad se okrenuo prema Keshavatiju.
**And he asked her if he was telling the story correctly.**
I pitao ju je je li ispravno ispričao priču.

And she told him he was telling the story correctly.
I rekla mu je da ispravno priča priču.
"The Brahman woman concluded her fate was sealed"
„Brahmanka je zaključila da je njezina sudbina zapečaćena"
"And she thought her husband would meet the same fate"
„I mislila je da će njezin muž doživjeti istu sudbinu."
"And she did not expect her son to be spared either"
„I nije očekivala da će joj sin biti pošteđen."
"That night she hardly slept at all"
„Te noći jedva da je uopće spavala"
"The Rakshasi had prevented her from seeing her husband"
„Rakšasi su joj spriječili da vidi muža"
"Early next morning Champa-Dal went to school"
„Rano sljedećeg jutra Champa-Dal je krenuo u školu"
"Before he went to school, she gave her son a golden bottle"
„Prije nego što je krenuo u školu, dala je sinu zlatnu bocu"
"In the golden bottle was her own breast milk"
„U zlatnoj bočici bilo je njezino vlastito majčino mlijeko"
"Carefully watch the colour of the milk"
"Pažljivo pratite boju mlijeka "
During the recitation the Rakshasi maid-servant grew pale.
Tijekom recitiranja, sluškinja Rakshasi je problijedjela.
She perceived that her real character was going to be discovered.
Shvatila je da će se otkriti njezin pravi karakter.
And Sahasra-Dal was astonished at the knowledge of the reciter.
I Sahasra-Dal je bila zadivljena znanjem recitatora.
The reciter clearly told the history of the prince's life.
Recitator je jasno ispričao povijest kneževog života.
"A drop or two of the blood fell from the bees"
"Kap ili dvije krvi pale su s pčela"
"But their blood did not touch the ground"
„Ali njihova krv nije dotakla zemlju"
"Instead, their blood landed on the ashes"
„Umjesto toga, njihova je krv pala na pepeo"
"A terrible scream was heard at a distance"

"U daljini se čuo strašan krik"
**"The scream was the wailing of the Rakshasas"**
„Vrisak je bio jauk Rakšasa"
**"They were all running home as fast as they could"**
„Svi su trčali kući što su brže mogli"
**"They wanted to prevent the bees from being killed"**
„Željeli su spriječiti ubijanje pčela"
**"But they could not reach the palace in time"**
„Ali nisu mogli stići do palače na vrijeme"
**"Because the bees had already been killed"**
„Jer su pčele već bile ubijene"
**"The moment the bees were killed, all the Rakshasas died"**
„Čim su pčele ubijene, svi Rakšase su umrli"
**"Their carcasses fell on the very spot they were standing"**
„Njihova su trupla pala na mjesto gdje su stajala"
**"Their carcasses now blocked the gateway of the palace"**
„Njihova su trupla sada blokirala ulaz u palaču"
**"In this manner the seven hundred Rakshasas were destroyed"**
„Na taj je način uništeno sedamsto Rakšasa"
**All where enthralled by the story of the Rakshasas.**
Svi su bili očarani pričom o Rakšasama.
**Because the story was being told by a true storyteller.**
Jer priču je pričao pravi pripovjedač.
**All enjoyed the story except for the maid-servant.**
Svima se priča svidjela osim sluškinje.
**Because her real character was bound to be discovered.**
Jer je njezin pravi karakter morao biti otkriven.
**"Champa-Dal touched the drum and volunteered.**
„Čampa-Dal je dodirnuo bubanj i dobrovoljno se javio."
**"I will make the recitation of Keshavita's vows"**
„Izrecitovat ću Kešavitine zavjete"
**"The next morning all assembled in the courtyard"**
„Sljedećeg jutra svi su se okupili u dvorištu"
**"The old king and the queen mother"**
„Stari kralj i kraljica majka"
**"Sahasra-Dal and his wife were there"**

„Sahasra-Dal i njegova supruga bili su tamo"

**"All the courtiers and the learned Brahmans of the country"**

„Svi dvorjani i učeni brahmani zemlje"

**"All royalty was under a huge canopy of silk"**

„Sva kraljevska obitelj bila je pod ogromnim svilenim baldahinom"

**"Kashavati was also there, but behind a veil"**

„Kashavati je također bila tamo, ali iza vela"

**"So that she wouldn't be exposed to the rude gaze of people"**

„Kako ne bi bila izložena grubim pogledima ljudi"

**"Champa-Dal, the reciter, sat on a dais"**

„Čampa-Dal, recitator, sjedio je na podiju"

**"And he began to tell the story of Keshavati"**

„I počeo je pričati priču o Kešavatiju"

**Sahasra-Dal jumped up from his seat.**

Sahasra-Dal je skočio sa svog mjesta.

**And he embraced the reciter of the story.**

I zagrlio je recitatora priče.

**"You can be none other than my brother Champa-Dal"**

„Ti ne možeš biti nitko drugi nego moj brat Champa-Dal."

**Then the prince was inflamed with rage.**

Tada se princ razbjesnio.

**He ordered the maid-servant to come into his presence.**

Naredio je sluškinji da dođe k njemu.

**A hole the height of a man was dug in the ground.**

U zemlji je iskopana rupa visine čovjeka.

**And the maid-servant was put into the hole, standing.**

I sluškinja je stavljena u rupu, stojeći.

**Prickly thorns were heaped around her.**

Bodljikavo trnje bilo je nagomilano oko nje.

**Up to the crown of her head she was covered in thorns.**

Do vrha glave bila je prekrivena trnjem.

**In this way the maid-servant was buried alive.**

Na taj je način sluškinja bila živa pokopana.

**After this all lived happily together for many years.**

Nakon toga svi su živjeli sretno zajedno dugi niz godina.

**Sahasra-Dal and his princess, and Champa-Dal and Keshavati.**

Sahasra-Dal i njegova princeza, te Champa-Dal i Keshavati.

# The Story of Swet and Bachanta
### Priča o Swet i Bachanti

**There was once upon a time a rich merchant.**
Bio jednom jedan bogati trgovac.
**This rich merchant had only one son.**
Ovaj bogati trgovac imao je samo jednog sina.
**And he loved his only son very much.**
I jako je volio svog jedinog sina.
**He gave to his son whatever he wanted.**
Dao je sinu što god je htio.
**Of course his son wanted a beautiful house.**
Naravno da je njegov sin želio lijepu kuću.
**And he also wanted to have a large garden.**
A također je želio imati veliki vrt.
**So a beautiful house was built for him.**
Tako mu je sagrađena prekrasna kuća.
**And a fine garden was made for him too.**
I za njega je napravljen lijep vrt.
**The merchant's son was pleased with the garden.**
Trgovčev sin bio je zadovoljan vrtom.
**And he enjoyed walking in the garden.**
I uživao je šetajući vrtom.
**One day a bird's nest caught his attention.**
Jednog dana ptičje gnijezdo privuklo mu je pažnju.
**This bird happens to be called Toontooni.**
Ova ptica se slučajno zove Toontooni.
**He put his hand into the small bird's nest.**
Stavio je ruku u malo ptičje gnijezdo.
**And in the nest he found an egg.**
I u gnijezdu je pronašao jaje.
**He took the egg out of its nest.**
Izvadio je jaje iz gnijezda.
**There was an almirah in the wall of his house.**
U zidu njegove kuće nalazila se almirah.
**So he put the egg in the almirah.**
Tako je stavio jaje u almiru.

He closed the door of the almirah.
Zatvorio je vrata almire.
And then he thought no more of the egg.
I onda više nije mislio na jaje.
The merchant's son had a house of his own.
Trgovčev sin imao je vlastitu kuću.
But he had a house without a household.
Ali imao je kuću bez domaćinstva.
So in his house there was no cook.
Dakle, u njegovoj kući nije bilo kuhara.
But he had no need for his own cook.
Ali nije mu bio potreban vlastiti kuhar.
Because his mother regularly sent him food.
Jer mu je majka redovito slala hranu.
In the morning she sent him breakfast.
Ujutro mu je poslala doručak.
And every day she had dinner sent to him.
I svaki dan mu je slala večeru.
One day the egg in the almirah burst.
Jednog dana jaje u almiri puklo je.
But it was not a bird that came out of the egg.
Ali to nije bila ptica koja je izašla iz jajeta.
Out of the egg came a beautiful infant.
Iz jajeta je izašlo prekrasno dijete.
The infant was not a bird, but a human girl.
Dojenče nije bila ptica, već ljudska djevojčica.
But the merchant's son knew nothing of the event.
Ali trgovčev sin nije znao ništa o događaju.
He had forgotten everything about the egg.
Zaboravio je sve o jajetu.
The door of the wall-almirah had been kept closed.
Vrata zidne almire bila su zatvorena.
However, the merchant's son did not lock the door.
Međutim, trgovčev sin nije zaključao vrata.
The child grew up within the wall-almirah.
Dijete je odraslo unutar zida-almire.
She had no knowledge of the merchant's son.

Nije imala pojma o trgovčevom sinu.
**Nor did she know of anyone else.**
Niti je znala za ikoga drugog.
**When the child could walk it grew curious.**
Kad je dijete moglo hodati, postalo je znatiželjno.
**And out of curiosity she opened the door.**
I iz znatiželje je otvorila vrata.
**That day, too, the mother had sent breakfast.**
I tog dana majka je poslala doručak.
**And the breakfast had been put on the floor.**
A doručak je bio stavljen na pod.
**The child saw the food that was on the floor.**
Dijete je vidjelo hranu koja je bila na podu.
**Of course the child ate from the food.**
Naravno da je dijete jelo od hrane.
**And then the child returned into the wall.**
A onda se dijete vratilo u zid.
**The merchant's mother always made a lot of food.**
Trgovčeva majka je uvijek pripremala puno hrane.
**It was more food than he could possibly eat.**
Bilo je to više hrane nego što je uopće mogao pojesti.
**So he didn't notice that any food was missing.**
Dakle, nije primijetio da nedostaje hrane.
**The girl of the wall-almirah came out every day.**
Djevojka sa zida-almire izlazila je svaki dan.
**And every day she ate a part of the food.**
I svaki dan je pojela dio hrane.
**After eating the food she returned to the almirah.**
Nakon što je pojela hranu, vratila se u almiru.
**But with time the girl got older and older.**
Ali s vremenom je djevojka postajala sve starija i starija.
**And with age she got bigger and bigger.**
I s godinama je postajala sve veća i veća.
**And the bigger she got the hungrier she got.**
I što je postajala veća, to je postajala gladnija.
**And she began to eat more of the food each day.**
I počela je jesti sve više te hrane svaki dan.

**Eventually the merchant's son noticed the missing food.**
Napokon je trgovčev sin primijetio da nedostaje hrane.
**But he had no way of knowing where the food went.**
Ali nije imao načina da sazna kamo je hrana otišla.
**The last thing he suspected was a girl from inside the almirah.**
Posljednje što je sumnjao bila je djevojka iz almire.
**And so he came to a very different conclusion.**
I tako je došao do sasvim drugačijeg zaključka.
**"Why is mother sending such a small quantity of food?".**
„Zašto mama šalje tako malu količinu hrane?"
**And he had a message sent to his mother.**
I poslao je poruku svojoj majci.
**"Why am I being sent insufficient food?".**
„Zašto mi se šalje nedovoljno hrane?"
**"And why is the dish served so slovenly?".**
„A zašto je jelo tako aljkavo posluženo?"
**Of course we know why the food was insufficient.**
Naravno da znamo zašto je hrane bilo nedovoljno.
**And we know why the food was presented slovenly.**
I znamo zašto je hrana bila neuredno prezentirana.
**The girl from in the wall ate from his food.**
Djevojka iz zida jela je njegovu hranu.
**And as she ate she fingered the rice and curry.**
I dok je jela, prstima je grickala rižu i curry.
**And she always hurried back into her cell in the wall.**
I uvijek se žurno vraćala u svoju ćeliju u zidu.
**So that she would not be seen by anyone.**
Da je nitko ne bi vidio.
**She had no time to put the rice in proper order.**
Nije imala vremena pravilno posložiti rižu.
**The mother was astonished at her son's complaint.**
Majka je bila zapanjena sinovljevom pritužbom.
**She gave him more than he could eat.**
Dala mu je više nego što je mogao pojesti.
**The food was served up on a silver plate.**
Hrana je bila poslužena na srebrnom tanjuru.

And she neatly arranged the food herself.
I uredno je sama složila hranu.
But her son repeated the same complaint again.
Ali njezin sin je ponovio istu pritužbu.
Day after day he complained of the small portions.
Dan za danom se žalio na male porcije.
Day after day he complained of the messy food.
Dan za danom se žalio na neurednu hranu.
And so his mother began to suspect foul play.
I tako je njegova majka počela sumnjati u nečasnu igru.
She told her son to watch over the food.
Rekla je sinu da pazi na hranu.
"See if anyone is eating your food".
"Provjeri jede li ti netko hranu."
The next day a servant brought the food.
Sljedećeg dana sluga je donio hranu.
The servant laid the food in a clean place.
Sluga je stavio hranu na čisto mjesto.
Normally the merchant's son took a bath.
Obično se trgovčev sin okupao.
But this day he did not go for a bath.
Ali ovog dana nije otišao na kupanje.
Instead, on this day he hid himself nearby.
Umjesto toga, tog se dana sakrio u blizini.
From his hiding place he could see the food.
Iz svog skrovišta mogao je vidjeti hranu.
The merchant's son did not have to wait for long.
Trgovčev sin nije morao dugo čekati.
Soon he saw the wall-almirah open.
Ubrzo je ugledao otvorenu zidnu almiru.
And he saw a beautiful damsel step out.
I ugledao je prekrasnu djevojku kako izlazi.
She could not have been more than sixteen.
Nije mogla imati više od šesnaest godina.
She sat on the carpet by the breakfast.
Sjedila je na tepihu kraj doručka.
And she began to eat from the food left on the floor.

I počela je jesti hranu koja je ostala na podu.
**The merchant's son came out of his hiding-place.**
Trgovčev sin izašao je iz svog skrovišta.
**And the damsel could not escape from him.**
I djevojka mu nije mogla pobjeći.
**"Who are you, beautiful creature?".**
„Tko si ti, prekrasno stvorenje?"
**"You do not seem to be earth-born".**
„Ne čini se da si rođen na Zemlji."
**"Are you one of the daughters of the gods?".**
„Jesi li ti jedna od kćeri bogova?"
**The girl replied, "I do not know who I am".**
Djevojka je odgovorila: „Ne znam tko sam."
**"But there is one thing I do know," the girl continued.**
„Ali jedno znam", nastavila je djevojka.
**"One day I found myself in the almirah in the wall".**
„Jednog dana našao sam se u almiri u zidu."
**"And since then I have been living in the wall".**
„I od tada živim u zidu."
**The merchant's son thought her story was strange.**
Trgovčev sin je smatrao njezinu priču čudnom.
**But then he thought a bit more about the story.**
Ali onda je malo više razmislio o priči.
**And he remembered what happened sixteen years ago.**
I sjetio se što se dogodilo prije šesnaest godina.
**He remembered the nest of the toontoori bird.**
Sjetio se gnijezda ptice toontoori.
**And he remembered finding an egg in the nest.**
I sjetio se da je pronašao jaje u gnijezdu.
**And he remembered putting the egg in the almirah.**
I sjetio se da je stavio jaje u almiru.
**The wall-almirah girl was of uncommon beauty.**
Djevojka sa zida almira bila je neobične ljepote.
**And the merchant's son was struck by her beauty.**
I trgovčev sin bio je očaran njezinom ljepotom.
**Her beauty made a deep impression on his mind.**
Njena ljepota ostavila je dubok dojam na njegov um.

And he resolved in his mind to marry her.
I u sebi je odlučio oženiti je.
**From then on the girl didn't stay in the almirah.**
Od tada djevojka nije ostala u almiri.
**She was given a room in the merchant's son's house.**
Dobila je sobu u kući trgovčevog sina.
**The next day the merchant's son wrote a message.**
Sljedećeg dana trgovčev sin je napisao poruku.
**And he had the message sent to his mother.**
I poslao je poruku svojoj majci.
**You can guess the general theme of the message.**
Možete pretpostaviti opću temu poruke.
**The merchant's son said he would like to get married.**
Trgovčev sin je rekao da bi se želio oženiti.
**The mother of the merchant's son reproached herself.**
Majka trgovčevog sina prekorila je samu sebe.
**She had not tried to find a wife for his son.**
Nije pokušala pronaći ženu za njegovog sina.
**She felt she should have thought of his marriage.**
Osjećala je da je trebala razmisliti o njegovom braku.
**And so she promptly replied to her son's message.**
I tako je odmah odgovorila na sinovu poruku.
**She and her father were going to send out ghataks.**
Ona i njezin otac namjeravali su poslati ghatake.
**The ghataks were going to go to different countries.**
Ghataci su trebali otići u različite zemlje.
**There they were going to look for suitable brides.**
Tamo su išli tražiti prikladne nevjeste.
**But the merchant's son said there would be no need.**
Ali trgovčev sin je rekao da neće biti potrebe.
**He had secured himself a lovely young lady.**
Osigurao je sebi ljupku mladu damu.
**If they had no objection, he would introduce her to them.**
Ako ne bi imali ništa protiv, upoznao bi je s njima.
**And so the young lady was taken to the merchant's house.**
I tako je mlada dama odvedena u trgovčevu kuću.
**The merchant and his wife welcomed the stranger.**

Trgovac i njegova žena dočekali su stranca.
**And they were also struck by her unmatched beauty.**
I njih je zadivila njezina neusporediva ljepota.
**The girl was of perfect loveliness and grace.**
Djevojka je bila savršene ljepote i gracioznosti.
**The parents made no questions to her birth.**
Roditelji nisu dovodili u pitanje njezino rođenje.
**And the nuptials were celebrated there and then.**
I vjenčanje je proslavljeno tamo i tada.

**In the course of time the merchant's son had two sons.**
S vremenom trgovčev sin je imao dva sina.
**The elder of the sons he named Swet.**
Starijeg od sinova nazvao je Swet.
**And the younger son he named Basanta.**
A mlađem sinu dao je ime Basanta.
**After the passing of more time the old merchant died.**
Nakon što je prošlo još neko vrijeme, stari trgovac je umro.
**So the merchant's son now became the merchant.**
Tako je trgovčev sin sada postao trgovac.
**And after some time his mother died too.**
A nakon nekog vremena umrla je i njegova majka.
**Swet and Basanta grew up to be fine lads.**
Swet i Basanta su odrasli u fine dečke.
**And the elder son was in due time married.**
I stariji sin se s vremenom oženio.
**Sometime after Swet's marriage his mother also died.**
Nešto nakon Swetovog braka umrla je i njegova majka.
**The girl from in the wall was no more.**
Djevojke iz zida više nije bilo.
**The widower lost no time in marrying again.**
Udovac nije gubio vrijeme i ponovno se oženio.
**And he had a new young and beautiful wife.**
I imao je novu mladu i lijepu ženu.
**Swet's wife was older than his stepmother.**
Swetova žena bila je starija od njegove maćehe.
**So his wife became the mistress of the house.**

Tako je njegova žena postala gospodarica kuće.
**The stepmother was like all stepmothers are.**
Maćeha je bila kao sve maćehe.
**She hated Swet and Basanta with a perfect hatred.**
Mrzila je Sweta i Basantu savršenom mržnjom.
**And the two ladies also couldn't stand each other.**
A dvije dame se također nisu mogle podnijeti.
**It so happened one day that a fisherman came.**
Jednog dana se dogodilo da je došao ribar.
**The fisherman brought to the merchant a fish.**
Ribar je donio trgovcu ribu.
**This fish was of singular and remarkable beauty.**
Ova riba je bila jedinstvene i izvanredne ljepote.
**It was unlike any other fish that had been seen.**
Bila je drugačija od bilo koje druge ribe koju je dotad vidio.
**And the fish had other qualities too.**
A riba je imala i druge kvalitete.
**The fisherman explained the wonders of the fish.**
Ribar je objasnio čuda ribe.
**"Two things will happen if you eat this fish".**
"Dvije stvari će se dogoditi ako pojedete ovu ribu."
**"When you laugh maniks will drop from your mouth".**
"Kad se smiješ, manike će ti padati iz usta."
**"And when you weep pearls will drop from your eyes".**
"I kad plačeš, biseri će ti padati iz očiju."
**The merchant was astounded by what he had heard.**
Trgovac je bio zapanjen onim što je čuo.
**And he wanted the wonderful properties of the fish.**
I želio je divna svojstva ribe.
**And so he bought the fish at one thousand rupees.**
I tako je kupio ribu za tisuću rupija.
**And he put the fish into the hands of Swet's wife.**
I stavio je ribu u ruke Swetove žene.
**Because Swet's wife was the mistress of the house.**
Jer je Swetova žena bila gospodarica kuće.
**He strictly instructed her to cook the fish well.**
Strogo joj je naredio da dobro skuha ribu.

And he told her to give the fish to him alone to eat.
I rekao joj je da ribu da samo njemu da jede.
The house-mother however knew the fish's secret.
Međutim, domaćica je znala tajnu ribe.
She had overheard what the fisherman had said.
Čula je što je ribar rekao.
Secretly she made a different plan in her mind.
Potajno je u sebi skovala drugačiji plan.
She was going to cook the fish for her husband.
Namjeravala je skuhati ribu za svog muža.
And she was going to share the fish with his brother.
I namjeravala je podijeliti ribu s njegovim bratom.
For her father-in-law she was going to prepare a frog.
Za svog svekra namjeravala je pripremiti žabu.
Soon she had finished cooking the marvelous fish.
Ubrzo je završila s kuhanjem divne ribe.
And she had finished cooking a frog too.
I završila je s kuhanjem žabe.
But from the kitchen she could hear a squable.
Ali iz kuhinje je čula prepirku.
She could hear who it was that was arguing.
Mogla je čuti tko se to svađa.
Her stepmother-in-law and her husband's brother.
Njena maćeha i brat njenog muža.
And she understood the cause of the argument.
I razumjela je uzrok svađe.
Basanta was still but a young lad.
Basanta je još bio samo mladić.
But he was passionately fond of his pigeons.
Ali je strastveno volio svoje golubove.
And he tamed his pigeons very well.
I vrlo je dobro ukrotio svoje golubove.
Nonetheless, one of his pigeons had escaped.
Ipak, jedan od njegovih golubova je pobjegao.
And the pigeon flew into his stepmother's room.
I golub je uletio u sobu svoje maćehe.
His stepmother hid the pigeon in her clothes.

Njegova maćeha sakrila je goluba u svoju odjeću.
**Basanta rushed after the pigeon into the room.**
Basanta je pojurio za golubom u sobu.
**And he loudly demanded to have the pigeon back.**
I glasno je zahtijevao da mu se golub vrati.
**His stepmother denied having the pigeon.**
Njegova maćeha je zanijekala da ima goluba.
**Swet, however, did know she had the pigeon.**
Swet je, međutim, znala da ima goluba.
**And the older brother forcibly took the bird.**
I stariji brat je silom uzeo pticu.
**And he freed the pigeon from her clothes.**
I oslobodio je golubicu od njezine odjeće.
**And he gave the pigeon back to his brother.**
I vratio je goluba svom bratu.
**The stepmother cursed and swore, and added;**
Maćeha je proklinjala i klela, te dodala;
**"Wait until the head of the house comes home".**
"Pričekajte dok se glava kuće ne vrati kući."
**"He will get no water till he sheds your blood".**
"Neće dobiti vode dok ne prolije tvoje krvi."
**Swet's wife called her husband and said to him;**
Swetova žena nazvala je svog muža i rekla mu;
**"My dearest lord, that woman is a most wicked woman".**
„Najdraži gospodaru, ta žena je najzločestija žena.“
**"And she has boundless influence over my father-in-law".**
„I ona ima neograničen utjecaj na mog tasta.“
**"She will make him do what she has threatened".**
„Natjerat će ga da učini ono što mu je prijetila.“
**"All our lives are in imminent danger".**
„Svi naši životi su u neposrednoj opasnosti.“
**"But let us first eat a little," she added.**
„Ali prvo hajde da malo pojedemo“, dodala je.
**"And then let us all three run away from this place".**
„A onda hajde da sva trojica pobjegnemo s ovog mjesta.“
**Swet forthwith called Basanta to him.**
Swet je odmah pozvao Basantu k sebi.

And he told him what he had heard from his wife.
I ispričao mu je što je čuo od svoje žene.
They resolved to run away before nightfall.
Odlučili su pobjeći prije mraka.
The woman placed before her husband the fish.
Žena je stavila ribu pred svog muža.
And her brother-in-law ate of the fish too.
I njezin šogor je jeo ribu.
And they ate of the fish heartily.
I jeli su ribu s obiljem sreće.
The woman packed up all her jewels in a box.
Žena je spakirala sav svoj nakit u kutiju.
There was only one horse in the stables.
U štali je bio samo jedan konj.
But the horse was of uncommon fleetness.
Ali konj je bio neobično brz.
They could all sit on the horse together.
Svi su mogli zajedno sjediti na konju.
Swet held the reins of the horse.
Swet je držao uzde konja.
The woman sat in the middle of the horse.
Žena je sjedila u sredini konja.
And she had the jewel-box in her lap.
I kutijicu s draguljima imala je u krilu.
And Basanta sat on the rear of the horse.
A Basanta je sjedio na stražnjem dijelu konja.
The horse galloped with the utmost swiftness.
Konj je galopirao najvećom brzinom.
They passed through many a plain and noted town.
Prošli su kroz mnoge obične i znamenite gradove.
After midnight they found themselves in a forest.
Nakon ponoći našli su se u šumi.
And they were not far from the banks of a river.
I nisu bili daleko od obala rijeke.
Here the most untoward event took place.
Ovdje se dogodio najneobičniji događaj.
Swet's wife began to feel the pains of child-birth.

Swetova žena počela je osjećati porođajne bolove.

**They dismounted from the horse without delay.**

Bez oklijevanja su sjahali s konja.

**And within an hour Swet's wife gave birth to a son.**

I u roku od sat vremena Swetova žena je rodila sina.

**What were the two brothers to do in this forest?**

Što su dva brata trebala učiniti u ovoj šumi?

**They knew that a fire had to be kindled.**

Znali su da se vatra mora zapaliti.

**The mother and the new-born baby needed warmth.**

Majci i novorođenčetu je bila potrebna toplina.

**But from where was there fire to be gotten?**

Ali odakle bi se mogla nabaviti vatra?

**There were no human habitations visible.**

Nisu se vidjela ljudska naselja.

**Nonetheless, a fire had to be procured.**

Ipak, vatru je trebalo nabaviti.

**And it was the winter month of December.**

I bio je zimski mjesec prosinac.

**The mother and the baby would certainly perish.**

Majka i dijete bi sigurno poginuli.

**Swet told Basanta to sit beside his wife.**

Swet je rekao Basanti da sjedne pokraj njegove žene.

**And he set out in the darkness of the night.**

I krenuo je u tami noći.

**And he went in search of wood to make a fire.**

I otišao je tražiti drva da naloži vatru.

**Swet walked many a mile through the darkness.**

Swet je propješačio mnogo kilometara kroz tamu.

**But despite the distance he saw no human habitations.**

Ali unatoč udaljenosti nije vidio ljudska naselja.

**But eventually his eyes were given some help.**

Ali na kraju su njegove oči dobile neku pomoć.

**The genial light of Sukra somewhat illumined his path.**

Blago svjetlo Šukre donekle mu je obasjalo put.

**And he saw at a distance what seemed a large city.**

I ugledao je u daljini nešto što je izgledalo kao veliki grad.

He was congratulating himself on his journey's end.
Čestitao je sam sebi na kraju putovanja.
And he congratulated himself for finding fire.
I čestitao je sam sebi što je pronašao vatru.
The fire that was going to benefit his poor wife.
Vatra koja je trebala koristiti njegovoj jadnoj ženi.
His wife that was lying cold in the forest.
Njegova žena koja je ležala hladna u šumi.
The fire that was going to save his new-born child.
Vatra koja je trebala spasiti njegovo novorođeno dijete.
The new-born baby born into the coldness.
Novorođenče rođeno u hladnoći.
Suddenly an elephant shot across his path.
Odjednom mu je slon preletio put.
The elephant was gorgeously caparisoned.
Slon je bio prekrasno odjeven.
And the elephant gently picked him with his trunk.
I slon ga je nježno podigao svojom surlom.
He placed him on the rich howdah on its back.
Stavio ga je na bogatu vudu, na njezina leđa.
The elephant then walked rapidly towards the city.
Slon je zatim brzo krenuo prema gradu.
Swet was quite taken aback by the events.
Swet je bio prilično zatečen događajima.
He did not understand the elephant's actions.
Nije razumio slonove postupke.
And he wondered what was in store for him.
I pitao se što ga čeka.
A crown is that which was in store for him.
Kruna je ono što ga je čekalo.
He was being taken to the chief city of a kingdom.
Odveli su ga u glavni grad kraljevstva.
In this kingdom every morning a king was elected.
U ovom kraljevstvu svakog jutra biran je kralj.
Because the kings of this city lasted but a day.
Jer su kraljevi ovog grada trajali samo jedan dan.
Every night the new king joined the queen in her room.

Svake noći novi kralj pridružio se kraljici u njezinoj sobi.
**And every morning the previous king was found dead.**
I svako jutro prethodni kralj je pronađen mrtav.
**No one knew what caused the deaths of the kings.**
Nitko nije znao što je uzrokovalo smrt kraljeva.
**Not even the queen knew what caused their death.**
Čak ni kraljica nije znala što je uzrok njihove smrti.
**So this kingdom had its own king-maker.**
Dakle, ovo kraljevstvo je imalo svog vlastitog kralja.
**The elephant who suddenly took hold of Swet.**
Slon koji je iznenada zgrabio Swet.
**Early in the morning the elephant roamed about.**
Rano ujutro slon je lutao uokolo.
**Sometimes the elephant went to distant places.**
Ponekad je slon odlazio na udaljena mjesta.
**And every evening the elephant returned with a man.**
I svake večeri slon se vraćao s čovjekom.
**The man on the elephant's became their king.**
Čovjek na slonu postao je njihov kralj.
**The elephant majestically marched through the streets.**
Slon je veličanstveno marširao ulicama.
**A crowd of people welcomed their new king.**
Gomila ljudi dočekala je svog novog kralja.
**But Swet did not yet understand their cheers.**
Ali Swet još nije razumjela njihovo navijanje.
**The elephant entered the kingdom's palace.**
Slon je ušao u kraljevsku palaču.
**And the elephant placed Swet on the throne.**
I slon je postavio Sweta na prijestolje.
**Amid much rejoicing he was proclaimed king.**
Usred velikog veselja proglašen je kraljem.
**But there were lamentations in the crowd too.**
Ali u gomili je bilo i jadikovki.
**In the course of the day he heard of the curse.**
Tijekom dana čuo je za kletvu.
**The nightly death of every newly elected king.**
Noćna smrt svakog novoizabranog kralja.

**But Swet was possessed of great discretion.**
Ali Swet je posjedovao veliku diskreciju.
**And he had the courage not to try an escape.**
I imao je hrabrosti da ne pokuša pobjeći.
**He took every precaution that he could take.**
Poduzeo je sve mjere opreza koje je mogao poduzeti.
**But he did not know how to avert the catastrophe.**
Ali nije znao kako spriječiti katastrofu.
**And he knew not what expedients to adopt.**
I nije znao koje mjere da usvoji.
**Because he didn't know the nature of the danger.**
Jer nije znao prirodu opasnosti.
**He resolved, however, upon two things;**
Međutim, odlučio se za dvije stvari;
**He was going to go armed into the bedchamber.**
Namjeravao je naoružan ući u spavaću sobu.
**And he was going to stay awake the whole night.**
I namjeravao je ostati budan cijelu noć.
**The queen was young and of exquisite beauty.**
Kraljica je bila mlada i izuzetne ljepote.
**Guileless and benevolent was the expression of her face.**
Bezazlen i dobroćudan bio je izraz njezina lica.
**It was impossible to attribute her any malice.**
Bilo joj je nemoguće pripisati ikakvu zlonamjernost.
**No one believed she caused all the kings' deaths.**
Nitko nije vjerovao da je ona uzrok smrti svih kraljeva.
**In the queen's chamber Swet spent an agreeable evening.**
U kraljičinoj odaji Swet je provela ugodnu večer.
**As the night advanced the queen fell asleep.**
Kako je noć odmicala, kraljica je zaspala.
**But Swet kept awake, and was on the alert.**
Ali Swet je ostala budna i bila je na oprezu.
**He looked at every creek and corner of the room.**
Pogledao je svaki potok i kut sobe.
**And he expected every minute to be murdered.**
I očekivao je da će svake minute biti ubijen.
**But the queen did not rise to murder him.**

Ali kraljica se nije podignula da ga ubije.
**And no one entered the room to murder him either.**
I nitko nije ušao u sobu da ga ubije.
**Nor did he feel anything other than sleepiness.**
Niti je osjećao išta osim pospanosti.
**But in the dead of night he perceived something.**
Ali usred noći je nešto opazio.
**A thread was coming out the queen's nostril.**
Iz kraljičine nosnice je izlazila nit.
**The thread was so thin that it was almost invisible.**
Konac je bio toliko tanak da je bio gotovo nevidljiv.
**Slowly the thread reached several yards in length.**
Polako je nit dosegla nekoliko metara duljine.
**And eventually all the thread came out.**
I na kraju je sva nit izašla van.
**Only then did the thread begin to grow thicker.**
Tek tada je nit počela postajati deblja.
**Soon the thread took on its real shape.**
Uskoro je nit poprimila svoj pravi oblik.
**The thread was in fact a huge serpent.**
Nit je zapravo bila ogromna zmija.
**Immediately Swet cut off the head of the serpent.**
Swet je odmah odsjekao glavu zmiji.
**The body of the serpent wriggled violently.**
Tijelo zmije se silovito migoljilo.
**He sat quiet in the room, expecting other adventures.**
Sjedio je tiho u sobi, očekujući druge avanture.
**But nothing else happened the rest of the night.**
Ali ostatak noći se nije dogodilo ništa drugo.
**The queen slept longer than usual.**
Kraljica je spavala duže nego inače.
**Because she had been relieved of the huge snake.**
Jer se oslobodila ogromne zmije.
**Early next morning the ministers came.**
Rano sljedećeg jutra došli su ministri.
**They were expecting to hear of the king's death.**
Očekivali su da će čuti za kraljevu smrt.

**The ladies of the bedchamber knocked at the door.**
Dame iz spavaće sobe pokucale su na vrata.
**But to their astonishment Swet come out.**
Ali na njihovo zaprepaštenje, Swet je izašao.
**The folk learned the mystery of all the kings' deaths.**
Narod je saznao misterij smrti svih kraljeva.
**And now the country rejoiced their permanent king.**
I sada se zemlja radovala svom trajnom kralju.
**There is a strange thing you probably noticed.**
Postoji jedna čudna stvar koju ste vjerojatno primijetili.
**Swet did not remember his wife he left behind.**
Swet se nije sjećao svoje supruge koju je ostavio iza sebe.
**It is a strange thing, nevertheless it is true.**
To je čudna stvar, ali ipak je istinita.
**Nor did he remember the defenceless new-born babe.**
Niti se sjećao bespomoćne novorođenčadi.
**And he did not remember his brother either.**
I nije se sjećao ni svog brata.
**He had no time to remember when the elephant came.**
Nije imao vremena sjetiti se kada je došao slon.
**On the first night he had to worry for his own life.**
Prve noći morao se brinuti za vlastiti život.
**And now the crown brought on his forgetfulness.**
A sada mu je kruna donijela zaboravnost.
**But he had entrusted his wife and child to Basanta.**
Ali je povjerio svoju ženu i dijete Basanti.
**And his brother sat waiting for many weary hours.**
A njegov brat sjedio je čekajući mnogo mučnih sati.
**Every moment he expected to see Swet return with fire.**
Svakog je trenutka očekivao da će vidjeti Swetin povratak s
vatrom.
**But the whole night passed away without his return.**
Ali cijela noć je prošla bez njegovog povratka.
**At sunrise he went to the bank of the river.**
U zoru je otišao na obalu rijeke.
**There he anxiously looked about for his brother.**
Tamo je zabrinuto tražio brata.

But his waiting and searching were all in vain.
Ali sve njegovo čekanje i traženje bili su uzaludni.
Distressed beyond measure, he wept at the riverside.
Neizmjerno ožalošćen, plakao je na obali rijeke.
As he was weeping a boat was passing by.
Dok je plakao, prolazio je brod.
In the boat a merchant was returning from business.
U čamcu se trgovac vraćao s posla.
The boat was not far from the shore.
Brod nije bio daleko od obale.
So the merchant could see Basanta weeping.
Tako je trgovac mogao vidjeti Basantu kako plače.
Something struck the attention of the merchant.
Nešto je privuklo pozornost trgovca.
By the weeping man appeared to be a pile of pearls.
Pored uplakanog čovjeka učini se da je stajala hrpa bisera.
The merchant requested the boatman to halt.
Trgovac je zamolio lađara da stane.
And the merchant went to the weeping man.
I trgovac ode do uplakanog čovjeka.
By the weeping man was in fact a pile of pearls.
Pored uplakanog čovjeka zapravo se nalazila hrpa bisera.
And the pearls were of the highest quality.
A biseri su bili najviše kvalitete.
And another thing astonished the merchant.
I još nešto je zadivilo trgovca.
The pile of pearls grew larger every second.
Gomila bisera je svake sekunde postajala sve veća.
Because the man was crying, but not tears.
Jer čovjek je plakao, ali ne suze.
Because his tears turned to pearls on the ground.
Jer su se njegove suze pretvorile u bisere na zemlji.
The merchant stowed away the pearls into his boat.
Trgovac je bisere spremio u svoj čamac.
Then the merchant got his servants to help him.
Tada trgovac pozva svoje sluge da mu pomognu.
And together they captured the crying man.

I zajedno su uhvatili uplakanog čovjeka.
**They put him on board of the vessel.**
Stavili su ga na brod.
**And he tied him to one of the ship's masts.**
I privezao ga je za jedan od brodskih jarbola.
**Basanta, of course, tried his best to resist.**
Basanta se, naravno, svim silama trudio oduprijeti se.
**But what could he do against so many sailors?**
Ali što je mogao učiniti protiv toliko mornara?
**He thought of his brother who never returned.**
Mislio je na svog brata koji se nikada nije vratio.
**He thought of his sister-in-law in the forest.**
Pomislio je na svoju šogoricu u šumi.
**And he thought of his newly born niece.**
I pomislio je na svoju tek rođenu nećakinju.
**And he cried even more bitterly than before.**
I plakao je još gorče nego prije.
**His weeping mightily pleased the merchant.**
Njegov plač je silno razveselio trgovca.
**Because even more pearls were falling to the ground.**
Jer još više bisera padalo je na tlo.
**And the merchant became richer and richer.**
I trgovac je postajao sve bogatiji i bogatiji.
**Eventually the merchant reached his native town.**
Napokon je trgovac stigao u svoj rodni grad.
**When they got there he confined Basanta in a room.**
Kad su stigli tamo, zatvorio je Basantu u sobu.
**At stated hours every day he had him whipped.**
Svakog dana u određeno vrijeme dao ga je bičevati.
**In order to make him shed yet more tears.**
Kako bi ga natjerala da prolije još više suza.
**And every tear converted into a bright pearl.**
I svaka se suza pretvorila u sjajni biser.
**The merchant one day said to his servants;**
Trgovac je jednog dana rekao svojim slugama;
**"The fellow is making me rich by his weeping".**
"Taj čovjek me bogati svojim plakanjem."

**"Let us see what he gives me by laughing".**
„Da vidimo što će mi dati svojim smijehom.“
**Accordingly, he began to tickle his captive.**
Sukladno tome, počeo je golicati svog zarobljenika.
**Upon being tickled Basanta began to laugh.**
Nakon što su ga poškakljali, Basanta se počeo smijati.
**Of course he was not laughing out of happiness.**
Naravno da se nije smijao od sreće.
**But none the less maniks dropped from his mouth.**
Ali ipak su mu manike ispadale iz usta.
**After this Basanta was not just whipped anymore.**
Nakon ovoga Basanta više nije bio samo bičevan.
**Now he was alternately whipped and tickled.**
Sad su ga naizmjenično bičevali i škakljali.
**All day and far into the night he was exploited.**
Cijeli dan i kasno u noć bio je iskorištavan.
**The merchant's wealth increased day and night.**
Trgovčevo bogatstvo se povećavalo danju i noću.
**Soon he became the wealthiest man in the land.**
Ubrzo je postao najbogatiji čovjek u zemlji.
**But let us return to Basanta's subjugation later.**
Ali vratimo se kasnije na Basantino podjarmljivanje.
**Now let us turn our attention to Swet's wife.**
Sada obratimo pozornost na Swetovu suprugu.

**Swet's abandoned wife was still in the forest.**
Swetova napuštena žena još je uvijek bila u šumi.
**She had just given birth to her child.**
Upravo je rodila svoje dijete.
**But now she was alone in the forest.**
Ali sada je bila sama u šumi.
**First her husband had abandoned her.**
Prvo ju je napustio muž.
**And now her brother-in-law abandoned her too.**
A sada ju je i šogor napustio.
**Imagine how overwhelmed with grief she felt.**
Zamislite koliko ju je preplavila tuga.

**Alone, and in a forest, far from civilization.**
Sam, i u šumi, daleko od civilizacije.
**Her case was indeed deserving of sympathy.**
Njezin slučaj je zaista zasluživao suosjećanje.
**She wept rivers of sad and lonely tears.**
Plakala je rijekama tužnih i usamljenih suza.
**Excessive grief, however, brought her relief.**
Pretjerana tuga joj je, međutim, donijela olakšanje.
**She fell asleep with the new-born in her arms.**
Zaspala je s novorođenčetom u naručju.
**While she was deep in sleep another tragedy took place.**
Dok je duboko spavala, dogodila se još jedna tragedija.
**It so happened that the Kotwal was passing by.**
Slučajno je Kotwal prolazio.
**He had recently suffered his own misfortune.**
Nedavno je i sam doživio nesreću.
**But his misfortune was of a different nature.**
Ali njegova nesreća bila je drugačije prirode.
**The children his wife bore died shortly after birth.**
Djeca koju mu je supruga rodila umrla su ubrzo nakon
rođenja.
**And he was now going to bury the last infant.**
I sada će pokopati posljednje dojenče.
**He was heading to the banks of the river.**
Kretao se prema obalama rijeke.
**The place where the other infants were buried.**
Mjesto gdje su pokopana ostala dojenčad.
**But then he saw the woman sleeping in the forest.**
Ali onda je ugledao ženu kako spava u šumi.
**And in her arms he saw her holding a baby.**
I u naručju ju je vidio kako drži bebu.
**The infant was a lively and beautiful boy.**
Dojenče je bio živahan i lijep dječak.
**His liveliness did not disturb his mother's sleep.**
Njegova živahnost nije remetila majčin san.
**The Kotwal wanted the lovely infant very much.**
Kotwal je jako želio ljupku bebu.

He quietly took the child from his mother.
Tiho je uzeo dijete od majke.
And in her arms he placed his own dead child.
I u njezino naručje stavio je svoje mrtvo dijete.
Of course this is not what he could tell his wife.
Naravno, to nije ono što je mogao reći svojoj ženi.
"We both thought that our son had died".
„Oboje smo mislili da nam je sin umro."
"And I carried his body to the river bank".
„I odnio sam njegovo tijelo na obalu rijeke."
"And that was when a miracle occurred".
„I tada se dogodilo čudo."
"Once more our son opened his young eyes".
„Naš sin je još jednom otvorio svoje mlade oči."
"And now we have a beautiful and lively boy".
„A sada imamo prekrasnog i živahnog dječaka."
But Swet's wife did not know the true events.
Ali Swetova supruga nije znala prave događaje.
When she woke she held the dead child in her arms.
Kad se probudila, držala je mrtvo dijete u naručju.
And she thought it was her child that had died.
I mislila je da joj je dijete umrlo.
The distress of her mind may easily be imagined.
Lako se može zamisliti njezina duševna patnja.
The whole world became dark to her.
Cijeli svijet joj je postao mračan.
She was distracted by the loss of her child.
Bila je ometena gubitkom djeteta.
And in her distraction she formed a resolution.
I u svojoj rastresenosti donijela je odluku.
She had resolved to take her own life.
Bila je odlučna oduzeti si život.
The river was not far from where she had slept.
Rijeka nije bila daleko od mjesta gdje je spavala.
And she determined to drown herself in the river.
I odlučila se utopiti u rijeci.
She took in her hand the bundle of jewels.

Uzela je u ruku svežanj dragulja.
**And then she proceeded to the river-side.**
A zatim je krenula prema obali rijeke.
**An old Brahman was at no great distance.**
Stari brahman nije bio na velikoj udaljenosti.
**The Brahman was performing his morning ablutions.**
Brahman je obavljao svoje jutarnje pranje.
**He noticed the woman going into the water.**
Primijetio je ženu kako ulazi u vodu.
**Naturally he thought that she was going to bathe.**
Naravno je pomislio da će se ona okupati.
**But then he saw her going into the deep waters.**
Ali onda ju je vidio kako ulazi u duboke vode.
**Something akin to suspicion arose in his mind.**
Nešto slično sumnji pojavilo se u njegovom umu.
**The Brahman discontinued his devotions.**
Brahman je prekinuo svoje pobožnosti.
**He too waded out towards the river's depth.**
I on je gazio prema dubini rijeke.
**And he ordered the woman to come to him.**
I naredi ženi da dođe k njemu.
**Swet's wife heard the old man calling her.**
Swetova žena je čula kako je starac zove.
**So she retraced her steps to the old man.**
Tako se vratila istim putem do starca.
**"What were your intentions?" asked the Braham.**
„Koje su bile vaše namjere?" upitao je Braham.
**And the woman confirmed his suspicions.**
I žena je potvrdila njegove sumnje.
**"I was going to put an end to my life".**
„Htio sam okončati svoj život."
**And she thanked the Brahman for saving her.**
I zahvalila je Brahmanu što ju je spasio.
**"Accept these jewels as a sign of appreciation".**
"Prihvatite ove dragulje kao znak zahvalnosti."
**The Brahman accepted the sign of appreciation.**
Brahman je prihvatio znak zahvalnosti.

But he was more interested in her story.
Ali njega je više zanimala njezina priča.
And at his request she related her story.
I na njegov zahtjev ispričala je svoju priču.
She had escaped from her stepmother in law.
Pobjegla je od svoje maćehe.
In the forest she gave birth to a child.
U šumi je rodila dijete.
First her husband went looking for fire.
Prvo je njezin muž otišao tražiti vatru.
But her husband never came back to her.
Ali njen muž joj se nikada nije vratio.
Then her brother-in-law looked for her husband.
Tada je njezin šogor potražio njezina muža.
But her brother-in-law did not return either.
Ali ni njezin šogor se nije vratio.
Eventually she fell asleep with her child.
Na kraju je zaspala sa svojim djetetom.
But when she woke her child was dead.
Ali kad se probudila, njezino dijete je bilo mrtvo.
And that's when she decided to drown herself.
I tada je odlučila utopiti se.
She felt the relieve of telling her fate.
Osjetila je olakšanje što je rekla svoju sudbinu.
The Brahman invited the woman to his house.
Brahman je pozvao ženu u svoju kuću.
And the woman was accepted into his family.
I žena je bila prihvaćena u njegovu obitelj.
The Brahman's wife treated her like a daughter.
Brahmanova žena se prema njoj ponašala kao prema kćeri.
And she spent years with her new family.
I provela je godine sa svojom novom obitelji.
Swet spend those years in his kingdom.
Swet je proveo te godine u svom kraljevstvu.
Basanta spent those years being tortured.
Basanta je te godine proveo mučen.
And the adopted son of the Kotwal grew up.

I posvojeni sin Kotwala je odrastao.
**The Brahman's house was not far from the Kotwal's.**
Brahmanova kuća nije bila daleko od Kotwalove.
**So the Kotwal's son met the Brahman's adopted daughter.**
Tako je Kotwalov sin upoznao Brahmanovu posvojenu kćer.
**And the lad thought he fell in love with her.**
I mladić je mislio da se zaljubio u nju.
**He spoke to his father about the woman.**
Razgovarao je s ocem o toj ženi.
**And the father spoke to the Brahman about the woman.**
I otac je razgovarao s Brahmanom o ženi.
**The Brahman's rage knew no bounds.**
Brahmanov bijes nije poznavao granice.
**"What is this insolence!" the Brahman protested.**
„Kakva je ovo drskost!" prosvjedovao je brahman.
**"Your son is the son of an infidel".**
„Tvoj sin je sin nevjernika."
**"How can he aspire to the hand of a Brahman's daughter!?".**
„Kako može težiti ruci brahmanove kćeri!?"
**"A dwarf may as well aspire to catch hold of the moon!".**
„Patuljak bi jednako tako mogao težiti da uhvati Mjesec!"
**But the Kotwal's son determined to have her by force.**
Ali Kotwalov sin odlučio ju je imati silom.
**One day he scaled the wall of the Brahman's house.**
Jednog dana popeo se na zid Brahmanove kuće.
**He got upon the thatched roof of the cow-house.**
Popeo se na slamnati krov štale za krave.
**And from that lofty position he reconnoitered.**
I s tog uzvišenog položaja izviđao je.
**And he saw two young calves below him.**
I ugleda dva mlada teleta ispod sebe.
**And he overheard the conversation of two young calves.**
I čuo je razgovor dvaju mladih teladi.
**"Men accuse us of brutish ignorance and immorality".**
„Muškarci nas optužuju za grubo neznanje i nemoral."
**"But in my opinion men are fifty times worse".**
„Ali po mom mišljenju muškarci su pedeset puta gori."

"What makes you say so, brother?" the calf asked.
„Što te navodi na to, brate?" upita tele.
"Have you witnessed instances of human depravity?".
„Jeste li svjedočili slučajevima ljudske izopačenosti?"
"Who is a greater monster than the Kotwal's son?".
„Tko je veće čudovište od Kotwalovog sina?"
"The same lad standing on the thatched roof".
„Isti mladić stoji na slamnatom krovu."
"The roof of this hut above our heads".
„Krov ove kolibe iznad naših glava."
"I thought he was just the son of our Kotwal".
„Mislio sam da je on samo sin našeg Kotwala."
"I never heard that he was exceptionally vicious".
„Nikad nisam čuo da je bio iznimno zloban."
"You may have never heard of his wickedness".
„Možda nikad niste čuli za njegovu zloću."
"But now you will hear of his wickedness from me".
„Ali sada ćeš od mene čuti o njegovoj zloći."
"This wicked lad is now making immoral plans".
„Ovaj zli mladić sada kuje nemoralne planove."
"He is trying get married to his own mother!".
„Pokušava se oženiti vlastitom majkom!"
The First Calf then related the whole story.
Prvo tele je tada ispričalo cijelu priču.
And the inquisitive Second Calf listened.
I znatiželjno Drugo Tele je slušalo.
And the calf told Swet's and Basanta's story.
I tele je ispričalo Swetovu i Basantinu priču.
"A merchant built a house for his son"
"Trgovac je sagradio kuću za svog sina"
"In the garden of the house was a Toontooni bird"
„U vrtu kuće bila je ptica Toontooni"
"In the nest of the Toontooni bird was an egg"
"U gnijezdu ptice Toontooni bilo je jaje"
"The merchant's son put the egg in a almirah"
„Trgovčev sin je stavio jaje u almiru"
"Out of the egg came a beautiful girl"

"Iz jajeta je izašla prekrasna djevojka"
**"Eventually the merchant's son married this beautiful girl"**
„Na kraju se trgovčev sin oženio ovom prekrasnom
djevojkom"
**"Together they had two children; Swet and Basanta"**
„Zajedno su imali dvoje djece; Swet i Basantu"
**"Some time later the grandfather of the children died"**
„Neko vrijeme kasnije, djed djece je umro"
**"Some time later again their grandmother died too"**
„Neko vrijeme kasnije, i njihova baka je umrla."
**"At the right time, the oldest son, Swet, got married"**
„U pravo vrijeme, najstariji sin, Swet, oženio se"
**"His mother, the Toontooni woman, died sometime later"**
„Njegova majka, žena iz Toontooni, umrla je nešto kasnije."
**"Soon after their father married a younger woman"**
„Ubrzo nakon što se njihov otac oženio mlađom ženom"
**"But their new stepmother hated her stepsons"**
„Ali njihova nova maćeha mrzila je svoje pastorke"
**"And she also hated her new stepdaughter-in-law"**
„A mrzila je i svoju novu posinku"
**"One day a fisherman happened to visit the merchant"**
"Jednog dana ribar je slučajno posjetio trgovca"
**"The Fisherman had sold the merchant a magical fish"**
"Ribar je prodao trgovcu čarobnu ribu"
**"Whoever ate the fish would laugh maniks"**
"Tko god bi pojeo ribu, smijao bi se kao luđaci"
**"And whoever ate the fish would weep pearls"**
"I tko god je jeo ribu, plakao bisere"
**"The same day there was an argument over some pigeons"**
„Istog dana došlo je do svađe oko golubova"
**"The stepmother was terribly vengeful to her stepsons"**
„Maćeha je bila užasno osvetoljubiva prema svojim
pastorcima"
**"And she swore revenge on her stepsons"**
„I zaklela se na osvetu svojim pastorcima "
**"That day Swet, his wife, and Basanta escaped"**
„Tog dana Swet, njegova žena i Basanta su pobjegli"

"But before leaving they ate the magical fish"
„Ali prije odlaska pojeli su čarobnu ribu"
"On their journey Swet's wife gave birth to a baby boy"
„Na njihovom putovanju Swetova žena rodila je dječaka"
"Swet went to look for wood to make a fire"
„Swet je otišla tražiti drva za vatru"
"But he was carried away by an elephant"
„Ali ga je odnio slon"
"He was taken to a Queen haunted by a snake"
„Odveli su ga kraljici koju je proganjala zmija ."
"But he succeeded in killing the serpent"
„Ali uspio je ubiti zmiju"
"And so he became king of the land""Basanta went looking for his brother"
„I tako je postao kralj zemlje." „Basanta je otišao tražiti svog brata."
"But he was captured by a merchant"
„Ali ga je zarobio trgovac"
"And now he's flogged and tickled daily"
„A sada ga bičuju i golicaju svaki dan"
"And he cries pearls and laughs maniks"
„I plače bisere i smije se maniksima"
"The Kotwal's son had died that night"
„Kotwalov sin je umro te noći"
"So the Kotwal exchanged the two babies"
„Dakle, Kotwali su zamijenili dvije bebe"
"The mother couldn't bear the loss of her child"
"Majka nije mogla podnijeti gubitak svog djeteta"
"So she made the decision to drown herself"
„Dakle, odlučila se utopiti"
"But there was a Brahman that saved her life"
„Ali postojao je Brahman koji joj je spasio život"
"And this Brahman took her into his home"
„I ovaj Brahman ju je uzeo u svoj dom"
"The Kotwal's son grew up a hardy boy"
„Kotwalov sin je odrastao kao hrabar dječak"
"And he fell in love with the woman"

„I zaljubio se u ženu"
**"And now he stands on the roof"**
„A sada stoji na krovu"
**"And he's intent on having the woman"**
„I namjerava imati ženu"
**All this the Kotwal's son heard.**
Sve je to čuo Kotwalov sin.
**And he was struck with horror.**
I obuzeo ga je užas.
**He forthwith got down from the thatch.**
Odmah je sišao sa slamnatog krova.
**And he went home to his father.**
I otišao je kući svom ocu.
**And he said he must speak with the king.**
I rekao je da mora razgovarati s kraljem.
**The father protested against the request.**
Otac je protestirao protiv zahtjeva.
**But he got an interview with the king.**
Ali je dobio intervju s kraljem.
**He told the king about the two calves.**
Rekao je kralju o dva teladi.
**And he repeated the whole story.**
I ponovio je cijelu priču.
**The king now remembered his poor wife.**
Kralj se sada sjetio svoje jadne žene.
**So a servant was sent to the Brahman.**
Tako je sluga poslan Brahmanu.
**And the Brahman was richly rewarded.**
I Brahman je bio bogato nagrađen.
**And his wife was brought back to the palace.**
I njegovu ženu vratiše u palaču.
**His wife was put in her proper position.**
Njegova žena je bila stavljena u svoj pravi položaj.
**And she became queen of the kingdom.**
I postala je kraljica kraljevstva.
**The reputed son of the Kotwal was readopted.**
Navodni sin Kotwala ponovno je usvojen.

**And he was proclaimed heir to the throne.**
I proglašen je prijestolonasljednikom.
**Basanta was brought out of the dungeon.**
Basanta je izveden iz tamnice.
**And the wicked merchant was buried alive.**
I zli trgovac je bio živ pokopan.
**And thorns were put in his burying-place.**
I trnje je stavljeno u njegov grob.
**And all lived together happily for many years.**
I svi su živjeli sretno zajedno dugi niz godina.
**Swet, his wife and son, and Basantas.**
Swet, njegova supruga i sin, i Basantas.

## The Evil Eye of Sani
### Zlobno oko Sani

**Once upon a time Sani and Lakshmi fell out with each other.**
Nekada davno Sani i Lakshmi su se posvađale.
**Sani, also known as Saturn, is the God of bad luck.**
Sani, također poznat kao Saturn, je bog nesreće.
**And Lakshmi is the Goddess of good luck.**
A Lakšmi je božica sreće.
**And these two Gods fell out with each other in heaven.**
I ova dva Boga su se međusobno posvađala na nebu.
**Sani said he was higher in rank than Lakshmi.**
Sani je rekao da je bio višeg ranga od Lakshmi.
**And Lakshmi said she was higher in rank than Sani.**
A Lakshmi je rekla da je bila višeg ranga od Sani.
**But there were just as many Gods as there were Goddesses.**
Ali bilo je jednako mnogo bogova koliko i božica.
**Therefore the dispute could not be settled in heaven.**
Stoga se spor nije mogao riješiti na nebu.
**The contending deities agreed to refer the matter to humans.**
Sukobljena božanstva složila su se da stvar prepuste ljudima.
**The humans had a name for wisdom and justice.**
Ljudi su imali ime za mudrost i pravdu.
**There lived at that time upon earth a man named Sribatsa.**
U to vrijeme na Zemlji je živio čovjek po imenu Sribatsa.
**(Sri is another name of Lakshmi).**
(Sri je drugo ime za Lakšmi).
**(And"batsa" is another word for child).**
(A „batsa" je druga riječ za dijete).
**(so Sribatsa literally means"the child of fortune").**
(dakle, Sribatsa doslovno znači „dijete sreće").
**Sribatsa had as much wisdom as he had wealth.**
Sribatsa je imao jednako mudrosti koliko i bogatstva.
**And he was as fair as he was rich, too.**
I bio je jednako pravedan koliko i bogat.
**He was therefore a good judge for the dispute.**
Stoga je bio dobar sudac u sporu.

**And the God and Goddess agreed he could judge their case.**
I Bog i Božica su se složili da on može suditi u njihovom slučaju.
**One day, accordingly, Sribatsa was contacted.**
Jednog dana, sukladno tome, kontaktiran je Sribatsa.
**He was told that Sani and Lakshmi would come to him.**
Rečeno mu je da će Sani i Lakshmi doći k njemu.
**And he was told they wished for him to settle their dispute.**
I rečeno mu je da žele da on riješi njihov spor.
**This put Sribatsa in a delicate situation.**
To je dovelo Sribatsu u delikatnu situaciju.
**He could say Sani was higher in rank than Lakshmi.**
Mogao je reći da je Sani bila višeg ranga od Lakshmi.
**But then she would be angry with him and forsake him.**
Ali onda bi se naljutila na njega i napustila ga.
**He could say Lakshmi was higher in rank than Sani.**
Mogao je reći da je Lakshmi bila višeg ranga od Sani.
**But then Sani would cast his evil eye upon him.**
Ali tada bi Sani bacio svoje zlo oko na njega.
**He made up his mind not to say anything directly.**
Odlučio je da neće ništa izravno reći.
**The god and the goddess had to observe his actions.**
Bog i božica morali su promatrati njegove postupke.
**And from his actions they could gather their opinions.**
I iz njegovih postupaka mogli su steći svoja mišljenja.
**Sribatsa ordered two chairs to be made.**
Sribatsa je naredio da se izrade dvije stolice.
**One of the chairs was made from gold.**
Jedna od stolica bila je izrađena od zlata.
**And the other chair was made from silver.**
A druga stolica je bila napravljena od srebra.
**And he placed the two chairs beside himself.**
I stavio je dvije stolice pokraj sebe.
**The day came when Sani and Lakshmi visited Sribatsa.**
Došao je dan kada su Sani i Lakshmi posjetile Sribatsu.
**He told Sani to sit upon the silver chair.**
Rekao je Sani da sjedne na srebrnu stolicu.

**And he told Lakshmi to sit upon the gold chair.**
I rekao je Lakšmi da sjedne na zlatnu stolicu.
**Sani became mad with rage, and spoke angrily;**
Sani je poludio od bijesa i ljutito progovorio;
**"You consider me lower in rank than Lakshmi"**
„Smatraš me nižim rangom od Lakšmi."
**"I will cast my eye on you for three years"**
"Tri godine ću te gledati"
**"We shall see how you fare at the end of that period"**
„Vidjet ćemo kako ćeš se snaći na kraju tog razdoblja"
**The god then went away in great anger.**
Bog je tada otišao u velikom gnjevu.
**Lakshmi, before she went away, said to Sribatsa;**
Lakšmi je, prije nego što je otišla, rekla Sribatsi;
**"My child, do not fear. I'll befriend you"**
"Dijete moje, ne boj se. Sprijateljit ću se s tobom."
**The god and the goddess then went away.**
Bog i božica su zatim otišli.
**Sribatsa spoke to his wife, Chantamani;**
Sribatsa je razgovarao sa svojom ženom, Chantamani;
**"Dearest, the evil eye of Sani will be upon me"**
„Draga moja, Sani će me gledati u lice."
**"I had better go away from the house"**
"Bolje da odem iz kuće"
**"If I stay evil will befall you and me"**
"Ako ostanem, zlo će zadesiti tebe i mene"
**"But if I go, evil will overtake me only"**
„Ali ako odem, zlo će me stići samo"
**Chintamani said, "it cannot be that way"**
Chintamani je rekao/rekla: „Ne može biti tako"
**"Wherever you go, I will go with you"**
"Gdje god ideš, ja ću ići s tobom"
**"Your good luck shall be my good luck"**
"Tvoja sreća bit će i moja sreća"
**"And your bad luck shall be my bad luck"**
"I tvoja loša sreća bit će moja loša sreća"
**The husband tried hard to persuade his wife to stay.**

Muž se svim silama trudio nagovoriti ženu da ostane.
**But all his efforts were of no use.**
Ali svi njegovi napori bili su uzaludni.
**She refused to abandon her husband.**
Odbila je napustiti muža.
**Sribatsa told his wife to make an opening in their mattress.**
Sribatsa je rekao svojoj ženi da napravi otvor u njihovom madracu.
**And he told her to stow away all their money and jewels.**
I rekao joj je da spremi sav njihov novac i nakit.
**On the eve of leaving their house, Sribatsa invoked Lakshmi.**
Uoči odlaska iz kuće, Sribatsa je prizvao Lakšmi.
**Upon being invoked, Lakshmi forthwith appeared.**
Čim je bila prizvana, Lakšmi se odmah pojavila.
**"Mother Lakshmi, the evil eye of Sani is upon us"**
„Majko Lakšmi, zlo oko Sani je nad nama"
**"We are going away into exile"**
"Odlazimo u izgnanstvo"
**"Please befriend us, and take care of our property"**
„Molimo vas, budite prijatelji s nama i čuvajte našu imovinu"
**The goddess of good luck answered.**
Božica sreće odgovorila je.
**"Do not fear; I'll befriend you"**
„Ne boj se; sprijateljit ću se s tobom"
**"In the end all will be right"**
„Na kraju će sve biti u redu"
**They then set out on their journey.**
Zatim su krenuli na svoje putovanje.
**Sribatsa rolled up the mattress and put it on his head.**
Sribatsa je smotao madrac i stavio ga na glavu.
**They had not gone many miles when they saw a river.**
Nisu prešli mnogo kilometara kad su ugledali rijeku.
**There was a canoe with a man sitting in it.**
Bio je tamo kanu s čovjekom koji je sjedio u njemu.
**The travelers requested the ferryman to take them across.**
Putnici su zamolili skelara da ih preveze.

**The ferryman said he could only take one at a time.**
Trajektar je rekao da može uzeti samo jednog odjednom.
**"Tere are three of you," he objected.**
„Vas je troje", prigovorio je.
**"There is you, your wife, and your mattress"**
"Tu si ti, tvoja žena i tvoj madrac"
**Sribatsa proposed in what order they should ferry over the river.**
Sribatsa je predložio kojim redoslijedom bi trebali preći rijeku.
**"First my wife should be taken across the river"**
„Prvo bi moju ženu trebalo prevesti preko rijeke"
**"After my wife, take the mattress across the river"**
"Nakon moje žene, prenesite madrac preko rijeke"
**"And then you can take me across the river"**
„A onda me možeš prevesti preko rijeke"
**But the ferryman would not hear of it.**
Ali skelar nije htio ni čuti za to.
**"Only one at a time," he repeated.**
„Samo jedan po jedan", ponovio je.
**"First let me take across the mattress"**
"Prvo da pređem preko madraca"
**Sribatsa saw no reason to object to the proposal.**
Sribatsa nije vidio razloga za prigovor na prijedlog.
**The ferryman started taking the mattress across the river.**
Trajektar je počeo prevoziti madrac preko rijeke.
**He had reached halfway across the river.**
Stigao je do pola rijeke.
**But then, from nowhere, a fierce gale arose.**
Ali onda se, niotkuda, podigla žestoka oluja.
**The ferryman lost control of his canoe.**
Trajektar je izgubio kontrolu nad svojim kanuom.
**The mattress was blown into the river.**
Madrac je vjetar odnio u rijeku.
**The river carried everything away with it.**
Rijeka je sve odnijela sa sobom.
**And the ferrymen, canoe, and mattress were never seen again.**

I skelara, kanu i madrac više nikada nitko nije vidio.
**But that was not even the strangest events.**
Ali to nisu bili čak ni najčudniji događaji.
**Because the river also disappeared into thin air.**
Jer je i rijeka nestala u zraku.
**Where there was water there was now dry ground.**
Gdje je bila voda, sada je bilo suho tlo.
**Sribatsa knew the evil eye of Sani had been watching.**
Sribatsa je znao da ga Sanijev urok promatra.

**Sribatsa and his wife had not a pice in their pockets.**
Sribatsa i njegova žena nisu imali ni novčića u džepovima.
**Together, impoverished, they went to a nearby village.**
Zajedno, osiromašeni, otišli su u obližnje selo.
**The village was dwelt in mostly by wood-cutters.**
U selu su uglavnom živjeli drvosječe.
**At sunrise the woodcutters went to cut wood.**
U zoru su drvosječe otišle sjeći drva.
**And the wood they cut they sold in a faraway town.**
A drvo koje su posjekli prodali su u dalekom gradu.
**Sribatsa asked to work with the wood-cutters.**
Sribatsa je zatražio da radi s drvosječama.
**And the wood-cutters agreed to let him cut wood.**
I drvosječe su pristale da mu dopuste da siječe drva.
**He could fell trees as well as the best of them.**
Mogao je rušiti drveće jednako dobro kao i najbolji od njih.
**But Sribatsa was different from the wood-cutters.**
Ali Sribatsa se razlikovao od drvosječa.
**The wood-cutters cut any and every sort of wood.**
Drvosječe sijeku sve vrste drva.
**But Sribatsa cut only the precious types of wood.**
Ali Sribatsa je rezao samo dragocjene vrste drva.
**His efforts were focused on cutting down sandal-wood.**
Njegovi su napori bili usmjereni na sječu sandalovine.
**The wood-cutters brought to market large loads of common wood.**
Drvosječe su na tržište donosile velike količine običnog drva.

**Sribatsa brought only a few pieces of sandal-wood to the market.**
Sribatsa je na tržnicu donio samo nekoliko komada sandalovine.
**He was paid a great deal more money than the others.**
Plaćen je bio puno više novca nego ostali.
**Things went on this way for some days.**
Stvari su se tako odvijale nekoliko dana.
**And the wood-cutters became jealous of Sribatsa.**
I drvosječe su postale ljubomorne na Sribatsu.
**In their jealousy they plotted against Sribatsa.**
U svojoj ljubomori kovali su zavjeru protiv Sribatse.
**And finally they drove Sribatsa and his wife from the village.**
I konačno su otjerali Sribatsu i njegovu ženu iz sela.

**Sribatsa and his wife made their way to another village.**
Sribatsa i njegova supruga uputili su se u drugo selo.
**In this village there were many women that weaved.**
U ovom selu bilo je mnogo žena koje su tkale.
**Here Chintamani made herself useful by spinning cotton.**
Ovdje se Chintamani pokazala korisnom predeći pamuk.
**Chintamani was an intelligent and skillful woman.**
Chintamani je bila inteligentna i vješta žena.
**So she spun finer thread than the other women.**
Zato je prela tanju nit od ostalih žena.
**And she got paid more money than the other women.**
I dobivala je više novca od ostalih žena.
**This roused the envy of the native women of the village.**
To je izazvalo zavist kod domaćih žena u selu.
**But the envy of the other women was not all.**
Ali zavist drugih žena nije bila sve.
**Sribatsa wanted to gain the good grace of the weavers.**
Sribatsa je želio steći naklonost tkalaca.
**So he invited the women that spun cotton to a feast.**
Zato je pozvao žene koje su prele pamuk na gozbu.
**The dishes of the feat were all cooked by his wife.**

Sva jela za taj podvig skuhala je njegova supruga.
**Chintamani was a good weaver, and an excellent in cook.**
Chintamani je bila dobra tkalja i izvrsna kuharica.
**She placed the delicacies before the women.**
Stavila je delicije pred žene.
**And the barbarous weavers were quite charmed.**
I barbarski tkalci bili su prilično očarani.
**The men went to their homes with their bellies full.**
Muškarci su otišli svojim kućama punih trbusa.
**But when they got home, they reproached their wives.**
Ali kad su došli kući, prekorili su svoje žene.
**"Why do you not cook like the wife of Sribatsa"**
„Zašto ne kuhaš kao Sribatsina žena?"
**And the men called their wives good-for-nothing women.**
A muškarci su svoje žene nazivali bezvrijednim ženama.
**This made the women hate Chintamani the more.**
Zbog toga su žene još više mrzile Chintamani.

**One day Chintamani went to the river-side.**
Jednog dana Chintamani je otišla na obalu rijeke.
**She wanted to bathe along with the other women of the village.**
Željela se okupati zajedno s ostalim ženama u selu.
**A boat had been lying on the bank, stranded on the sand.**
Čamac je ležao na obali, nasukan na pijesku.
**The boat had been stranded there for many days.**
Brod je bio ondje nasukan mnogo dana.
**They had tried to move the boat, but in vain.**
Pokušali su pomaknuti brod, ali uzalud.
**It so happened that Chintamani touched the boat.**
Dogodilo se da je Chintamani dodirnula brod.
**It was an accident, for she did not mean to touch the boat.**
Bila je to nesreća, jer nije namjeravala dodirnuti brod.
**But whether she meant to or not, the boat moved.**
Ali, htjela ona to ili ne, brod se pomaknuo.
**And soon the boat was heading off to the river.**
I ubrzo se brod uputio prema rijeci.

**The boatmen were astonished by what they had seen.**
Lađari su bili zapanjeni onim što su vidjeli.
**They thought that the woman had uncommon power.**
Mislili su da žena ima neobičnu moć.
**And so they thought she might be useful in future.**
I zato su mislili da bi mogla biti korisna u budućnosti.
**They therefore caught hold of her, against her will.**
Stoga su je uhvatili, protiv njezine volje.
**And they put her in the boat, and rowed off.**
I stavili su je u lađu i odveslali.
**The women of the village were present for this kidnapping.**
Žene iz sela bile su prisutne prilikom ove otmice.
**But they did not offer Chintamani any assistance.**
Ali nisu ponudili Chintamani nikakvu pomoć.
**Because Chintamani had put them in a bad light.**
Jer ih je Chintamani dovela u loše svjetlo.


**Sribatsa heard how his wife had been carried away by boatmen.**
Sribatsa je čuo kako su mu ženu odveli lađari.
**I will let you imagine how he became mad with grief.**
Dopustit ću vam da zamislite kako je poludio od tuge.
**He left the village and went to the river-side.**
Napustio je selo i otišao do obale rijeke.
**And he resolved to follow the course of the stream.**
I odlučio je slijediti tok potoka.
**Along the stream he was sure to meet the kidnappers' boat.**
Uz potok je bio siguran da će sresti brod otmičara.
**He travelled on and on, along the side of the river.**
Putovao je dalje i dalje, uz obalu rijeke.
**And he travelled till it eventually became dark.**
I putovao je sve dok konačno nije pao mrak.
**Where he was there were no huts to be seen.**
Tamo gdje je bio, nije bilo koliba.
**So he climbed into a tree to sleep for the night.**
Zato se popeo na drvo da prespava noć.
**In the next morning he got down from the tree.**

Sljedećeg jutra sišao je s drveta.
**At the foot of the tree he saw a Kapila-cow.**
U podnožju drveta ugledao je Kapila-kravu.
**A Kapila-cow never has any calves of her own.**
Kapila-krava nikad nema vlastite teladi.
**But she can be milked at all hours of the day.**
Ali može se musti u bilo koje doba dana.
**Sribatsa milked the cow without her objecting.**
Sribatsa je pomuzao kravu bez njezinog prigovora.
**And he drank the milk to his heart's content.**
I popio je mlijeko do mile volje.
**And then he noticed something else about the cow.**
A onda je primijetio još nešto kod krave.
**The dung of the cow was of a bright yellow color.**
Kravlji izmet bio je jarko žute boje.
**In fact, the dung of the cow was made of pure gold.**
Zapravo, kravlji izmet bio je napravljen od čistog zlata.
**The golden cow dung was still in a soft state.**
Zlatni kravlji izmet je još uvijek bio u mekom stanju.
**So he was able to write his name in the golden dung.**
Tako je mogao napisati svoje ime u zlatnom gnoju.
**During the course of the day the dung hardened.**
Tijekom dana balega se stvrdnula.
**And finally the dung looked like a brick of gold.**
I konačno, balega je izgledala kao zlatna cigla.
**The tree he had slept in grew on the river-side.**
Drvo na kojem je spavao raslo je na obali rijeke.
**And the Kapila-cow supplied him with milk all day.**
A Kapila-krava ga je cijeli dan opskrbljivala mlijekom.
**So Sribatsa decided to wait there for the boat.**
Stoga je Sribatsa odlučio tamo pričekati brod.
**In the morning the cow deposited the precious article.**
Ujutro je krava ostavila dragocjeni predmet.
**And at night the cow deposited the precious article.**
A noću je krava ostavila dragocjeni predmet.
**So the gold bricks increased every day.**
Tako su se zlatne cigle povećavale svakim danom.

And on each golden brick he had engraved his name.
I na svakoj zlatnoj cigli ugravirao je svoje ime.
He stacked the bricks on top of each other.
Složio je cigle jednu na drugu.
From a distance it looked like a hillock of gold.
Iz daljine je izgledalo kao brežuljak zlata.

But now we must leave Sribatsa to stack his gold.
Ali sada moramo ostaviti Sribatsu da slaže svoje zlato.
And we must turn our attention to Chintamani.
I moramo usmjeriti svoju pozornost na Chintamani.
Chintamani was a graceful woman of great beauty.
Chintamani je bila graciozna žena izrazite ljepote.
She had worried her beauty might be her ruin.
Brinula se da bi joj ljepota mogla uništiti život.
So she offered a prayer as she was being kidnapped.
Tako je izgovorila molitvu dok su je otimali.
"Lakshmi, O Mother Lakshmi! have pity upon me"
„Lakšmi, o Majko Lakšmi! Smiluj mi se!"
"Thou hast made me beautiful, you have"
„Učinio/la si me lijepom, jesi."
"But now my beauty will undoubtedly be my ruin"
„Ali sada će moja ljepota nesumnjivo biti moja propast"
"I am bound to loss my honor and my chastity"
"Osuđen sam izgubiti čast i čednost"
"I therefore beseech thee, gracious Mother;"
„Molim te stoga, milostiva Majko;"
"Take my beauty from me, and make me ugly"
"Uzmi mi ljepotu i učini me ružnom"
"Cover my body with some loathsome disease"
"Prekrij mi tijelo nekom odvratnom bolešću"
"That way the boatmen might not touch me"
„Tako me lađari neće dirati"
Chintamani was in the arms of the boatmen.
Chintamani je bila u naručju lađara.
But the Goddess of good fortune heard her prayer.
Ali Božica sreće čula je njezinu molitvu.

**In the twinkling of an eye her form changed.**
U tren oka njezin se oblik promijenio.
**Her naturally beautiful form faded away.**
Njezina prirodno lijepa figura je izblijedjela.
**And she was turned into a vile carcass.**
I pretvorena je u odvratnu lešinu.
**The boatmen were putting her down in the boat.**
Lađari su je spuštali u čamac.
**They found her body was covered with loathsome sores.**
Otkrili su da joj je tijelo prekriveno odvratnim ranama.
**And the sores were giving out a disgusting stench.**
A rane su ispuštale odvratan smrad.
**They therefore threw her into the hold of the boat.**
Stoga su je bacili u tovarni prostor čamca.
**And they left her amongst the cargo of the ship.**
I ostavili su je među teretom broda.
**Morning and evening they sent her some food.**
Ujutro i navečer su joj slali hranu.
**A little boiled rice, and some water to drink.**
Malo kuhane riže i malo vode za piće.
**Chintamani was miserable in the hull of the ship.**
Chintamani je bila jadna u trupu broda.
**But she greatly preferred misery to the alternative.**
Ali ona je daleko više voljela bijedu od alternative.
**She would rather be miserable than loss her chastity.**
Radije bi bila nesretna nego izgubila čednost.


**The boatmen had gone to some port to sell cargo.**
Lađari su otišli u neku luku prodati teret.
**While sailing back they caught sight something.**
Dok su plovili natrag, ugledali su nešto.
**By the river-side there seemed to be a hillock of gold.**
Uz obalu rijeke činilo se da se nalazi brežuljak zlata.
**Sribatsa had been keeping watch by the river.**
Sribatsa je čuvao stražu uz rijeku.
**So he was delighted to see a boat approach him.**
Stoga se obradovao kad je vidio kako mu se približava čamac.

**Because he fondly imagined his wife might be on board.**
Jer je s ljubavlju zamišljao da bi mu supruga mogla biti na brodu.
**The boatmen went greedily to the hillock of gold.**
Lađari su pohlepno otišli do brežuljka zlata.
**Of course Sribatsa told them the gold was his.**
Naravno, Sribatsa im je rekao da je zlato njegovo.
**But that didn't help Sribatsa very much.**
Ali to nije baš puno pomoglo Sribatsi.
**The sailors took him prisoner on the boat.**
Mornari su ga zarobili na brodu.
**And they loaded the gold onto their vessel.**
I utovarili su zlato na svoj brod.
**They happened to imprison him close to the ugly woman.**
Slučajno su ga zatvorili blizu ružne žene.
**Of course the husband and wife recognized each other.**
Naravno da su se muž i žena prepoznali.
**In spite of the change Chintamani had undergone.**
Usprkos promjeni koju je Chintamani proživjela.
**And despite their excitement they kept their composure.**
I unatoč uzbuđenju, zadržali su prisebnost.
**And they thought it prudent not to speak to each other.**
I smatrali su razboritim da ne razgovaraju jedni s drugima.
**Instead they communicated their ideas through gestures.**
Umjesto toga, svoje su ideje prenosili gestama.
**There is something you should know about the boatmen.**
Postoji nešto što biste trebali znati o lađarima.
**These boatmen were very fond of playing at dice.**
Ovi lađari su jako voljeli igrati kockice.
**Sribatsa appeared to them to be a respectable man.**
Sribatsa im se činio kao ugledan čovjek.
**So they always asked him to join in the game.**
Zato su ga uvijek tražili da se pridruži igri.
**Sribatsa happened to be an expert dice player.**
Sribatsa se slučajno pokazao kao vješt igrač kockica.
**Despite their efforts he won almost every game.**

Unatoč njihovim naporima, pobijedio je u gotovo svakoj utakmici.

**You can imagine how the sailors felt about losing.**

Možete zamisliti kako su se mornari osjećali zbog gubitka.

**And in jealousy the boatmen threw him overboard.**

I iz ljubomore su ga lađari bacili u more.

**Chintamani saw the men throw her husband overboard.**

Chintamani je vidjela kako muškarci bacaju njezina muža u more.

**Fortunately for Sribatsa, his wife had great presence of mind.**

Srećom za Sribatsu, njegova supruga je imala veliku prisebnost.

**The boatmen had allowed her a pillow to rest her head.**

Lađari su joj dopustili jastuk da odmori glavu.

**And she simultaneously threw this pillow into the water.**

I istovremeno je bacila ovaj jastuk u vodu.

**Sribatsa was able to grab hold of the pillow.**

Sribatsa je uspio uhvatiti jastuk.

**And the pillow helped him float down the stream.**

I jastuk mu je pomogao da pluta niz potok.

**Up until nightfall the river carried him downstream.**

Sve do sumraka rijeka ga je nosila nizvodno.

**At nightfall he arrived at what seemed to be a garden.**

U sumrak je stigao do nečega što je izgledalo kao vrt.

**Because it was dark there was nothing he could do.**

Budući da je bilo mračno, nije mogao ništa učiniti.

**So all night he stayed in the garden, cold and wet.**

Tako je cijelu noć ostao u vrtu, hladan i mokar.

**I should tell you who this garden belonged to.**

Trebao bih ti reći kome je pripadao ovaj vrt.

**This was the garden of an old widowed woman.**

Ovo je bio vrt stare udovice.

**This woman used to supply flowers for the king.**

Ova je žena donosila cvijeće za kralja.

**But one day some blight had come over her garden.**

Ali jednog dana neka je bolest zahvatila njezin vrt.

**Almost all the trees and plants ceased flowering.**
Gotovo sva drveća i biljke prestale su cvjetati.
**She had therefore given up the business she had.**
Stoga je odustala od posla koji je imala.
**And she was no longer the royal flower supplier.**
I više nije bila kraljevska dobavljačića cvijeća.
**However, Sribatsa's arrival had rejuvenated her garden.**
Međutim, Sribatsin dolazak pomladio je njezin vrt.
**She could scarcely believe her eyes in the morning.**
Ujutro je jedva mogla vjerovati svojim očima.
**The whole garden was ablaze with flowers again.**
Cijeli vrt je ponovno bio u plamenu cvijeća.
**There was no plant that was not in bloom.**
Nije bilo biljke koja nije cvjetala.
**And every tree she had was begemmed with flowers.**
I svako drvo koje je imala bilo je ukrašeno cvijećem.
**She had no way of knowing the cause of the miracle.**
Nije imala načina da sazna uzrok čuda.
**And so she took a walk through the garden.**
I tako je prošetala vrtom.
**But she soon found the cause of all the flowers.**
Ali ubrzo je otkrila uzrok sveg tog cvijeća.
**At the edge of her garden was a cold, wet man.**
Na rubu njezina vrta stajao je hladan, mokar čovjek.
**He was shivering and almost dead from hypothermia.**
Drhtao je i gotovo je bio mrtav od hipotermije.
**She immediately brought the man into to her cottage.**
Odmah je dovela muškarca u svoju kućicu.
**And she lighted a fire to give him some warmth.**
I zapalila je vatru da ga malo ugrije.
**She nursed him and showed him every attention.**
Njegovala ga je i pružala mu svu potrebnu pažnju.
**And she ascribed the miracle to his presence.**
I čudo je pripisala njegovoj prisutnosti.
**She made him as comfortable as she could.**
Učinila ga je što udobnijim.
**And then she ran to the king's palace.**

A onda je otrčala u kraljevsku palaču.
**She asked to speak to the king's chief servant.**
Zatražila je da razgovara s kraljevim glavnim slugom.
**And she told him the good fortune she had had.**
I ispričala mu je o sreći koju je imala.
**"I can again supply the palace with flowers"**
"Opet mogu opskrbiti palaču cvijećem"
**Her flowers had been very much missed at the palace.**
Njezino cvijeće je jako nedostajalo u palači.
**So she was immediately restored to her former position.**
Stoga je odmah vraćena na svoju prijašnju poziciju.
**She was again the flower-woman of the royal household.**
Ponovno je bila cvjećarica kraljevskog kućanstva.

**Sribatsa spent a few more days recovering his health.**
Sribatsa je proveo još nekoliko dana oporavljajući se.
**And eventually he had all his vitality back.**
I na kraju je povratio svu svoju vitalnost.
**He asked the woman if he could speak with a minister.**
Pitao je ženu može li razgovarati s nekim svećenikom.
**So the woman took him to the palace with her.**
Tako ga je žena povela sa sobom u palaču.
**One of the king's ministers gave him an appointment.**
Jedan od kraljevih ministara dao mu je imenovanje.
**And he was at once found to be a man of intelligence.**
I odmah se pokazalo da je inteligentan čovjek.
**So was offered a position in the king's service.**
Tako mu je ponuđeno mjesto u kraljevoj službi.
**In fact, he was allowed to choose what job he wanted.**
Zapravo, mogao je odabrati koji posao želi.
**He asked to be collector of tolls on the river.**
Zatražio je da bude naplaćivač cestarine na rijeci.
**The minister was happy to give Sribatsa the job.**
Ministar je rado dao Sribatsi posao.
**The kingdom needed someone to collect river-tolls.**
Kraljevstvu je bio potreban netko tko će naplaćivati riječne
pristojbe.

**And Sribatsa immediately started his new job.**
I Sribatsa je odmah započeo svoj novi posao.
**It wasn't long before his plan came to fruition.**
Nije prošlo dugo prije nego što se njegov plan ostvario.
**The boat his wife was on was coming down the river.**
Brod na kojem je bila njegova žena spuštao se niz rijeku.
**Under the king's authority he detained the boat.**
Po kraljevom ovlaštenju zadržao je brod.
**And he charged the boatmen with the theft of gold-bricks.**
I optužio je lađare za krađu zlatnih cigli.
**The king liked the sound of a boat full of gold.**
Kralju se svidio zvuk lađe pune zlata.
**So the king himself came to the river-side.**
Tako je i sam kralj došao na obalu rijeke.
**Even he was amazed by the quantity of gold they had.**
Čak je i on bio zadivljen količinom zlata koju su imali.
**And every gold brick had Sribatsa's inscription.**
I svaka zlatna cigla imala je Sribatsin natpis.
**At the same time he rescued his wife from the boatmen.**
Istovremeno je spasio svoju ženu od lađara.
**Back on dry land she returned to her previous beauty.**
Natrag na suhom, vratila se svojoj prijašnjoj ljepoti.
**He told the king the story of their misfortune.**
Ispričao je kralju priču o njihovoj nesreći.
**And the king had them as a guest in his palace.**
I kralj ih je imao kao goste u svojoj palači.
**The king gave them presents of horses and elephants.**
Kralj im je dao darove konjima i slonovima.
**And on the horses and elephants they rode to their country.**
I na konjima i slonovima odjahali su u svoju zemlju.
**The evil eye of Sani was now turned away from Sribatsa.**
Sanijev urokljiv pogled sada je bio okrenut od Sribatse.
**And he again became what he formerly was.**
I opet je postao ono što je prije bio.
**He was again Sribatsa; the Child of Fortune.**
On je ponovno bio Sribatsa; Dijete Sreće.

## The Boy whom Seven Mothers Suckled
### Dječak kojeg je dojilo sedam majki

**Once on a time there reigned a king who had seven queens.**
Nekada davno vladao je kralj koji je imao sedam kraljica.
**He was very sad, for the seven queens were all barren.**
Bio je jako tužan, jer su svih sedam kraljica bile neplodne.
**One day, however, he met a holy mendicant.**
Jednog dana, međutim, sreo je svetog prosjaka.
**The holy mendicant told the king about a certain forest.**
Sveti prosjak ispričao je kralju o nekoj šumi.
**In this forest there grew a special kind of tree.**
U ovoj šumi rasla je posebna vrsta drveta.
**On a branch of this tree hung seven mangoes.**
Na grani ovog drveta visjelo je sedam manga.
**These mangos could restore the fertilities of his queens.**
Ovi mangoi mogli bi obnoviti plodnost njegovih matica.
**But the king had to pluck the mangoes himself.**
Ali kralj je morao sam ubrati mango.
**The king followed the advice of the mendicant.**
Kralj je poslušao savjet prosjaka.
**And he set off to go to the forest with the mango tree.**
I krenuo je u šumu s mangom.
**Soon he had found the tree the mendicant spoke of.**
Ubrzo je pronašao drvo o kojem je prosjak govorio.
**And he plucked the seven mangoes that grew upon one branch.**
I ubrao je sedam manga koji su rasli na jednoj grani.
**He gave a mango to each of the queens to eat.**
Dao je svakoj od kraljica mango za jelo.
**In a short time the king's heart was filled with joy.**
Za kratko vrijeme kraljevo srce ispuni se radošću.
**He was told that the seven queens were all with child.**
Rečeno mu je da je svih sedam kraljica trudno.

**One day the king was out hunting.**
Jednog dana kralj je bio u lovu.

**On his path he saw a young lady of peerless beauty.**
Na svom putu ugledao je mladu damu neusporedive ljepote.
**He instantly fell in love with the beautiful woman.**
Odmah se zaljubio u prekrasnu ženu.
**And he brought her to his palace, and married her.**
I dovede ju u svoju palaču i oženi se njome.
**This lady was, however, not a human being.**
Međutim, ova gospođa nije bila ljudsko biće.
**But what this woman was was a Rakshasi.**
Ali ova žena je bila Rakšasi.
**But the king of course did not know this.**
Ali kralj to naravno nije znao.
**The king became dotingly fond of her.**
Kralj ju je neizmjerno zavolio.
**And he did whatever she told him to do.**
I učinio je sve što mu je rekla.
**One day she made a very particular request of the king.**
Jednog dana uputila je kralju vrlo poseban zahtjev.
**"You say that you love me more than anyone else"**
„Kažeš da me voliš više od bilo koga drugog"
**"Let me see whether you really love me as much as you say"**
"Pusti me da vidim voliš li me zaista toliko koliko kažeš"
**"If you love me, make your seven other queens blind"**
"Ako me voliš, oslijepi svojih sedam drugih kraljica"
**"And once they are blind, let them be killed"**
"A kad jednom oslijepe, neka budu ubijeni"
**The king became very sad at the terrible request.**
Kralj se jako rastužio zbog strašnog zahtjeva.
**He was especially sad because the queens were all pregnant.**
Bio je posebno tužan jer su sve kraljice bile trudne.
**But he had no choice but to comply with her request.**
Ali nije imao drugog izbora nego udovoljiti njezinoj molbi.

**The eyes of the queens were plucked out of their sockets.**
Kraljicama su oči iskopane iz duplji.
**And the queens were delivered up to the chief minister.**
I kraljice su predane glavnom ministru.

It was up to the chief minister to destroy the queens.
Na glavnom ministru je bilo da uništi kraljice.
But the chief minister was a merciful man.
Ali glavni ministar bio je milosrdan čovjek.
In the side of the hill there was secret a cave.
U padini brda nalazila se tajna pećina.
Instead of killing the queens, the minister hid them.
Umjesto da ubije kraljice, ministar ih je sakrio.
In course of time the eldest of the seven queens gave birth.
S vremenom je najstarija od sedam kraljica rodila.
"What shall I do with the child," said she.
„Što ću s djetetom?", rekla je.
"we are blind and are dying for want of food?"
„Slijepi smo i umiremo od gladi?"
"Let me kill the child," she proposed.
„Pusti me da ubijem dijete", predložila je.
"let us all eat of the child's flesh" she added.
„Jedimo svi djetetovo tijelo", dodala je.
Just as she said she would, she killed the infant.
Baš kao što je rekla da hoće, ubila je dijete.
She gave to each of her sister-queens a part of the child.
Svakoj od svojih sestara-kraljica dala je dio djeteta.
And the sister queens ate their part of the child.
I sestre kraljice su pojele svoj dio djeteta.
But the youngest queen did not eat her share.
Ali najmlađa kraljica nije pojela svoj dio.
Instead, she laid her part of the child beside her.
Umjesto toga, položila je svoj dio djeteta pokraj sebe.
In a few days the second queen also was delivered of a child.
Za nekoliko dana i druga kraljica je rodila dijete.
She did with her child as her eldest sister had done with
hers.
Postupila je sa svojim djetetom kao što je njezina najstarija
sestra postupila sa svojim.
So did the third, the fourth, the fifth, and the sixth queen.
Tako su učinile i treća, četvrta, peta i šesta kraljica.
Eventually the seventh queen gave birth to a son.

Na kraju je sedma kraljica rodila sina.
**But she did not follow the example of her sister-queens.**
Ali nije slijedila primjer svojih sestara-kraljica.
**Instead, she resolved to raise the child.**
Umjesto toga, odlučila je odgajati dijete.
**The other queens demanded their portions of the newly-born.**
Ostale kraljice su zahtijevale svoj dio novorođenčeta.
**But she still had the portions she had not eaten.**
Ali još je imala porcije koje nije pojela.
**And she gave her sister-queens back their children's parts.**
I vratila je svojim sestrama-kraljicama dijelove njihove djece.
**The other queens at once perceived that their portions were dry.**
Ostale kraljice su odmah shvatile da su im porcije suhe.
**Therefore the parts could not be of the newly born child.**
Stoga dijelovi nisu mogli biti od novorođenog djeteta.
**"I have decided not to kill me child," she explained.**
„Odlučila sam da ne ubijem svoje dijete", objasnila je.
**"I will not eat him, but try to raise him instead"**
„Neću ga pojesti, nego ću ga pokušati odgojiti"
**The others were glad to hear this news.**
Ostali su bili sretni kad su čuli ovu vijest.
**They all said that they would help her in nursing the child.**
Svi su rekli da će joj pomoći u dojenju djeteta.
**And so the child was suckled by seven mothers.**
I tako je dijete dojilo sedam majki.
**And the child became the hardiest and strongest boy that ever lived.**
I dijete je postalo najtvrđi i najjači dječak koji je ikada živio.

**In the meantime the Rakshasi-queen was doing infinite mischief.**
U međuvremenu, kraljica Rakšasi činila je beskrajne nepodopštine.
**And she got the royal household into all sorts of trouble.**
I dovela je kraljevsko kućanstvo u svakakve nevolje.

**What she ate at the royal table did not fill her capacious stomach.**

Ono što je jela za kraljevskim stolom nije ispunilo njezin prostrani želudac.

**She therefore, in the darkness of night, went hunting.**

Stoga je, u tami noći, otišla u lov.

**Gradually she ate up all the members of the royal family.**

Postupno je pojela sve članove kraljevske obitelji.

**She ate all the king's servants, and his attendants.**

Pojela je sve kraljeve sluge i njegove pratioce.

**She ate all his horses, elephants, and cattle.**

Pojela je sve njegove konje, slonove i goveda.

**And eventually only her royal consort and the king were left.**

I na kraju su ostali samo njezin kraljevski suprug i kralj.

**After that she used to go out in the evenings into the city.**

Nakon toga je navečer izlazila u grad.

**And she ate up stray human beings wherever she found any.**

I jela je zalutala ljudska bića gdje god bi ih našla.

**The king was left without any servants.**

Kralj je ostao bez ikakvih slugu.

**There was no person left to cook for him.**

Nije više bilo nikoga tko bi mu kuhao.

**Because no one would accept this job.**

Jer nitko ne bi prihvatio ovaj posao.

**But at last someone volunteered their services.**

Ali napokon se netko dobrovoljno ponudio za svoje usluge.

**The boy who had been suckled by seven mothers.**

Dječak kojeg je dojilo sedam majki.

**He had now grown up to be a stalwart youth.**

Sada je odrastao u hrabrog mladića.

**He attended on the king and prepared his food.**

Posluživao je kralja i pripremao mu hranu.

**But he took every care while with the queen.**

Ali je pazio na sve dok je bio s kraljicom.

**And he made sure that she did not swallow him up.**

I pazio je da ga ona ne proguta.

**The Rakshasi-queen seized her victims only at night.**
Rakšasi-kraljica je svoje žrtve hvatala samo noću.
**So the boy he went home long before nightfall.**
Tako je dječak otišao kući mnogo prije sumraka.
**So she had to find another way to get rid of the boy.**
Zato je morala pronaći drugi način da se riješi dječaka.

**The boy always boasted that he could do any work.**
Dječak se uvijek hvalio da može obaviti bilo koji posao.
**So the queen invented a disease for herself.**
Tako je kraljica izmislila sebi bolest.
**She said that there was a cure for her disease.**
Rekla je da postoji lijek za njezinu bolest.
**But she said the cure was not easy to get.**
Ali rekla je da lijek nije bilo lako dobiti.
**This made the boy even more interested in the task.**
To je dječaka još više zainteresiralo za zadatak.
**She said there was a melon which cured her disease.**
Rekla je da postoji dinja koja je liječila njezinu bolest.
**The melon was twelve cubits in length.**
Dinja je bila dugačka dvanaest lakata.
**But the stone of the lemon was thirteen cubits long.**
Ali koštica limuna bila je duga trinaest lakata.
**The fruit could only be gotten from her mother.**
Voće se moglo dobiti samo od njezine majke.
**And her mother lived on the other side of the ocean.**
A njezina majka je živjela s druge strane oceana.
**She gave him a letter of introduction to her mother.**
Dala mu je pismo preporuke za svoju majku.
**But actually the note told her to eat the boy.**
Ali zapravo joj je u poruci pisalo da pojede dječaka.
**The boy had suspected there was some foul play.**
Dječak je sumnjao da se radi o nekoj prljavoj igri.
**So he tore up the letter and proceeded on his journey.**
Stoga je poderao pismo i nastavio svoje putovanje.
**The dauntless youth passed through many lands.**
Neustrašivi mladić prošao je kroz mnoge zemlje.

After much travel he stood on the shore of the ocean.
Nakon dugog putovanja stajao je na obali oceana.
On the other side of the ocean was the country of the
Rakshasis.
S druge strane oceana nalazila se zemlja Rakšasija.
He then bawled as loud as he could, and said;
Zatim je zaurlao što je glasnije mogao i rekao;
"Granny! granny! come and save your daughter"
"Bako! bako! dođi i spasi svoju kćer!"
"Your daughter, my mother, is dangerously ill"
„Vaša kći, moja majka, je teško bolesna"
On the other side of the ocean an old Rakshasi heard him.
S druge strane oceana čuo ga je stari Rakshasi.
The old Rakshasi crossed the ocean to the boy.
Stari Rakshasi prešao je ocean do dječaka.
The boy told her the message of the queen.
Dječak joj je rekao kraljičinu poruku.
And the Rakshasi took the boy on her back.
I Rakšasi je uzela dječaka na leđa.
She re-crossed the ocean to the land of the Rakshasi.
Ponovno je prešla ocean u zemlju Rakšasija.
And the boy was at once given the medicinal melon.
I dječaku je odmah dana ljekovita dinja.
The Rakshasi told him to hurry back to her daughter.
Rakšasi mu je rekla da se požuri vratiti svojoj kćeri.
But the boy said he was too tired to keep travelling.
Ali dječak je rekao da je previše umoran da bi nastavio
putovati.
And he begged to be allowed to rest one day.
I molio je da mu se dopusti da se jednog dana odmori.
The old Rakshasi consented to her grandson's wishes.
Stara Rakshasi pristala je na želje svog unuka.

The boy noticed interesting things in the Rakshasi's room.
Dječak je primijetio zanimljive stvari u Rakshasijevoj sobi.
There was a stout club and a rope hanging in the room.
U sobi je visjela jaka toljaga i uže.

The boy inquired what the stout club and rope were for.
Dječak je upitao čemu služe čvrsta toljaga i uže.
**"Child, with that club and rope I cross the ocean"**
"Dijete, s tim palicom i užetom prelazim ocean"
**"One just has to take the club and the rope in his hands"**
"Samo treba uzeti palicu i uže u ruke"
**"And then you have to say the following magical words:"**
„A onda morate izgovoriti sljedeće čarobne riječi:"
**"O stout club! O strong rope!"**
"O jaka palica! O snažno uže!"
**"Take me at once to the other side"**
"Odvedi me odmah na drugu stranu"
**"Then they will take him to the other side of the ocean"**
„Tada će ga odvesti na drugu stranu oceana"
**The boy noticed another interesting thing in the room.**
Dječak je primijetio još jednu zanimljivu stvar u sobi.
**There was a bird in a cage in the corner of the room.**
U kavezu u kutu sobe bila je ptica.
**The boy also wanted to know what this bird was for.**
Dječak je također htio znati čemu služi ova ptica.
**"The bird contains a secret, my child"**
"Ptica krije tajnu, dijete moje"
**"But that secret must not be disclosed to mortals"**
„Ali ta tajna ne smije biti otkrivena smrtnicima"
**"But how can I hide this secret from my own grandchild?"**
„Ali kako mogu sakriti ovu tajnu od vlastitog unuka?"
**"That bird, child, contains the life of your mother.**
„Ta ptica, dijete, sadrži život tvoje majke."
**"If the bird is killed, your mother will at once die"**
"Ako ptica bude ubijena, tvoja će majka odmah umrijeti"
**Armed with these secrets, the boy went to bed that night.**
Naoružan tim tajnama, dječak je te noći otišao u krevet.

**Next morning the old Rakshasi went to distant countries.**
Sljedećeg jutra stari Rakshasi otišao je u daleke zemlje.
**Together with all the other Rakshasis, she went to forage.**

Zajedno sa svim ostalim Rakšasima, otišla je u potragu za hranom.
**The boy took down the bird-cage from the ceiling.**
Dječak je skinuo ptičji kavez sa stropa.
**And the boy took the club and the rope.**
I dječak je uzeo palicu i uže.
**And then he spoke the magic words to the club and rope.**
A onda je izgovorio čarobne riječi palici i užetu.
**"O stout club! O strong rope!"**
"O jaka palica! O snažno uže!"
**"Take me at once to the other side"**
"Odvedi me odmah na drugu stranu"
**In the twinkling of an eye the boy was put on this side of the ocean.**
U tren oka dječak je bio smješten na ovu stranu oceana.
**He then retraced his steps, back to the queen.**
Zatim se vratio istim putem, natrag do kraljice.
**To her astonishment he really had the medicinal lemon.**
Na njezino zaprepaštenje, on je zaista imao ljekoviti limun.
**But the bird in the cage he kept carefully concealed.**
Ali pticu u kavezu pažljivo je skrivao.

**In the course of time the people of the city came to the king.**
S vremenom su ljudi iz grada došli kralju.
**And they told the king of their troubles.**
I ispričali su kralju svoje nevolje.
**"A monstrous bird comes from the palace every evening"**
"Čudovišna ptica dolazi iz palače svake večeri"
**"The bird seizes the people in the streets"**
"Ptica hvata ljude na ulicama"
**"And the bird swallows the people up whole"**
"I ptica proguta ljude cijele"
**"This has been going on for a long time"**
„Ovo se događa već dugo vremena"
**"And now the city has become almost desolate"**
„A sada je grad gotovo pust"
**The king did not know what this monstrous bird was.**

Kralj nije znao što je ta čudovišna ptica.
**But the king's servant, the boy, said he knew.**
Ali kraljev sluga, dječak, rekao je da zna.
**"I will kill the monstrous bird," he offered.**
„Ubit ću tu čudovišnu pticu", ponudio je.
**"But the queen has to stand beside us," he added.**
„Ali kraljica mora stajati uz nas", dodao je.
**The king saw no reason to object to the proposal.**
Kralj nije vidio razloga da se protivi prijedlogu.
**And so the queen was made to stand beside the king.**
I tako je kraljica morala stati pokraj kralja.
**The boy then took the bird out from its cage.**
Dječak je zatim izvadio pticu iz kaveza.
**On seeing the bird she fell into a fainting fit.**
Kad je ugledala pticu, pala je u nesvijest.
**Then the boy turned to the king, and spoke.**
Tada se dječak okrenuo prema kralju i progovorio.
**"King, you will soon perceive who the monstrous bird is"**
"Kralju, uskoro ćeš shvatiti tko je ta čudovišna ptica."
**"You will see what devours your people every evening"**
„Vidjet ćeš što proždire tvoj narod svake večeri"
**"I tear off each limb of this bird"**
"Otkidam svaki ud ove ptice"
**"The corresponding limb of the man-eater will fall off"**
„Odgovarajući ud ljudoždera će otpasti"
**The boy then tore off one leg of the bird in his hand.**
Dječak je zatim otkinuo jednu nogu ptici koju je držao u ruci.
**All assembled were astonished at what happened next.**
Svi okupljeni bili su zapanjeni onim što se sljedeće dogodilo.
**One of the legs of the queen fell off.**
Kraljici je otpala jedna noga.
**Then the boy squeezed the throat of the bird.**
Zatim je dječak stisnuo ptici grlo.
**And as he squeezed the bird, the queen gave up the ghost.**
I dok je stiskao pticu, kraljica je izdahnula.
**The boy then retold his history to the king.**
Dječak je zatim prepričao svoju priču kralju.

**"You used to have seven barren wives"**
„Imao si sedam neplodnih žena"
**"To treat their barrenness, you gave them each a mango"**
„Da bi izliječio njihovu neplodnost, dao si im svakome mango"
**"And each of your wives fell pregnant with a child"**
"I svaka od vaših žena je zatrudnjela s djetetom"
**"However, you then married an eighth wife"**
„Međutim, onda si se oženio osmom ženom"
**"This wife ordered you to blind your other wives"**
„Ova ti je žena naredila da oslijepiš svoje druge žene"
**"And she ordered you to have your other wives killed"**
„I naredila ti je da ubiješ svoje ostale žene."
**"Your minister blinded your seven wives"**
„Vaš je ministar oslijepio vaših sedam žena"
**"But he was too good hearted to kill your wives"**
„Ali bio je previše dobrog srca da bi ubio tvoje žene"
**"Your seven wives were taken to a hiding place"**
„Sedam tvojih žena odvedeno je u skrovište"
**"And in this hiding place they each gave birth"**
„I u ovom skrovištu svaka je rodila"
**"But they were forced to eat their newly born children"**
„Ali bili su prisiljeni jesti svoju novorođenu djecu"
**"Only my mother did not let me be eaten"**
„Samo me majka nije dala pojesti"
**"Instead, I was suckled by seven mothers"**
„Umjesto toga, dojilo me sedam majki"
**"And I grew up strong and capable"**
„I odrastao sam snažan i sposoban"
**"Eventually I came to work in your palace"**
„Na kraju sam došao raditi u tvoju palaču"
**"Your wife, my stepmother, sent me on a mission"**
„Tvoja žena, moja maćeha, poslala me na misiju"
**"She sent me to her mother for a medicine"**
„Poslala me je svojoj majci po lijek"
**"However, her mother was a Rakshasi"**
„Međutim, njezina majka je bila Rakšasi"

"From her I found the secret of your wife's life"
„Od nje sam otkrio tajnu života tvoje žene"
"And so I brought the bird that held your wife's life"
"I tako sam donio pticu koja je držala život tvoje žene"
The king had listened to the story his son told him.
Kralj je saslušao priču koju mu je ispričao sin.
The seven queens were brought back to the palace.
Sedam kraljica vraćeno je u palaču.
And their eyes were miraculously restored.
I njihove su se oči čudesno obnovile.
The boy that was suckled by seven mothers was crowned.
Dječak kojeg je dojilo sedam majki bio je okrunjen.
And he was recognized by the king as his rightful heir.
I kralj ga je priznao kao svog zakonitog nasljednika.
And they lived together happily.
I živjeli su sretno zajedno.

# The Story of Prince Sobur
## Priča o princu Soburu

**Once upon a time there lived a merchant.**

Nekada davno živio je trgovac.

**This merchant had seven daughters.**

Ovaj trgovac imao je sedam kćeri.

**One day the merchant asked them a question.**

Jednog dana trgovac im je postavio pitanje.

**"From whose fortune do you live?"**

„Od čijeg bogatstva živiš?"

**The eldest daughter answered first.**

Najstarija kći je prva odgovorila.

**"Papa, I live from your fortune"**

"Tata, živim od tvog bogatstva"

**The second daughter gave the same answer.**

Druga kći dala je isti odgovor.

**The same answer was given by the third daughter.**

Isti odgovor dala je i treća kći.

**His fourth daughter also lived from his fortune.**

Njegova četvrta kći također je živjela od njegova bogatstva.

**His fifth daughter was no different.**

Njegova peta kći nije bila drugačija.

**And his sixth daughter was like the rest.**

I njegova šesta kći bila je kao i ostale.

**But his youngest daughter surprised him.**

Ali njegova najmlađa kći ga je iznenadila.

**She had a very different answer.**

Imala je sasvim drugačiji odgovor.

**"I live from my own fortune"**

"Živim od vlastitog bogatstva"

**He did not like this answer.**

Ovaj odgovor mu se nije svidio.

**Her answer made the merchant very angry.**

Njen odgovor je jako razljutio trgovca.

**"You are very ungrateful," he told her.**

„Vrlo si nezahvalna", rekao joj je.

**"See how well you do on your own"**
"Vidi koliko dobro radiš sam/sama"
**"I am kicking you out of my house"**
"Izbacujem te iz svoje kuće"
**"You will not have a rupee in your pocket"**
"Nećeš imati ni rupije u džepu"
**He called his palanquins to come.**
Pozvao je svoje palankine da dođu.
**And he ordered them to take the girl away.**
I naredio im je da odvedu djevojku.
**"Leave her in the midst of a forest"**
"Ostavite je usred šume"
**The girl begged to be allowed one thing.**
Djevojka je molila da joj se dopusti jedna stvar.
**"Please let me take my work-box"**
"Molim vas, dopustite mi da uzmem svoju kutiju za rad"
**"In the box are my needles and threads"**
"U kutiji su moje igle i konci"
**Her father allowed her to take her box.**
Otac joj je dopustio da ponese svoju kutiju.
**She got into the seat of the palanquins.**
Sjela je na sjedalo palankina.
**And the bearers lifted her up.**
I nosači su je podigli.
**And they put her onto their shoulders.**
I stavili su je na svoja ramena.
**As the bearers ran they chanted.**
Dok su nosači trčali, skandirali su.
**"hoon! hoon! hoon! hoon! hoon!"**
"hun! hun! hun! hun! hun!"
**But they didn't get very far.**
Ali nisu daleko stigli.
**An old woman stood in their way.**
Jedna starica im je stala na put.
**She came up to the carriage.**
Prišla je kočiji.
**"Where are you taking my daughter?"**

„Kamo vodite moju kćer?“
**She was the maid of the child.**
Bila je sluškinja djeteta.
**"We have been given orders by the merchant"**
"Trgovac nam je dao naredbe"
**"He told us to take her away"**
„Rekao nam je da je odvedemo“
**"We will leave her in a forest"**
„Ostavit ćemo je u šumi“
**"We are going to do his bidding"**
"Izvršit ćemo njegovu volju"
**"I must go with her," said the old woman.**
„Moram ići s njom“, rekla je starica.
**But the bearers were not sure.**
Ali nosači nisu bili sigurni.
**Bearers run when they carry a sedan chair.**
Nosači trče kada nose nosiljku.
**"How will you be able to keep pace with us?"**
„Kako ćeš moći držati korak s nama?“
**The old woman was not deterred.**
Starica se nije dala obeshrabriti.
**"It does not matter how I do it"**
„Nije važno kako to radim“
**"I must go where my daughter goes"**
„Moram ići tamo gdje ide moja kći “
**The youngest daughter begged the bearers.**
Najmlađa kći je molila nosače.
**"Please carry my mother with me"**
"Molim vas, povedite moju majku sa mnom"
**And the bearers gracefully agreed.**
I nosači su se graciozno složili.
**They carried mother and child to the forest.**
Odnijeli su majku i dijete u šumu.
**"hoon! hoon! hoon! hoon! hoon!"**
"hun! hun! hun! hun! hun!"
**In the afternoon they reached a dense forest.**
Poslijepodne su stigli do guste šume.

**They went deeper and deeper into the forest.**
Išli su sve dublje i dublje u šumu.
**Towards sunset they reached their goal.**
Pred zalazak sunca stigli su do cilja.
**They stopped at the foot of an old tree.**
Zaustavili su se u podnožju starog drveta.
**They lowered the girl and the old woman.**
Spustili su djevojku i staricu.
**And they left them in the forest.**
I ostavili su ih u šumi.
**Then they retraced their steps home.**
Zatim su se vratili kući istim putem.

**The merchant's youngest daughter looked around.**
Trgovčeva najmlađa kći osvrnula se oko sebe.
**You would not have wanted to be in her shoes.**
Ne bi htjela biti u njezinoj koži.
**Her situation was truly pitiable.**
Njena situacija je bila zaista žalosna.
**She was hardly fourteen years old.**
Jedva je imala četrnaest godina.
**She had grown up in luxury.**
Odrasla je u luksuzu.
**But now there was no luxury for her.**
Ali sada za nju nije bilo luksuza.
**She was in the heart of a dark forest.**
Nalazila se u srcu mračne šume.
**She had not a rupee in her pocket.**
Nije imala ni rupije u džepu.
**And she had nothing for protection.**
I nije imala ništa za zaštitu.
**Nothing except an old, decrepit, woman.**
Ništa osim stare, oronule žene.
**Even the trees of the forest pitied her.**
Čak ju je i drveće u šumi sažaljevalo.
**The young girl and old woman sat together.**
Mlada djevojka i starica sjedile su zajedno.

**They were at the foot of an old tree.**
Bili su u podnožju starog drveta.
**And together they cried over their situation.**
I zajedno su plakali nad svojom situacijom.
**I should say this all happened long ago.**
Moram reći da se sve ovo dogodilo davno.
**In these times the trees could talk.**
U tim vremenima drveće je moglo govoriti.
**And the old tree spoke to the girl.**
I staro drvo progovori djevojci.
**"Unhappy women, I much pity you"**
„Nesretne žene, jako mi vas je žao"
**"There are wild beasts in this forest"**
"U ovoj šumi ima divljih zvijeri"
**"Soon they will come out of their lairs"**
"Uskoro će izaći iz svojih jazbina"
**"They will roam about for prey"**
„Lutat će uokolo tražeći plijen"
**"And they are sure to devour you two"**
"I sigurno će vas dvoje prožderati"
**"But I can help you, if you want"**
„Ali mogu ti pomoći, ako želiš"
**"I will make an opening for you"**
"Napravit ću ti otvor"
**"When you see the opening, go into it"**
"Kad vidiš otvor, uđi u njega"
**"And then I will close the opening up"**
„A onda ću zatvoriti otvor"
**"As long as you are in me you'll be safe"**
"Dok god si u meni, bit ćeš siguran"
**"This way the wild beasts can't touch you"**
„Na ovaj način te divlje zvijeri ne mogu dodirnuti"
**And then the tree split itself in two.**
I onda se drvo rascijepilo na dva dijela.
**The two women went inside the tree.**
Dvije žene su ušle u drvo.
**And the old tree resumed its natural shape.**

I staro drvo je ponovno poprimilo svoj prirodni oblik.

**The shade of night darkened the forest.**
Sjena noći zamračila je šumu.
**Everything the tree had said was true.**
Sve što je drvo reklo bilo je istina.
**The wild beasts came out of their lairs.**
Divlje zvijeri su izašle iz svojih jazbina.
**The fierce tiger came out at night.**
Ogorčeni tigar izašao je noću.
**The wild bear left his lair.**
Divlji medvjed je napustio svoje skrovište.
**The rhinoceros roamed the forest.**
Nosorog je lutao šumom.
**The bushy bear was there that night.**
Čupavi medvjed bio je tamo te noći.
**The great elephant could be heard.**
Mogao se čuti veliki slon.
**And there was the horned buffalo.**
I tu je bio rogati bivol.
**They all growled as they circled the tree.**
Svi su režali dok su kružili oko drveta.
**They had gotten the scent of human blood.**
Osjetili su miris ljudske krvi.
**They could hear the growls of the beasts.**
Mogli su čuti režanje zvijeri.
**The beasts came dashing against the tree.**
Zvijeri su jurnule prema drvetu.
**They broke the old tree's branches.**
Polomili su grane starog drveta.
**Their horns pierced the tree's trunk.**
Njihovi rogovi su probili deblo drveta.
**They scratched its bark with their claws.**
Grebali su mu koru kandžama.
**But all their efforts were in vain.**
Ali svi njihovi napori bili su uzaludni.
**The girl and woman were safe in the tree.**

Djevojka i žena bile su sigurne na drvetu.
**Towards dawn the wild beasts went away.**
Pred zoru su divlje zvijeri otišle.
**After sunrise the good tree spoke again.**
Nakon izlaska sunca dobro drvo je ponovno progovorilo.
**"The wild beasts have gone back"**
"Divlje zvijeri su se vratile"
**"They are in their lairs again"**
"Opet su u svojim jazbinama"
**"But they did their best to torment me"**
„Ali dali su sve od sebe da me muče"
**"The sun has risen up again"**
"Sunce je opet izašlo"
**"So you can come out now"**
„Dakle, sada možete izaći"
**The tree split itself into two again.**
Drvo se ponovno podijelilo na dva dijela.
**The girl and the old woman came out.**
Djevojka i starica su izašle.
**They saw the extent of the damage.**
Vidjeli su razmjere štete.
**The tree's branches had been broken off.**
Grane stabla bile su slomljene.
**The tree's trunk had been pierced.**
Deblo stabla bilo je probušeno.
**The bark had been stripped off.**
Kora je bila oguljena.
**"Good mother, we thank you"**
"Dobra majko, zahvaljujemo ti"
**"You have been very kind to us"**
„Bili ste vrlo ljubazni prema nama"
**"You gave us shelter from the beasts"**
"Dao si nam sklonište od zvijeri"
**"But it was at a great cost to yourself"**
„Ali to vas je skupo koštalo"
**"You have many wounds from the wilds beasts"**
"Imaš mnogo rana od divljih zvijeri"

"You must be in great pain?"
„Mora da te jako boli?"
Close by there was a flowing river.
U blizini je tekla rijeka.
The young girl went to the river bank.
Mlada djevojka je otišla na obalu rijeke.
At the bank of the river she found mud.
Na obali rijeke pronašla je blato.
She covered the tree with the mud.
Pokrila je drvo blatom.
She especially covered the damaged parts.
Posebno je pokrivala oštećene dijelove.
The tree thanked her for the treatment.
Stablo joj je zahvalilo na tretmanu.
"My good girl, I thank you"
"Moja dobra djevojko, hvala ti"
"I am greatly relieved of my pain"
"Znatno sam se oslobodio boli"
"I am, however, more concerned for you"
„Međutim, više sam zabrinut za tebe"
"You must be hungry"
"Mora da si gladan/gladna"
"You have not eaten since yesterday"
„Nisi jeo od jučer"
"But what can I give you?"
„Ali što ti mogu dati?"
"I have no fruit of my own"
„Nemam vlastitog ploda"
"But I do have some advice"
„Ali imam jedan savjet"
"Give the old woman whatever money you have"
"Daj starici koliko god novca imaš"
"Let her go into the city"
"Pusti je da ide u grad"
"In the city she can buy some food"
„U gradu može kupiti nešto hrane"
They explained their situation to the tree.

Objasnili su svoju situaciju drvetu.
**"We have been sent out with no money"**
"Poslani smo bez novca"
**But she searched through her work-box anyway.**
Ali je svejedno pretražila svoju kutiju s radnim mjestima.
**And in the box she found five cowries.**
I u kutiji je pronašla pet kaurija.
**The tree continued to give its advice.**
Drvo je nastavilo davati svoje savjete.
**"Go with your cowries to the city"**
"Idi sa svojim kaurijima u grad"
**"Use the cowries to buy some fried rice"**
"Iskoristite kaurije da kupite prženu rižu"
**So the old woman went to the city.**
Tako je starica otišla u grad.
**Fortunately the city was not far away.**
Srećom, grad nije bio daleko.
**She went to the first shopkeeper she found.**
Otišla je do prvog trgovca kojeg je našla.
**"Please give me five cowries worth of rice"**
"Molim vas, daj mi riže za pet kaurija"
**The shopkeeper laughed at her.**
Trgovac joj se nasmijao.
**"Where can rice be had for five cowries?"**
„Gdje se može nabaviti riža za pet kaurija?"
**"Be off, you old hag," he told her.**
„Odlazi, stara vještice", rekao joj je.
**So she tried to barter at another shop.**
Pa je pokušala trampiti se u drugoj trgovini.
**This shopkeeper could see her distress.**
Ovaj trgovac je mogao vidjeti njezinu uznemirenost.
**And the shopkeeper took pity on her.**
I trgovac se smilovao nad njom.
**She gave her a large quantity of rice.**
Dala joj je veliku količinu riže.
**The old woman returned with the rice.**
Starica se vratila s rižom.

**And the tree gave further instructions.**
I drvo je dalo daljnje upute.
**"Eat less than half of the rice"**
"Pojedi manje od pola riže"
**"Go to the embankments of the river bank"**
"Idi na nasipe riječne obale"
**"Cast the remaining rice on the river bank"**
"Preostalu rižu bacite na obalu rijeke"
**They did not understand the sense of it.**
Nisu razumjeli smisao toga.
**"Why sow the riverbank with rice?"**
„Zašto posijati obalu rijeke rižom?"
**But they did as they were advised.**
Ali su učinili kako im je savjetovano.
**And they threw their rice onto the ground.**
I bacili su rižu na zemlju.

**They spent the day lamenting their fate.**
Proveli su dan oplakujući svoju sudbinu.
**Just as before the beasts came out at night.**
Baš kao i prije nego što su zvijeri izašle noću.
**The tree housed them inside of its trunk again.**
Drvo ih je ponovno smjestilo u svoje deblo.
**Again they mutilated and tortured the tree.**
Ponovno su unakazili i mučili drvo.
**But that night something else happened.**
Ali te noći dogodilo se nešto drugo.
**The women only saw it the next day.**
Žene su to vidjele tek sljedeći dan.
**The rice had attracted hundreds of peacocks.**
Riža je privukla stotine paunova.
**The peacocks competed for the rice.**
Paunovi su se natjecali za rižu.
**And their feathers fell on the floor.**
I njihovo perje je palo na pod.
**The tree had known what would happen.**
Drvo je znalo što će se dogoditi.

**And the tree advised them what to do next.**
I drvo ih je savjetovalo što da rade dalje.
**"Go back to the bank of the river"**
"Vratite se na obalu rijeke"
**"Go to where you cast the rice"**
"Idi tamo gdje si bacio rižu"
**"There you will see many feathers"**
„Tamo ćeš vidjeti mnogo perja"
**"Collect all the feathers you can find"**
"Sakupi sve perje koje možeš pronaći"
**"Use the feathers to make a beautiful fan"**
"Iskoristite perje da napravite prekrasnu lepezu"
**"And take the feather-fan to the city"**
"I odnesi lepezu od perja u grad"
**The two women did as they were advised.**
Dvije žene su učinile kako im je savjetovano.
**It was good the girl had taken her work-box.**
Dobro je što je djevojka ponijela svoju kutiju s radnim materijalom.
**In her work-box was some string.**
U njezinoj kutiji za rad bilo je malo kanapa.
**The tied the feathers together.**
Svezali su perje zajedno.
**And she had made a fan from the feathers.**
I napravila je lepezu od perja.
**She took the feather fan to the city.**
Ponijela je lepezu od perja u grad.
**The son of the king happened to be there.**
Kraljev sin se slučajno našao tamo.
**He admired the feathers greatly.**
Jako se divio perju.
**He paid a large sum of money for the feathers.**
Platio je veliku svotu novca za perje.
**Each morning a quantity of feathers was collected.**
Svako jutro sakupljala se određena količina perja.
**And each day a feather fan was made and sold.**
I svaki dan se izrađivala i prodavala lepeza od perja.

**Within a short time the two women got rich.**
U kratkom vremenu dvije su se žene obogatile.
**The tree then advised them to build a house.**
Stablo im je tada savjetovalo da sagrade kuću.
**"Employ men to burn bricks for you"**
"Zaposlite ljude da vam peku cigle"
**"Get them to cut beams and rafters"**
"Neka režu grede i rogove"
**"Make them plaster the walls with lime"**
"Neka žbukaju zidove vapnom"
**In a few months a stately house was built.**
Za nekoliko mjeseci izgrađena je raskošna kuća.
**The tree was pleased for the women.**
Drvo je bilo zadovoljno zbog žena.
**"You should add a garden to your house"**
"Trebali biste svojoj kući dodati vrt"
**"And you want to be able to store water"**
„I želite moći skladištiti vodu"
**"Dig a water tank in your garden"**
"Iskopajte spremnik za vodu u svom vrtu"

**The girl had not had much time.**
Djevojka nije imala puno vremena.
**So she didn't think of her family.**
Zato nije mislila na svoju obitelj.
**The merchant's luck had taken a turn.**
Trgovčeva sreća se preokrenula.
**The goddess of wealth frowned upon him.**
Božica bogatstva namrštila se na njega.
**He was struck by a sudden misfortune.**
Zadesila ga je iznenadna nesreća.
**All at once he lost all of his money.**
Odjednom je izgubio sav svoj novac.
**He was forced to sell his house.**
Bio je prisiljen prodati svoju kuću.
**But he made a great loss on the property.**
Ali je napravio veliku štetu na imanju.

He and his family were left penniless.
On i njegova obitelj ostali su bez ičega.
So they were forced to live elsewhere.
Stoga su bili prisiljeni živjeti negdje drugdje.
They happened to move to a nearby village.
Slučajno su se preselili u obližnje selo.
The palace was not far from their new house.
Palača nije bila daleko od njihove nove kuće.
But the merchant was not rich anymore.
Ali trgovac više nije bio bogat.
And he still had to support his family.
I još je morao uzdržavati obitelj.
He had been reduced to doing manual labour.
Bio je sveden na ručni rad.
He applied for the job at the palace.
Prijavio se za posao u palači.
He was going to dig the hole for the water.
Htio je iskopati rupu za vodu.
His wife also offered to work with him.
Njegova supruga mu se također ponudila da radi s njim.
But they got there too late to work.
Ali stigli su prekasno za posao.
The water tank had already been finished.
Spremnik za vodu je već bio dovršen.
And they did not know whose house it was.
I nisu znali čija je to kuća.
The merchant's daughter was looking out the window.
Trgovčeva kći gledala je kroz prozor.
She happened to see her parents in the garden.
Slučajno je vidjela roditelje u vrtu.
She could see the rags they were wearing.
Mogla je vidjeti krpe koje su nosili.
Her eyes filled with tears at the sight.
Oči su joj se napunile suzama od tog prizora.
She could not believe what she saw.
Nije mogla vjerovati što vidi.
Her parents had come to her for work.

Roditelji su joj došli zbog posla.
**She immediately called her servants.**
Odmah je pozvala svoje sluge.
**"Outside in the garden are my parents"**
"Vani u vrtu su moji roditelji"
**"Please offer them these fine clothes"**
„Molim vas, ponudite im ovu finu odjeću"
**"And ask them to come into the palace"**
„I zamolite ih da uđu u palaču"
**Her servants did as they were told.**
Njezini sluge su učinili kako im je rečeno.
**But her parents were frightened beyond measure.**
Ali njezini su roditelji bili preko svake mjere prestrašeni.
**They had seen that the tank was finished.**
Vidjeli su da je tenk završen.
**There used to be a strange tradition.**
Nekada je postojao čudan običaj.
**In those days human sacrifices were offered.**
U to vrijeme prinošene su ljudske žrtve.
**One of those occasions was after digging a pool.**
Jedna od tih prilika bila je nakon kopanja bazena.
**You can imagine her parents' fear.**
Možete zamisliti strah njezinih roditelja.
**They had come to dig the water tank.**
Došli su kopati spremnik za vodu.
**But now servants were calling them.**
Ali sada su ih sluge zvale.
**They thought they going to be sacrificed.**
Mislili su da će biti žrtvovani.
**"Throw away your rags" they said.**
„Baci svoje krpe", rekli su.
**"Here, wear these fine clothes"**
"Evo, obuci ovu finu odjeću"
**And their fears increased even more.**
I njihovi su strahovi još više porasli.
**But they did not have to fear for long.**
Ali nisu se dugo morali bojati.

**Their rich daughter came out to meet them.**
Njihova bogata kći izašla im je u susret.
**She hugged and kissed her parents.**
Zagrlila je i poljubila roditelje.
**And she told them everything that had happened.**
I ispričala im je sve što se dogodilo.
**The father felt that she had been right.**
Otac je smatrao da je bila u pravu.
**"You do live from your own fortune"**
"Živiš od vlastitog bogatstva"
**The daughter did not blame her father.**
Kći nije krivila oca.
**And she gave him a large fortune.**
I dala mu je veliko bogatstvo.
**With the money he moved back to the city.**
S novcem se vratio u grad.
**Soon he became a merchant again.**
Ubrzo je ponovno postao trgovac.
**And he went to distant countries for trade.**
I otišao je u daleke zemlje radi trgovine.

**One day he got ready for another business venture.**
Jednog dana se spremio za još jedan poslovni pothvat.
**But that day something strange happened.**
Ali tog dana se dogodilo nešto čudno.
**The ship was ready to leave the port.**
Brod je bio spreman za isplovljenje iz luke.
**But for some reason the ship did not move.**
Ali iz nekog razloga brod se nije pomaknuo.
**No one could explain what was happening.**
Nitko nije mogao objasniti što se događa.
**But the merchant had an idea.**
Ali trgovac je imao ideju.
**"Perhaps my daughters would like presents"**
„Možda bi moje kćeri htjele poklone"
**"I need to ask them what they would like"**
„Moram ih pitati što bi htjeli"

He went to see his daughters.
Otišao je vidjeti svoje kćeri.
He asked them what they would like.
Pitao ih je što bi željeli.
And he promised to bring them presents.
I obećao je da će im donijeti darove.
But the ship would still not move.
Ali brod se i dalje nije htio pomaknuti.
He had not asked all his daughters.
Nije pitao sve svoje kćeri.
His youngest daughter was not there.
Njegova najmlađa kći nije bila tamo.
She was living in a different city.
Živjela je u drugom gradu.
So he ordered his servants go to her palace.
Zato je naredio svojim slugama da odu u njezinu palaču.
The messenger came at the wrong time.
Glasnik je došao u krivo vrijeme.
The young girl was engaged in devotions.
Mlada djevojka bavila se pobožnostima.
But the messenger asked her anyway.
Ali glasnik ju je svejedno pitao.
She just told him"sobur"
Samo mu je rekla "sobur"
The meaning of this was"wait"
Značenje ovoga je bilo "čekaj"
But the messenger didn't know this.
Ali glasnik to nije znao.
He thought she wanted something called"sobur"
Mislio je da želi nešto što se zove "sobur"
So he went back to the city of the merchant.
Tako se vratio u grad trgovca.
And he delivered the message he received.
I prenio je poruku koju je primio.
"Your daughter wants something called 'sobur'"
„Tvoja kći želi nešto što se zove 'sobur'"
This time the ship could move again.

Ovaj put brod se ponovno mogao pomaknuti.
**So the merchant started on his travels.**
Tako je trgovac započeo svoja putovanja.
**He visited many ports on his journey.**
Na svom putovanju posjetio je mnoge luke.
**And he made good profits from his trades.**
I ostvarivao je dobru zaradu od svojih trgovina.
**Finding the presents was not difficult.**
Pronalaženje poklona nije bilo teško.
**He found everything his oldest daughters wanted.**
Pronašao je sve što su njegove najstarije kćeri željele.
**But his youngest daughter's wish was difficult.**
Ali želja njegove najmlađe kćeri bila je teško ostvariva.
**He could not find the thing called"sobur"**
Nije mogao pronaći stvar koja se zove "sobur".
**He asked at every port he came to.**
Pitao je u svakoj luci u koju je došao.
**"Do you have something called 'sobur'?"**
„Imate li nešto što se zove 'sobur'?"
**But the merchants all shook their heads.**
Ali svi trgovci odmahnuše glavama.
**"We've never heard of 'sobur'"**
„Nikad nismo čuli za 'sobur'"
**His voyage had almost come to its end.**
Njegovo putovanje je gotovo došlo do kraja.
**He was soon going to head back home.**
Uskoro se namjeravao vratiti kući.
**But he wanted"sobur" for his daughter.**
Ali je želio "sobur" za svoju kćer.
**So he went calling through the streets.**
Tako je otišao dozivati ulice.
**"Sobur, does anyone have sobur?!"**
„Sobur, ima li itko sobur?!"
**The son of the King was in his castle.**
Kraljev sin bio je u svom dvorcu.
**He happened to be looking out the window.**
Slučajno je gledao kroz prozor.

**And the calls attracted his attention.**
I pozivi su privukli njegovu pažnju.
**Because his name happened to be Sobur.**
Jer se slučajno zvao Sobur.
**He came to the merchant to speak with him.**
Došao je trgovcu da s njim razgovara.
**"I have the Sobur that you want"**
"Imam Sobur koji želiš"
**"Take this box, but be careful with it"**
"Uzmi ovu kutiju, ali budi oprezan s njom"
**"In the box is a magical feather fan and mirror"**
„U kutiji se nalazi čarobni lepeza od perja i ogledalo"
**"This is the Sobur your daughter wishes for"**
„Ovo je Sobur kakav tvoja kći želi"
**The merchant thanked the prince for the box.**
Trgovac je zahvalio princu na kutiji.
**And he returned back to his country.**
I vratio se natrag u svoju zemlju.

**He gave the box to his daughter.**
Dao je kutiju svojoj kćeri.
**But the daughter didn't think about it.**
Ali kći nije o tome razmišljala.
**She thought it was just a common box.**
Mislila je da je to samo obična kutija.
**She had forgotten about the messenger.**
Zaboravila je na glasnika.
**But one day she decided to open the box.**
Ali jednog dana odlučila je otvoriti kutiju.
**Inside the box she found a beautiful fan.**
U kutiji je pronašla prekrasan ventilator.
**In the feather fan there was a beautiful mirror.**
U lepezama od perja nalazilo se prekrasno ogledalo.
**She waved the feather fan to cool herself.**
Mahnula je lepezom od perja da se rashladi.
**And Prince Sobur appeared before her.**
I princ Sobur se pojavio pred njom.

"You called me, so here I am," he said.

„Zvao si me, pa evo me", rekao je.

"What is it you wish for?" he asked.

„Što je to što želiš?" upitao je.

She was astonished at what she saw.

Bila je zapanjena onim što je vidjela.

A handsome prince had suddenly appeared!

Zgodni princ se iznenada pojavio!

"Who are you?" she asked the prince.

„Tko si ti?" upitala je princa.

"And how did you suddenly appear?"

„I kako si se odjednom pojavio?"

The Prince explained what had happened.

Princ je objasnio što se dogodilo.

"Your father was looking for 'sobur'"

„Tvoj otac je tražio 'sobur'"

"I am prince Sobur," he explained.

„Ja sam princ Sobur", objasnio je.

"I gave your father a box"

"Dao sam tvom ocu kutiju"

"In this box there is a feather fan and mirror"

„U ovoj kutiji se nalaze lepeza od perja i ogledalo."

"When you shake the feather fan I will appear"

"Kad protreseš lepezu od perja, pojavit ću se ja"

She asked the prince to stay as a guest.

Zamolila je princa da ostane kao gost.

And for two days the prince stayed with her.

I dva dana princ je ostao s njom.

And she entertained him in her palace.

I ugostila ga je u svojoj palači.

During that time the two fell in love.

U tom su se razdoblju njih dvoje zaljubili.

They made their vows to each.

Dali su zavjete svakome od njih.

And they became husband and wife.

I postali su muž i žena.

After this the prince returned to his father.

Nakon toga se princ vratio svom ocu.
**He told him that he had selected a wife.**
Rekao mu je da je odabrao ženu.
**The day for the wedding was decided.**
Dan vjenčanja je bio određen.
**All the family was invited.**
Cijela obitelj je bila pozvana.
**And they had a beautiful wedding.**
I imali su prekrasno vjenčanje.

**But there was a death in the marriage bed.**
Ali u bračnom krevetu dogodila se smrt.
**The six daughters of the merchant were envious.**
Šest kćeri trgovca bile su zavidne.
**They were jealous of their sister's success.**
Bili su ljubomorni na uspjeh svoje sestre.
**So they decided to destroy her happiness.**
Zato su odlučili uništiti njezinu sreću.
**They broke several glass bottles.**
Razbili su nekoliko staklenih boca.
**And they ground the glass into fine powder.**
I samljeli su staklo u fini prah.
**Then they scattered the powder on the bed.**
Zatim su posuli prah po krevetu.
**The prince suspected no danger.**
Princ nije sumnjao u nikakvu opasnost.
**He laid himself down in the bed.**
Legao je u krevet.
**Soon he felt an acute pain.**
Ubrzo je osjetio jaku bol.
**All of his whole body ached.**
Cijelo ga je tijelo boljelo.
**The powder had gone through his skin.**
Prah mu je prošao kroz kožu.
**The prince became restless through pain.**
Princ je postao nemiran od boli.
**And he started to kick and scream.**

I počeo je udarati nogama i vrištati.
**He was taken away to his own country.**
Odveli su ga u njegovu vlastitu zemlju.
**The king and queen were very worried.**
Kralj i kraljica bili su jako zabrinuti.
**They consulted all the kingdom's physicians.**
Konzultirali su se sa svim liječnicima kraljevstva.
**But their efforts were in vain.**
Ali njihovi napori bili su uzaludni.
**Day and night the young prince was screaming.**
Danju i noću mladi je princ vrištao.
**No one could ascertain the disease.**
Nitko nije mogao utvrditi o kojoj se bolesti radi.
**So they had no way of knowing the remedy.**
Dakle, nisu imali načina da saznaju lijek.
**You can imagine the grief of his wife.**
Možete zamisliti tugu njegove supruge.
**The marriage knot had only just been tied.**
Bračni čvor je tek bio vezan.
**She thought a terrible disease had attacked him.**
Mislila je da ga je napala strašna bolest.
**Then he was carried hundreds of miles away.**
Zatim je odnesen stotinama kilometara daleko.
**She had never been to his country.**
Nikada nije bila u njegovoj zemlji.
**But she was determined to go there.**
Ali bila je odlučna otići tamo.
**And she was determined to nurse him better.**
I bila je odlučna da ga bolje njeguje.
**She put on the garb of a Sannyasi.**
Obukla je odjeću sannyasi.
**And she carried a dagger in her hand.**
I nosila je bodež u ruci.
**And then she set out on her journey.**
I onda je krenula na svoje putovanje.

**The princess was still relatively young.**

Princeza je još bila relativno mlada.
**She was unaccustomed to long journeys.**
Bila je nenaviknuta na duga putovanja.
**And she wasn't used to walking so far.**
I nije bila navikla hodati tako daleko.
**She soon got weary of walking.**
Ubrzo se umorila od hodanja.
**So she sat under a tree to rest.**
Tako je sjela pod drvo da se odmori.
**On the top of the tree there was a nest.**
Na vrhu drveta nalazilo se gnijezdo.
**It was the nest of two divine birds.**
Bilo je to gnijezdo dviju božanskih ptica.
**Bihangami and Bihangama lived here.**
Ovdje su živjeli Bihangami i Bihangama.
**They were not in their nest at the time.**
U to vrijeme nisu bili u svom gnijezdu.
**But two of their chicks were in the nest.**
Ali dva njihova pilića bila su u gnijezdu.
**Suddenly the chicks gave a scream.**
Odjednom su pilići vrisnuli.
**This roused the half-drowsy princess.**
To je probudilo polupospanu princezu.
**The little birds had seen huge serpent.**
Male ptice su vidjele ogromnu zmiju.
**The snake was about to climb the tree.**
Zmija se upravo spremala popeti na drvo.
**This would have been the end of the birds.**
To bi bio kraj ptica.
**But the Sannyasi took out her dagger.**
Ali Sannyasi je izvadila svoj bodež.
**And she cut the serpent in two.**
I ona je prerezala zmiju na dvoje.
**Of course even this frightened the young birds.**
Naravno da je čak i to uplašilo mlade ptice.
**And they flew from the nest screaming.**
I odletjeli su iz gnijezda vrišteći.

**Bihangama and Bihangami were on their way back.**
Bihangama i Bihangami su se vraćali.
**They came sailing through the air.**
Došli su ploveći zrakom.
**They thought they already knew what had happened.**
Mislili su da već znaju što se dogodilo.
**"I don't expect to see our children"**
„Ne očekujem da ću vidjeti našu djecu"
**"The nest will be empty again"**
"Gnijezdo će opet biti prazno"
**"All our previous children were eaten"**
„Sva naša prethodna djeca su pojedena"
**"They were eaten by our great enemy the serpent"**
„Pojeo ih je naš veliki neprijatelj, zmija"
**"They will have met the same fate"**
"Doživjet će ih ista sudbina"
**"I do not hear the cries of my young ones"**
„Ne čujem plač svoje djece"
**The two birds got to their nest.**
Dvije ptice su stigle do svog gnijezda.
**And as predicted, the nest was empty.**
I kao što je predviđeno, gnijezdo je bilo prazno.
**This seemed to confirm their suspicions.**
Činilo se da je to potvrdilo njihove sumnje.
**But soon the young birds returned.**
Ali ubrzo su se mlade ptice vratile.
**The divine birds were pleasantly surprised.**
Božanske ptice bile su ugodno iznenađene.
**The young birds told them what had happened.**
Mlade ptice su im ispričale što se dogodilo.
**"There was a young Sannyasi under the tree"**
"Pod drvetom je bio mladi Sannyasi"
**"He destroyed the serpent"**
„Uništio je zmiju"
**"He cut the snake in two with his dagger"**
"Bodežom je prepolovio zmiju"
**The parents went to foot of the tree.**

Roditelji su otišli do podnožja drveta.
**Two halves of the snake were still there.**
Dvije polovice zmije još su bile tamo.
**"The young Sannyasi has saved our offspring"**
„Mladi Sannyasi je spasio naše potomstvo"
**"I wish we could do him some service in return"**
„Volio bih da mu možemo učiniti neku uslugu zauzvrat"
**The divine bird Bihangama replied.**
Božanska ptica Bihangama odgovori.
**"We shall do our service to HER"**
"Učinit ćemo svoju uslugu NJOJ"
**"The Sannyasi under the tree is not a man"**
„Sannyasi pod drvetom nije čovjek"
**"The Sannyasi under the tree is a woman"**
„Sannyasi ispod drveta je žena"
**"Last night she got married to Prince Sobur"**
„Sinoć se udala za princa Sobura"
**"Shortly after their marriage he was poisoned"**
„Ubrzo nakon vjenčanja bio je otrovan"
**"His skin was pierced with small shards of glass"**
„Koža mu je bila probodena malim krhotinama stakla"
**"His sisters-in-law envied his wife"**
„Njegove snahe su zavidjele njegovoj ženi"
**"Her sisters spread the powder over the bed"**
„Njezine sestre su raširile puder po krevetu"
**"He is still suffering from his pain"**
„On još uvijek pati od svoje boli"
**"But he is in his native land"**
„Ali on je u svojoj rodnoj zemlji"
**"And now he is at the point of death"**
„A sada je na rubu smrti"
**"Beneath the tree is his heroic bride"**
„Ispod drveta je njegova herojska nevjesta"
**"She is wearing the garb of a Sannyasi"**
„Ona nosi odjeću Sannyasi"
**"And she is going to nurse him"**
„I ona će ga dojiti"

**The Bihangami asked the Bihangama.**
Bihangami je upitao Bihangamu.
**"Is there no cure for the prince?"**
„Nema li lijeka za princa?"
**"Yes, there is a cure" replied the Bihangama.**
„Da, postoji lijek", odgovorio je Bihangama.
**"There is hardened dung lying on the ground"**
„Na zemlji leži stvrdnuti gnoj"
**"She must take this hardened dung"**
„Mora uzeti ovaj otvrdnuti gnoj"
**"Then she must reduce the dung to powder"**
„Zatim mora pretvoriti balegu u prah"
**"And then she must bathe the prince"**
„A onda mora okupati princa"
**"She must bathe him in seven jars of water"**
„Mora ga okupati u sedam vrčeva vode"
**"Then she must bathe him in seven jars of milk"**
„Zatim ga mora okupati u sedam vrčeva mlijeka"
**"Then she must apply the powder to his body"**
„Zatim mora nanijeti puder na njegovo tijelo ."
**"After this Prince Sobur will get well"**
„Nakon ovoga, princ Sobur će ozdraviti"
**"I have no doubts about this remedy"**
„Nemam nikakvih sumnji u vezi ovog lijeka"
**The Bihangami saw a problem though.**
Bihangami je ipak uočio problem.
**"The princess is but a young girl"**
"Princeza je samo mlada djevojka"
**"She cannot walk such a distance"**
„Ona ne može pješice prijeći toliku udaljenost"
**"The journey would take her many days"**
„Putovanje bi joj trajalo mnogo dana"
**"By that time the poor prince will have died"**
„Do tada će jadni princ umrijeti"
**"I can," replied the Bihangama.**
„Mogu", odgovorio je Bihangama.
**"I will take the young lady on my back"**

"Ponijet ću mladu damu na leđa"
**"I will fly her to Prince Sobur's city"**
„Odletjet ću s njom u grad princa Sobura."
**"If she takes no presents, I will fly her back"**
„Ako ne uzme poklone, vratit ću je avionom."
**The merchant's daughter heard this conversation.**
Trgovčeva kći čula je taj razgovor.
**She begged the Bihangama to take her on his back.**
Molila je Bihangamu da je uzme na leđa.
**And of course the bird willingly consented.**
I naravno, ptica je dragovoljno pristala.
**First she gathered some of the birds dung.**
Prvo je skupila nešto ptičjeg izmeta.
**And then she reduced the dung to fine powder.**
A onda je balegu samljela u fini prah.
**She was armed with this potent drug.**
Bila je naoružana ovom snažnom drogom.
**And she got on the back of the kind bird.**
I popela se na leđa ljubazne ptice.

**The Bihangama flew as fast as lightning.**
Bihangama je letio brzo kao munja.
**They soon reached Prince Sobur's city.**
Ubrzo su stigli u grad princa Sobura.
**The young Sannyasi went up to the palace.**
Mladi Sannyasi otišao je u palaču.
**And she spoke to the guards at the gate.**
I razgovarala je sa stražarima na vratima.
**"Send word to the king that I have a drug"**
"Pošalji kralju poruku da imam drogu"
**"This drug will save the prince's life"**
„Ovaj lijek će spasiti princov život"
**"Within hours I will have cured the prince"**
"Za nekoliko sati izliječit ću princa"
**The king had tried all the best doctors.**
Kralj je isprobao sve najbolje liječnike.
**But no doctor had been able to cure his son.**

Ali nijedan liječnik nije uspio izliječiti njegovog sina.
**So he didn't believe the Sannyasi's words.**
Stoga nije vjerovao Sannyasijevim riječima.
**But his councilors advised him otherwise.**
Ali njegovi vijećnici su mu savjetovali drugačije.
**The Sannyasi ordered for seven jars of water.**
Sannyasi je naručio sedam vrčeva vode.
**And seven jars of milk were ordered.**
I naručeno je sedam staklenki mlijeka.
**He poured a jar of water on the prince.**
Izlio je vrč vode na princa.
**And he poured a jar of milk on the prince.**
I polio je princa vrčem mlijeka.
**He had a feather from the divine bird.**
Imao je pero od božanske ptice.
**And he used the feather to apply the powder.**
I perom je nanio puder.
**All of the prince's body was covered.**
Cijelo prinčevo tijelo bilo je prekriveno.
**This was repeated another six times.**
To se ponovilo još šest puta.
**The last treatment did the magic.**
Posljednji tretman je učinio magiju.
**The prince started to feel well again.**
Princ se ponovno počeo osjećati dobro.
**The king was happier than words can describe.**
Kralj je bio sretniji nego što se riječima može opisati.
**"Give the Sannyasi the finest treasures"**
„Dajte Sannyasiju najfinija blaga"
**But the Sannyasi refused to take presents.**
Ali Sannyasi je odbio primiti darove.
**"Let me have the ring on the prince's finger"**
"Daj mi prsten na prinčevom prstu"
**The king and the prince were happy.**
Kralj i princ bili su sretni.
**And they gave him what he wanted.**
I dali su mu što je želio.

**The merchant's daughter hastened back.**
Trgovčeva kći požurila se natrag.
**The Bihangama was waiting at the sea-shore.**
Bihangama je čekala na obali mora.
**They reached the tree of the divine birds.**
Stigli su do drveta božanskih ptica.
**The young bride walked back to her palace.**
Mlada mladenka vratila se u svoju palaču.

**The following day she shook the magical feather fan.**
Sljedećeg dana protresla je čarobnu lepezu od perja.
**Just as before, her husband appeared.**
Baš kao i prije, pojavio se njezin muž.
**Of course he was happy to see his wife.**
Naravno da je bio sretan što vidi svoju ženu.
**But he was infinitely surprised.**
Ali bio je beskrajno iznenađen.
**She had his ring on her finger.**
Imala je njegov prsten na prstu.
**His own wife was his doctor.**
Njegova vlastita supruga bila mu je liječnica.
**It was his wife that had cured him!**
Njegova ga je žena izliječila!
**The prince took his bride to his palace.**
Princ je odveo svoju nevjestu u svoju palaču.
**He forgave his sisters-in-law.**
Oprostio je svojim šogoricama.
**They lived happily for many years.**
Živjeli su sretno dugi niz godina.
**And they were blessed with children.**
I bili su blagoslovljeni djecom.

## The Origins of Opium
### Podrijetlo opijuma

**Once upon on a time there lived a Rishi.**
Nekada davno živio je Riši.
**He lived on the banks of the holy Ganges.**
Živio je na obalama svete Gange.
**This Rishi was a very religious man.**
Ovaj Riši je bio vrlo religiozan čovjek.
**He spent his days performing religious rites.**
Dane je provodio obavljajući vjerske obrede.
**From sunrise to sunset he sat on the river bank.**
Od izlaska do zalaska sunca sjedio je na obali rijeke.
**For the whole time he sat engaged in devotion.**
Cijelo vrijeme sjedio je zaokupljen pobožnošću.
**At night he took shelter in his hut.**
Noću se sklonio u svoju kolibu.
**His hut was made from palm-leaves.**
Njegova koliba bila je napravljena od palminog lišća.
**The palms he had grown from saplings.**
Palme koje je uzgojio iz mladica.
**There was no one around for miles.**
Kilometrima uokolo nije bilo nikoga.
**However, in the hut there was a mouse.**
Međutim, u kolibi je bio miš.
**She lived from what the Rishi left for her.**
Živjela je od onoga što joj je Riši ostavio.
**The Rishi was a kind-hearted man.**
Riši je bio dobrodušan čovjek.
**He would not hurt any living thing.**
Ne bi povrijedio nijedno živo biće.
**So our mouse never ran away from him.**
Dakle, naš miš nikada nije pobjegao od njega.
**In fact, our mouse went to him.**
Zapravo, naš miš je otišao k njemu.
**She touched his feet when he was sitting.**
Dodirnula mu je stopala dok je sjedio.

**And she enjoyed playing with him.**
I uživala je igrajući se s njim.
**The Rishi also liked the little mouse.**
Rišiju se također svidio mali miš.
**So he wanted to be kind to her.**
Zato je htio biti ljubazan prema njoj.
**And he wanted someone to talk to.**
I želio je nekoga s kim bi mogao razgovarati.
**So he gave her the power of speech.**
Tako joj je dao moć govora.


**One night the mouse stood up.**
Jedne noći miš se uspravio.
**She got onto her hind legs.**
Podigla se na stražnje noge.
**And she stood in front of the Rishi.**
I stala je pred Rišija.
**And she put her front paws together.**
I spojila je prednje šape.
**"Holy Sage, you have been kind to me"**
„Sveti Mudrače, bio si dobar prema meni"
**"And you have given me human language"**
„I dao si mi ljudski jezik"
**"I hope it doesn't displease your reverence"**
„Nadam se da to neće razočarati Vašu časnost."
**"But I have one more boon to ask"**
„Ali imam još jednu blagodat za tražiti"
**The Rishi listened to his mouse.**
Riši je slušao svog miša.
**"What is it?" asked the Rishi.**
„Što je to?" upitao je Riši.
**"Say what you want, little mouse"**
"Reci što želiš, mali mišu"
**The mouse answered the Rishi.**
Miš je odgovorio Rišiju.
**"By day your reverence goes to the river"**
"Danju tvoje poštovanje ide do rijeke"

**"And there you practice your devotions"**
„I tamo prakticirate svoje pobožnosti "
**"During this time a cat comes to the hut"**
"Za to vrijeme mačka dolazi u kolibu"
**"This cat has been trying to catch me"**
"Ova mačka me pokušava uhvatiti"
**"She still has some fear of your reverence"**
„Ona se još uvijek boji tvoje poštovanja."
**"Otherwise she would have eaten me long ago"**
„Inače bi me odavno pojela"
**"But I fear the cat will eat me someday"**
"Ali bojim se da će me mačka jednog dana pojesti"
**"So I have one prayer to ask of you"**
„Dakle, imam jednu molitvu za tebe"
**"Please may I be changed into a cat!"**
"Molim vas, neka se pretvorim u mačku!"
**"Then I would be a match for my foe"**
"Tada bih bio ravan svom neprijatelju"
**The Rishi understood the mouse's plight.**
Riši je razumio mišju nevolju.
**He threw some holy water on the mouse.**
Bacio je malo svete vode na miša.
**And the mouse instantly turned into a cat.**
I miš se odmah pretvorio u mačku.

**She had lived as a cat for some days.**
Živjela je kao mačka nekoliko dana.
**One night she went to the Rishi again.**
Jedne noći ponovno je otišla kod Rishija.
**And the Rishi spoke to his pet.**
I Riši je razgovarao sa svojim ljubimcem.
**"Well, little kitty, how are you!"**
"Pa, mala maco, kako si!"
**"How do you like your present life!"**
"Kako ti se sviđa tvoj sadašnji život!"
**The cat thought about what to say.**
Mačka je razmišljala što da kaže.

**But she didn't have to say anything.**
Ali nije morala ništa reći.
**The Rishi could tell by her expression.**
Riši je to mogao prepoznati po njenom izrazu lica.
**"Why don't you like it?" asked the sage.**
„Zašto ti se ne sviđa?" upita mudrac.
**"Are you not as strong as the other cats!"**
„Nisi li jak/a kao ostale mačke!"
**"Yes, I am strong enough," answered the cat.**
„Da, dovoljno sam jaka", odgovori mačka.
**"Your reverence has made me a strong cat"**
"Vaša poštovanja su me učinila snažnom mačkom"
**"As strong as any cat in the world"**
"Jaka kao bilo koja mačka na svijetu"
**"Now I do not fear cats anymore"**
"Sad se više ne bojim mačaka"
**"But now I have got a new foe"**
„Ali sada imam novog neprijatelja"
**"By day your reverence goes to the river"**
"Danju tvoje poštovanje ide do rijeke"
**"During this time dogs come to the hut"**
„U to vrijeme psi dolaze u kolibu"
**"These dogs have been barking at me"**
"Ovi psi su lajali na mene"
**"And I have been frightened for my life"**
„I bojao sam se za svoj život"
**"So I have one more prayer to ask of you"**
„Dakle, imam još jednu molitvu za tebe."
**"Please may I be changed into a dog!"**
"Molim vas, neka se pretvorim u psa!"
**The Rishi understood the cat's plight.**
Riši je razumio mačju nevolju.
**He threw some holy water on the cat.**
Polio je mačku svetom vodom.
**And the cat instantly became a dog.**
I mačka se odmah pretvorila u psa.

**She lived as a dog for some days.**
Živjela je kao pas nekoliko dana.
**But one night she spoke to the Rishi.**
Ali jedne noći razgovarala je s Rišijem.
**"I cannot thank your reverence enough"**
"Ne mogu vam dovoljno zahvaliti"
**"You have been most kind to me"**
„Bili ste vrlo ljubazni prema meni"
**"I was but a poor mouse"**
"Bio sam samo jadni miš"
**"You not only gave me speech"**
„Ne samo da si mi dao govor"
**"But you also turned me into a cat"**
„Ali si me također pretvorio/la u mačku"
**"And your kindness didn't end there"**
„I tvoja ljubaznost tu nije završila"
**"Then you changed me into a dog"**
"Onda si me pretvorio u psa"
**"As a dog, however, I suffer greatly"**
„Međutim, kao pas, jako patim"
**"I do not get enough to eat"**
„Ne dobivam dovoljno za jesti"
**"My only food is what you leave me"**
"Moja jedina hrana je ono što mi ostaviš"
**"That was fine when I was a mouse"**
„To je bilo u redu kad sam bio miš"
**"But you have made me much larger"**
„Ali ti si me učinio mnogo većim "
**"And it is not enough to fill my mouth"**
„I nije dovoljno da mi napuni usta"
**"OH your reverence, how I envy those monkeys"**
„O, Vaša Prečasnosti, kako zavidim tim majmunima"
**"They jump about from tree to tree"**
"Skaču s drveta na drvo"
**"They eat all sorts of delicious fruits!"**
„Jedu svakakvo ukusno voće!"
**"Please may reverence not get angry"**

„Molim vas, neka se poštovanje ne ljuti"
**"I pray to be changed into an monkey"**
"Molim se da se pretvorim u majmuna"
**The sage was a very understanding man.**
Mudrac je bio vrlo razuman čovjek.
**His heart was filled with patience.**
Srce mu je bilo ispunjeno strpljenjem.
**He was happy to grant his pet's wish.**
Bio je sretan što je ispunio želju svog ljubimca.
**He threw some holy water on the dog.**
Polio je psa svetom vodom.
**And the dog instantly became an monkey.**
I pas se odmah pretvorio u majmuna.

**Our monkey was at first wild with joy.**
Naš majmun je isprva bio divlji od radosti.
**She leaped from one tree to another.**
Skakala je s jednog drveta na drugo.
**She sucked every luscious fruit.**
Usisala je svako sočno voće.
**But her joy was short-lived again.**
Ali njezina radost opet je bila kratkog vijeka.
**Summer had brought with it its drought.**
Ljeto je sa sobom donijelo sušu.
**Monkeys find it hard to climb down.**
Majmunima je teško sići dolje.
**So she couldn't drink from the river.**
Dakle, nije mogla piti iz rijeke.
**She saw how the wild boars lived.**
Vidjela je kako žive divlje svinje.
**All day they splashed in the water.**
Cijeli dan su se prskali u vodi.
**She envied their life now.**
Sada im je zavidjela na životu.
**"Oh how happy those wild boars are!"**
"Oh, kako su sretne te divlje svinje!"
**"All day their bodies are cooled"**

"Cijeli dan su im tijela hlađena"
**"All day they are refreshed by water"**
„Cijeli dan ih osvježava voda"
**"How I wish I were a wild boar"**
"Kako bih volio da sam divlja svinja"
**That night she went to the Rishi.**
Te noći je otišla kod Rišija.
**She recounted her troubles to him.**
Ispričala mu je svoje probleme.
**She told him all about the wild boars.**
Ispričala mu je sve o divljim svinjama.
**"Oh how pleasant their lives must be"**
„Oh, kako im život mora biti ugodan"
**And she begged to be changed again.**
I molila je da se ponovno presvuče.
**"I pray to be changed into a wild boar"**
"Molim se da se pretvorim u divlju svinju"
**The sage's kindness knew no bounds.**
Mudračeva dobrota nije poznavala granice.
**and he complied with his pet's request.**
i on je udovoljio zahtjevu svog ljubimca.
**He threw some holy water on the monkey.**
Polio je majmuna svetom vodom.
**And the monkey instantly became a wild boar.**
I majmun se odmah pretvorio u divlju svinju.


**Our boar was now very content.**
Naš vepar je sada bio vrlo zadovoljan.
**She kept her body soaking wet.**
Držala je tijelo mokrim.
**Every day she went to the river.**
Svaki dan je išla na rijeku.
**She splashed about in her favorite element.**
Brčkala se u svom omiljenom elementu.
**But life is not safe for wild boars.**
Ali život nije siguran za divlje svinje.
**One day the king was out hunting.**

Jednog dana kralj je bio u lovu.
**He was riding on an adorned elephant.**
Jahao je na ukrašenom slonu.
**Only by luck did our wild boar escape.**
Samo srećom je naš vepar pobjegao.
**She thought a lot about her experience.**
Mnogo je razmišljala o svom iskustvu.
**She dwelt on the dangers of her life.**
Razmišljala je o opasnostima koje joj prijete u životu.
**And she envied the stately elephant.**
I zavidjela je veličanstvenom slonu.
**The elephant was more fortunate than her.**
Slon je imao više sreće od nje.
**He got to carry the king on his back.**
Morao je nositi kralja na leđima.
**Now she longed to be an elephant.**
Sada je žudjela biti slon.
**And at night she besought the Rishi.**
I noću je molila Rišija.

**Our elephant was roaming the wilderness.**
Naš slon je lutao divljinom.
**On her adventures she saw the king.**
Na svojim pustolovinama vidjela je kralja.
**Our elephant went towards the king's suite.**
Naš slon je krenuo prema kraljevom apartmanu.
**She had every intention of being caught.**
Imala je svaku namjeru da bude uhvaćena.
**The king saw the elephant from a distance.**
Kralj je ugledao slona iz daljine.
**He couldn't help but admire her beauty.**
Nije mogao a da se ne divi njezinoj ljepoti.
**He gave his orders to his servants.**
Dao je naredbe svojim slugama.
**"Catch and tame this elephant"**
"Uhvati i ukroti ovog slona"
**Our elephant was easily caught.**

Naš slon je lako uhvaćen.
**She was taken into the royal stables.**
Odveli su je u kraljevske štale.
**And she was tamed without any trouble.**
I bila je ukroćena bez ikakvih problema.

**One day the queen had a wish.**
Jednog dana kraljica je imala želju.
**She wished to go to the holy Ganges.**
Željela je otići do svete Gange.
**She wished to bathe in the holy waters.**
Željela se okupati u svetoj vodi.
**The king wanted to accompany his wife.**
Kralj je htio pratiti svoju ženu.
**So he made his orders to his servants.**
Tako je dao naredbe svojim slugama.
**"Bring us the newly caught elephant"**
"Donesite nam tek ulovljenog slona"
**The king and queen mounted on her back.**
Kralj i kraljica su joj se popeli na leđa.
**Our elephant had gotten her wish.**
Našem slonu se ispunila želja.
**Well... she seemed to have gotten her wish.**
Pa... čini se da joj se želja ispunila.
**The king had mounted on her back.**
Kralj joj se popeo na leđa.
**But no, the elephant didn't get her wish.**
Ali ne, slon nije dobio svoju želju.
**She looked upon herself as a lordly beast.**
Gledala je na sebe kao na gospodsku zvijer.
**She could not a woman riding on her back.**
Nije mogla vidjeti ženu koja joj jaše na leđima.
**It wasn't enough that she was a queen.**
Nije bilo dovoljno što je bila kraljica.
**She could not bear the idea of it.**
Nije mogla podnijeti tu pomisao.
**She felt she had been degraded.**

Osjećala je da je ponižena.
**She jumped up as violently as elephants can.**
Skočila je silovito kao što to slonovi mogu.
**Both the king and queen fell to the ground.**
I kralj i kraljica pali su na tlo.
**The king carefully picked up the queen.**
Kralj je pažljivo podigao kraljicu.
**He took the queen in his arms.**
Uzeo je kraljicu u naručje.
**He asked her whether she had been hurt.**
Pitao ju je je li ozlijeđena.
**He wiped off the dust from her clothes.**
Obrisao je prašinu s njezine odjeće.
**And he tenderly kissed her a hundred times.**
I nježno ju je poljubio stotinu puta.
**Our elephant witnessed the king's caresses.**
Naš slon je svjedočio kraljevim milovanjima.
**And she scampered off to the woods.**
I odjurila je u šumu.
**She ran as fast as her legs could carry her.**
Trčala je najbrže što su je noge nosile.
**As she ran, she thought within herself;**
Dok je trčala, razmišljala je u sebi;
**"I have experienced many different lives"**
„Iskusio/la sam mnogo različitih života"
**"And I have experienced different happiness"**
„I doživio sam drugačiju sreću"
**"But those lives cannot be compared"**
„Ali ti se životi ne mogu uspoređivati"
**"A queen is the happiest creature of all"**
„Kraljica je najsretnije stvorenje od svih"
**"Of what infinite regard is she the object of!"**
„Kakvog li je beskrajnog poštovanja ona predmet!"
**"The king lifted her off the ground"**
„Kralj ju je podigao s tla"
**"And he carefully took her in his arms"**
„I pažljivo ju je uzeo u naručje"

"He made many tender inquiries to her"
„Postavio joj je mnogo nježnih pitanja"
"And he wiped off the dust from her clothes"
„I obrisa prašinu s njezine odjeće"
"And he kissed her a hundred times!"
„ I poljubio ju je sto puta!"
"Oh, the happiness of being a queen!"
„Oh, sreća što si kraljica!"
"I must ask the Rishi to make me a queen!"
„Moram zamoliti Rišija da me učini kraljicom!"

The sun was just about to set.
Sunce je taman bilo pred zalaskom.
Our elephant made it back to the hut.
Naš slon se vratio u kolibu.
The Rishi had just finished his devotions.
Riši je upravo završio svoje pobožnosti.
She fell on the ground at his feet.
Pala je na tlo pred njegove noge.
She was still the little mouse.
Još je uvijek bila mali miš.
And he was still the holy sage.
I još uvijek je bio sveti mudrac.
"What's the news?" inquired the Rishi.
„Kakve su vijesti?" upitao je Riši.
"Why have you left the king's palace!"
„Zašto si napustio kraljevsku palaču!"
Our elephant thought about her words.
Naša slonica je razmislila o svojim riječima.
"What shall I say to your reverence!"
„Što da kažem vašoj časnosti!"
"You have been very kind to me"
„Bili ste vrlo ljubazni prema meni"
"You have granted every wish of mine"
"Ispunio si svaku moju želju"
"I was a mouse and you gave me speech"
"Bio sam miš, a ti si mi dao govor"

**"But as a mouse my life was in danger"**
„Ali kao miš, moj život je bio u opasnosti"
**"You saved me by turning me into a cat"**
"Spasio si me pretvorivši me u mačku"
**"But as a cat my life was no safer"**
„Ali kao mačka moj život nije bio sigurniji"
**"And you helped me become a dog"**
"I pomogao si mi da postanem pas"
**"But as a dog I had not enough to eat"**
„Ali kao pas nisam imao dovoljno hrane"
**"You provided for me again"**
"Opet si me opskrbio/la"
**"And you turned my into a monkey"**
"I pretvorio/la si me u majmuna"
**"I had all I could wish to eat"**
„Jeo sam sve što sam mogao poželjeti"
**"But I had no way of cooling my body"**
„Ali nisam imao načina da rashladim svoje tijelo"
**"You helped me with this too"**
„I ti si mi pomogao/la s ovim"
**"And you turned me into a wild boar"**
"I pretvorio si me u divlju svinju"
**"Wild boars have a comfortable life"**
„Divlje svinje imaju ugodan život"
**"But they don't live without danger"**
„Ali oni ne žive bez opasnosti"
**"And again you protected me"**
"I opet si me zaštitio/la"
**"And you turned me into an elephant"**
"I pretvorio/la si me u slona"
**"Being an elephant has increased my bulk"**
„Biti slon mi je povećalo masu"
**"But being an elephant has not increased my happiness"**
„Ali to što sam slon nije povećalo moju sreću"
**"I have one more boon to ask of you"**
"Imam još jednu blagodat koju te želim zamoliti"
**"It will be the last boon I ask for"**

„To će biti posljednja blagodat koju tražim"
**"I see now who the happiest creature is"**
"Sad vidim tko je najsretnije stvorenje"
**"A queen is the happiest in the world"**
"Kraljica je najsretnija na svijetu"
**"Holy father, please make me a queen"**
„Sveti Oče, molim te, učini me kraljicom"
**"Silly child," answered the Rishi.**
„Glupo dijete", odgovori Riši.
**"How can I make you a queen!"**
„Kako te mogu učiniti kraljicom!"
**"Where can I get a kingdom for you!"**
"Gdje mogu naći kraljevstvo za tebe!"
**"Where would I find a royal husband!"**
„Gdje bih našla kraljevskog muža!"
**But the Rishi was still patient.**
Ali Riši je i dalje bio strpljiv.
**"There is one thing I can do for you"**
"Postoji jedna stvar koju mogu učiniti za tebe"
**"I can change you into a beautiful girl"**
"Mogu te pretvoriti u prekrasnu djevojku"
**"You will be as beautiful as a queen"**
„Bit ćeš lijepa kao kraljica"
**"You will possess all the charms you need"**
„Posjedovat ćeš sve čari koje su ti potrebne"
**"Your charms can captivate a prince's heart"**
"Tvoj šarm može osvojiti srce princa"
**"But you must wait for what the gods decide"**
„Ali moraš pričekati što bogovi odluče"
**"They will grant you an interview"**
"Odobrit će vam intervju"
**"Tou will have your chance with a prince!"**
„Imat ćeš svoju priliku s princom!"
**Our elephant agreed to the change.**
Naš slon je pristao na promjenu.
**The beast was transformed by the Rishi.**
Zvijer je transformirao Rishi.

**And now she was a beautiful young lady.**
A sada je bila prekrasna mlada dama.
**The holy sage named her Postomani.**
Sveti mudrac ju je nazvao Postomani.
**Her name meant 'the poppy-seed lady'.**
Njeno ime je značilo 'dama s makom'.


**Postomani lived in the Rishi's hut.**
Postomani je živio u Rishijevoj kolibi.
**She spent her time tending the flowers.**
Vrijeme je provodila brinući se o cvijeću.
**And she watered the plants in the garden.**
I zalijevala je biljke u vrtu.
**One day she was sitting at the hut.**
Jednog dana sjedila je u kolibi.
**The Rishi was at the holy Ganges.**
Riši je bio na svetoj Gangesu.
**A richly dressed man came towards the cottage.**
Bogato odjeven čovjek došao je prema kućici.
**She stood up to welcome the man.**
Ustala je da pozdravi muškarca.
**And she asked the stranger who he was.**
I upitala je stranca tko je on.
**"What have you come for?" she asked.**
„Po što si došao?" upitala je.
**"I have been on a hunt"**
"Bio sam u lovu"
**"But we chased the deer in vain"**
„Ali uzalud smo jurili jelena"
**"Now I am thirsty from the heat"**
"Sad sam žedan od vrućine"
**"I thought that a Rishi lives here"**
„Mislio sam da ovdje živi Riši"
**"I had come to ask him for water"**
„Došao sam ga pitati za vodu"
**"But now I see you live here"**
„Ali sada vidim da živiš ovdje"

**Postomani answered the stranger.**

Postomani je odgovorio strancu.

**"Look upon this hut as your own"**

"Gledaj ovu kolibu kao svoju"

**"I am sorry, but we are poor"**

„Žao mi je, ali mi smo siromašni"

**"We cannot offer you any entertainment"**

„Ne možemo vam ponuditi nikakvu zabavu"

**"But let me make your visit comfortable"**

„Ali dopustite mi da vam posjet učinim ugodnim"

**"Because, I believe you are a king"**

„Jer, vjerujem da si kralj"

**"If I am not mistaken," she added.**

„Ako se ne varam", dodala je.

**The stranger smiled in recognition.**

Stranac se nasmiješio u znak prepoznavanja.


**Postomani then brought a pot of water.**

Postomani je tada donio lonac vode.

**She went to wash her royal guest's feet.**

Otišla je oprati noge svom kraljevskom gostu.

**But the visitor did not let her do this.**

Ali posjetitelj joj to nije dopustio.

**"Holy maid, do not touch my feet"**

"Sveta djevojko, ne diraj mi stopala"

**"I am only a Kshatriya," he confessed.**

„Ja sam samo kšatrija", priznao je.

**"And you are the daughter of a holy sage"**

„A ti si kći svetog mudraca"

**"Noble sir;" Postomani begun to confess.**

„Plemeniti gospodine;" Postomani je počeo ispovijedati.

**"I am not the daughter of the Rishi"**

„Nisam kći Rišija"

**"And am I not a Brahmani girl either"**

„A zar nisam ni ja brahmanka?"

**"There is no harm in me touching your feet"**

"Nema ništa loše u tome da ti dodirnem stopala"

"Besides, you are my guest"
„Osim toga, ti si moj gost"
"And I am bound to wash your feet"
„I dužan sam vam oprati noge"
"Forgive my impertinence," the king wished.
„Oprostite mi na drskosti", poželio je kralj.
"What caste do you belong to?" he asked.
„Kojoj kasti pripadaš?" upitao je.
"I only know what the sage told me"
„Znam samo ono što mi je mudrac rekao"
"I heard my parents were Kshatriyas"
„Čuo sam da su mi roditelji bili kšatrije"
The stranger wanted to know more.
Stranac je želio znati više.
"May I ask whether your father was a king!"
„Smijem li pitati je li vaš otac bio kralj!"
"You have an uncommon beauty," he said.
„Imaš neobičnu ljepotu", rekao je.
"And you possess a stately demeanor"
„I posjedujete dostojanstveno držanje"
"These qualities cannot be worked for"
„Ove se kvalitete ne mogu steći radom "
"It shows that you were born a princess"
„To pokazuje da si rođena kao princeza"
Postomani avoided answering the question.
Postomani je izbjegao odgovor na pitanje.
Instead she went inside the hut.
Umjesto toga, ušla je u kolibu.
She brought out a tray of delicious fruits.
Iznijela je pladanj s ukusnim voćem.
And she set the fruits before the king.
I ona je stavila plodove pred kralja.
The king, however, did not touch the fruits.
Kralj, međutim, nije dirao voće.
He waited until his question was answered.
Čekao je dok nije dobio odgovor na svoje pitanje.
"I only know what the holy sage says"

"Znam samo što sveti mudrac kaže"
**"He says that my father was a king"**
„Kaže da je moj otac bio kralj“
**"But he was overcome in a battle"**
„Ali bio je poražen u bitci“
**"So he, with my mother, fled into the woods"**
„Tako je on, s mojom majkom, pobjegao u šumu.“
**"My poor father was eaten by a tiger"**
"Mog jadnog oca je pojeo tigar"
**"My mother closed her eyes as I opened mine"**
„Moja majka je zatvorila oči kad sam ja otvorio svoje“
**"There was a bee-hive on the tree"**
"Na drvetu je bila košnica"
**"I lay at the foot of that tree"**
"Ležao sam u podnožju tog drveta"
**"Drops of honey fell into my mouth"**
"Kapi meda pale su mi u usta"
**"The honey maintained the spark inside me"**
„Med je održavao iskru u meni“
**"And then the kind Rishi found me"**
„A onda me je pronašao onakav kakav me je Rishi pronašao“
**"The holy sage brought me into his hut"**
„Sveti mudrac me je doveo u svoju kolibu“
**"This is the simple story of this wretched girl"**
„Ovo je jednostavna priča o ovoj jadnoj djevojci“
**"The girl who now stands before the king"**
„Djevojka koja sada stoji pred kraljem“
**"Call not yourself wretched," replied the king.**
„Ne nazivaj se jadnim“, odgovori kralj.
**"You are the most beautiful of women"**
„Ti si najljepša od žena“
**"And you are the loveliest of women"**
„A ti si najljepša od žena“
**"You would adorn the grandest palaces"**
„Ukrašavali biste najveličanstvenije palače“

**Postomani had gotten her interview.**

Postomani je dobila svoj intervju.
**She fell in love with the king.**
Zaljubila se u kralja.
**And the king fell in love with her.**
I kralj se zaljubio u nju.
**The Rishi joined them in marriage.**
Riši ih je spojio u braku.
**Postomani became the king's favourite queen.**
Postomani je postala kraljeva omiljena kraljica.
**And the former queen was in disgrace.**
I bivša kraljica bila je u nemilosti.
**But Postomani's happiness was short-lived.**
Ali Postomanijeva sreća bila je kratkog vijeka.
**One day as she was standing by a well.**
Jednog dana dok je stajala kraj bunara.
**She was overcome by a moment of giddiness.**
Na trenutak ju je obuzela vrtoglavica.
**Fortune had her fall into the water.**
Sreća ju je bacila u vodu.
**And she died in the water of the well.**
I umrla je u vodi bunara.
**The Rishi then came to the king.**
Riši je tada došao kralju.
**"O king, grieve not over the past"**
"Kralju, ne tuguj za prošlošću"
**"What is fixed by fate must come to pass"**
"Što je sudbinom određeno, mora se dogoditi"
**"The queen drowned in your well"**
"Kraljica se utopila u tvom bunaru"
**"But she was not of royal blood"**
„Ali ona nije bila kraljevske krvi"
**"She was born to a family of mice"**
„Rođena je u obitelji miševa"
**"Each evening she came to my hut"**
„Svake večeri dolazila je u moju kolibu"
**"And I gave her the power of speech"**
„I dao sam joj moć govora"

**"With speech she could express her wishes"**
„Govorom je mogla izraziti svoje želje"
**"I changed her according to her wishes"**
"Promijenio sam je prema njezinim željama"
**"As a mouse she feared the cat"**
„Kao miš bojala se mačke"
**"And so I changed her into a cat"**
„I tako sam je pretvorio u mačku"
**"As a cat she feared the dogs"**
„Kao mačka bojala se pasa"
**"And so I changed her into a dog"**
„I tako sam je pretvorio u psa "
**"As a dog she had not enough to eat"**
„Kao pas nije imala dovoljno hrane"
**"And so I changed her into a monkey"**
„I tako sam je pretvorio u majmuna"
**"As a monkey she couldn't bear the heat"**
„Kao majmun nije mogla podnijeti vrućinu"
**"And so I changed her into a wild boar"**
„I tako sam je pretvorio u divlju svinju"
**"As a boar her life was not safe"**
„Kao vepar, njen život nije bio siguran"
**"And so I changed her into an elephant"**
„I tako sam je pretvorio u slona"
**"That was the elephant you caught"**
"To je bio slon kojeg si uhvatio"
**"But as an elephant she was not loved"**
„Ali kao slon nije bila voljena"
**"And so I changed her one last time"**
„I tako sam je promijenio posljednji put"
**"I changed her into a beautiful girl"**
„Pretvorio sam je u prekrasnu djevojku"
**"That is the girl that you married"**
„To je djevojka koju si oženio"
**"And that is the girl that drowned"**
"A to je djevojka koja se utopila"
**"Take into favor your former queen"**

"Uzmi u milost svoju bivšu kraljicu"
**"And don't worry for my daughter"**
„I ne brinite se za moju kćer"
**"I will make her name immortal"**
"Učinit ću njezino ime besmrtnim"
**"Let her body remain in the well"**
"Neka njezino tijelo ostane u bunaru"
**"Fill the well up with earth"**
"Napunite bunar zemljom"
**"In her flesh there is a seed"**
„U njenom tijelu je sjeme"
**"From her bones a tree will grow"**
"Iz njenih kostiju će izrasti drvo"
**"We will name this tree after her"**
„Nazvat ćemo ovo drvo po njoj"
**"The tree shall be called 'Posto'"**
„Drvo će se zvati 'Posto'"
**"This means 'the Poppy tree'"**
„To znači 'makovo drvo'"
**"From this tree there will come a drug"**
"Iz ovog drveta će doći droga"
**"This drug will be called opium"**
„Ova droga će se zvati opijum"
**"Opium will be a powerful medicine"**
„Opijum će biti moćan lijek"
**"People will consume opium in every epoch"**
"Ljudi će konzumirati opijum u svakoj epohi"
**"Opium will either be swallowed or smoked"**
„Opijum će se ili progutati ili pušiti"
**"And opium will be a wonderful narcotic"**
„I opijum će biti divan narkotik"
**"Opium will be used till the end of time"**
"Opijum će se koristiti do kraja vremena"
**"You will recognize the opium smoker"**
"Prepoznat ćete pušača opijuma"
**"He will have many different qualities"**
„Imat će mnogo različitih kvaliteta"

**"One quality for each of the animals"**
„Jedna kvaliteta za svaku životinju"
**"The animals which Postomani had lived as"**
„Životinje kakve je Postomani živio"
**"He will be mischievous, like a mouse"**
"Bit će nestašan, poput miša"
**"He will be fond of milk, like a cat"**
„Voljet će mlijeko, kao mačka"
**"He will be quarrelsome, like a dog"**
„Bit će svadljiv, kao pas"
**"He will be filthy, like a monkey"**
„Bit će prljav, kao majmun"
**"He will be savage, like a boar"**
"Bit će divlji, poput vepra"
**"He will be confident, like an elephant"**
„Bit će samouvjeren, poput slona"
**"And he will be high-tempered, like a queen"**
„I bit će nagle naravi, poput kraljice"

### Strike, but Listen First
Štrajkuj, ali prvo slušaj

**There was once a king who had three sons.**
Bio jednom jedan kralj koji je imao tri sina.
**His royal subjects came to him one day and said;**
Njegovi kraljevski podanici došli su mu jednog dana i rekli;
**"Oh incarnation of justice! hear our plea"**
„O, utjelovljenje pravde! Usliši našu molbu!"
**"The kingdom is infested with thieves and robbers"**
„Kraljevstvo je zaraženo lopovima i razbojnicima"
**"Our property is not safe from their thievery"**
„Naša imovina nije sigurna od njihove krađe"
**"We pray your majesty to catch hold of these thieves"**
"Molimo Vaše Veličanstvo da uhvatite ove lopove"
**"We beg you punish them to the full extent of the law"**
"Molimo vas da ih kaznite u skladu sa zakonom"
**The king said to his sons, "Oh, my sons, I am old"**
Kralj reče svojim sinovima: "O, sinovi moji, star sam."
**"But you are all in the prime of manhood"**
„Ali svi ste u naponu muške dobi"
**"How is it that my kingdom is full of thieves?"**
„Kako to da je moje kraljevstvo puno lopova?"
**"I look to you to catch hold of these thieves"**
"Očekujem od tebe da uhvatiš ove lopove"
**The three princes then made up their minds.**
Tri princa su tada donijela odluku.
**They were going to patrol the city every night.**
Svake su noći patrolirali gradom.
**They set up a watch out in the outskirts of the city.**
Postavili su stražarnicu na periferiji grada.
**The early part of the night had arrived.**
Stigao je rani dio noći.
**So the eldest prince took on his duties.**
Tako je najstariji princ preuzeo svoje dužnosti.
**He rode upon his horse through the whole city.**
Jahao je na konju kroz cijeli grad.

**But did not see a single thief anywhere he looked.**
Ali nigdje nije vidio ni jednog lopova.
**He came back to the policing station.**
Vratio se u policijsku postaju.
**The middle part of the night had arrived.**
Stigla je sredina noći.
**So the second prince took on his duties.**
Tako je drugi princ preuzeo svoje dužnosti.
**And he too rode through every part of the city.**
I on je jahao kroz svaki dio grada.
**But he did not see or hear of a single thief.**
Ali nije vidio ni čuo ni za jednog lopova.
**He came also back to the policing station.**
I on se vratio u policijsku postaju.
**The latter part of the night had arrived.**
Stigao je drugi dio noći.
**So the youngest prince took on his duties.**
Tako je najmlađi princ preuzeo svoje dužnosti.
**He went near the gate of his father's palace.**
Približio se vratima očeve palače.
**There he saw a beautiful woman leaving the palace.**
Tamo je ugledao lijepu ženu kako izlazi iz palače.
**The prince asked the woman, "who are you?"**
Princ je upitao ženu: „Tko si ti?"
**"Where are you going at this hour of the night?"**
„Kamo ideš u ovo doba noći?"
**The woman answered the young prince.**
Žena odgovori mladom princu.
**"I am Rajlakshmi, the guardian deity of this palace"**
„Ja sam Rajlakshmi, božanstvo čuvar ove palače"
**"The king will be killed this night"**
"Kralj će biti ubijen ove noći"
**"I am therefore not needed here"**
„Stoga nisam ovdje potreban"
**"And that is why I am going away"**
„I zato odlazim"
**The prince did not know what to make of this message.**

Princ nije znao što bi mislio o ovoj poruci.
**After a moment's reflection he said to the goddess;**
Nakon trenutka razmišljanja rekao je božici;
**"But, suppose the king is not killed tonight"**
„Ali, pretpostavimo da kralj ne bude ubijen večeras"
**"Have you any objection to return to the palace?"**
„Imate li ikakvih prigovora na povratak u palaču?"
**"I have no objection," replied the goddess.**
„Nemam prigovora", odgovorila je božica.
**The prince then begged the goddess to go back.**
Princ je tada zamolio božicu da se vrati.
**And he promised to do his best to protect the king.**
I obećao je da će dati sve od sebe da zaštiti kralja.
**Then the goddess entered the palace again.**
Tada je božica ponovno ušla u palaču.
**Within a moment she disappeared into the palace.**
U trenutku je nestala u palači.


**The prince went straight into the palace too.**
Princ je također otišao ravno u palaču.
**And he went into the bedroom of his royal father.**
I uđe u spavaću sobu svog kraljevskog oca.
**There his father lay immersed in deep sleep.**
Tamo je njegov otac ležao utonuo u duboki san.
**The king had a second, younger wife.**
Kralj je imao drugu, mlađu ženu.
**This woman was the stepmother of our prince.**
Ova žena je bila maćeha našeg princa.
**She was sleeping in another bed in the room.**
Spavala je u drugom krevetu u sobi.
**There was a light that was burning dimly.**
Bilo je svjetlo koje je slabo gorjelo.
**But then the prince saw something that surprised him!**
Ali tada je princ ugledao nešto što ga je iznenadilo!
**A huge cobra going round and round the golden bedstead.**
Ogromna kobra kruži oko zlatnog kreveta.
**The bedstead on which his father was sleeping.**

Krevet na kojem je spavao njegov otac.
**The prince with his sword cut the serpent in two.**
Princ je mačem presjekao zmiju na dvoje.
**But he was not satisfied with killing the cobra.**
Ali nije bio zadovoljan ubijanjem kobre.
**So he cut the cobra up into a hundred pieces.**
Tako je kobru isjekao na stotinu komada.
**And he put the pieces of the cobra inside a pan.**
I stavio je komade kobre u tavu.
**But while cutting the cobra a misfortune happened.**
Ali dok je rezala kobru dogodila se nesreća.
**A drop of blood fell on the breast of his stepmother.**
Kap krvi pala je na grudi njegove maćehe.
**The prince was in great distress by what had happened.**
Princ je bio jako uznemiren onim što se dogodilo.
**"I have saved my father, but killed my stepmother"**
„Spasio sam oca, ali sam ubio maćehu"
**How could he remove the drop of blood from her breast?**
Kako je mogao ukloniti kap krvi s njezine dojke?
**He wrapped round his tongue a piece of cloth sevenfold.**
Omotao je oko jezika komad tkanine sedam puta.
**And with the cloth he licked up the drop of blood.**
I krpom je polizao kap krvi.
**But his stepmother's sleep was not so deep.**
Ali san njegove maćehe nije bio tako dubok.
**And in his attempt to save her he awoke her.**
I u pokušaju da je spasi, probudio ju je.
**When opening her eyes she saw it was her stepson.**
Kad je otvorila oči, vidjela je da je to njezin posinak.
**The young prince rushed out of the room.**
Mladi princ je izjurio iz sobe.
**The queen, hated her stepson, the youngest prince.**
Kraljica je mrzila svog posinka, najmlađeg princa.
**And she had every intention to ruin his reputation.**
I imala je svaku namjeru uništiti mu ugled.
**She called out to her husband, "My lord, my lord"**
Pozvala je svog muža: "Gospodaru moj, gospodaru moj"

**"Are you awake? are you awake? Rouse yourself up"**
"Jesi li budan? Jesi li budan? Probudi se"
**"Here is a nice piece of news for you"**
"Evo jedne lijepe vijesti za vas"
**The king on awaking inquired what the matter was.**
Kralj se probudivši upita u čemu je stvar.
**"What the matter is, my lord, let me tell you"**
„U čemu je stvar, gospodaru, dopustite mi da vam kažem"
**"Your worthy son was just here in this room"**
„Tvoj vrijedni sin je upravo bio ovdje u ovoj sobi"
**"The youngest prince, of whom you speak so highly"**
„Najmlađi princ, o kojem tako hvalite"
**"I caught him in the act of touching my breast"**
„Uhvatila sam ga kako mi dodiruje grudi"
**"I don't doubt he came with wicked intents"**
„Ne sumnjam da je došao sa zlim namjerama"
**The king was horror-struck by what he heard.**
Kralj je bio užasnut onim što je čuo.
**The prince went back to where his brothers kept watch.**
Princ se vratio tamo gdje su njegova braća čuvala stražu.
**But he told them nothing of what had happened.**
Ali im nije rekao ništa o tome što se dogodilo.


**Early in the morning the king called his eldest son.**
Rano ujutro kralj je pozvao svog najstarijeg sina.
**"I entrust my life and my honor to men"**
„Povjeravam ljudima svoj život i svoju čast"
**"But what if one of these men prove faithless?**
„Ali što ako se jedan od ovih ljudi pokaže nevjernim?
**"How should such a man be punished?"**
„Kako bi takav čovjek trebao biti kažnjen?"
**The eldest prince replied to his father, the king.**
Najstariji princ odgovorio je svom ocu, kralju.
**"Doubtless such a man's head should be cut off"**
"Takvom čovjeku bez sumnje treba odrubiti glavu"
**"But first you should establish the facts"**
„Ali prvo morate utvrditi činjenice"

**"You must see whether the man is really faithless"**
„Moraš vidjeti je li čovjek zaista nevjeran"
**"What do you mean?" inquired the king.**
„Što time misliš?" upitao je kralj.
**"Let your majesty be pleased to listen"**
"Neka Vaše Veličanstvo bude zadovoljno slušati"
**Once upon on a time there lived a goldsmith.**
Nekada davno živio je zlatar.
**This goldsmith had a son who had a wife.**
Ovaj zlatar imao je sina koji je imao ženu.
**His wife had the rare faculty of understanding beasts.**
Njegova žena imala je rijetku sposobnost razumijevanja životinja.
**But she never told anyone about her uncommon gift.**
Ali nikome nije rekla o svom neobičnom daru.
**Not even her husband knew she could understand animals.**
Čak ni njezin muž nije znao da razumije životinje.
**One night she was lying in bed beside her husband.**
Jedne noći ležala je u krevetu pored svog muža.
**From the river by their house she heard a jackal howl.**
Iz rijeke pokraj njihove kuće čula je zavijanje šakala.
**"There goes a carcass floating on the river"**
"Eno ga leš koji pluta po rijeci"
**"There's a diamond ring on the dead man's finger"**
"Na mrtvačevom prstu je dijamantni prsten"
**"Will anyone take the ring and give me the corpse?"**
„Hoće li itko uzeti prsten i dati mi leš?"
**The woman understood the jackal's language.**
Žena je razumjela šakalov jezik.
**She got up from bed and went to the river-side.**
Ustala je iz kreveta i otišla do obale rijeke.
**The husband had not been in deep sleep.**
Muž nije bio u dubokom snu.
**So with his wife's movements he woke up too.**
Tako se i on probudio na pokrete svoje žene.
**And he followed his wife to see where she went.**
I pratio je svoju ženu da vidi kamo je otišla.

**But he kept his distance, so that he could observe her.**
Ali držao se na distanci kako bi je mogao promatrati.
**The woman went into the water next to their house.**
Žena je ušla u vodu pored njihove kuće.
**She tugged the floating corpse towards the shore.**
Vukla je plutajući leš prema obali.
**And she saw the diamond ring on the finger.**
I ugledala je dijamantni prsten na prstu.
**She was unable to loosen the ring with her hand.**
Nije mogla rukom olabaviti prsten.
**Because the fingers of the dead body had swelled.**
Jer su prsti mrtvog tijela bili otekli.
**So she bit off the finger with her teeth.**
Pa je zubima odgrizla prst.
**And she put the dead body upon land, for the jackal.**
I stavila je mrtvo tijelo na kopno, za šakala.
**Then she returned to bed, where her husband already was.**
Zatim se vratila u krevet, gdje je već bio njezin muž.
**The young goldsmith lay almost petrified with fear.**
Mladi zlatar ležao je gotovo skamenjen od straha.
**He was convinced he was lying next to a Rakshasi.**
Bio je uvjeren da leži pored Rakšasija.
**He spent the rest of the night tossing in his bed.**
Ostatak noći proveo je prevrćući se u krevetu.
**And early in the morning spoke to his father.**
I rano ujutro razgovarao je sa svojim ocem.
**"The woman thou hast given me is not a real woman"**
„Žena koju si mi dao nije prava žena“
**"The woman thou hast given me to wife is a Rakshasi"**
„Žena koju si mi dao za ženu je Rakšasi.“
**"Last night I was lying in bed with her"**
„Sinoć sam ležao u krevetu s njom“
**"By the river I heard the howl of a jackal"**
"Uz rijeku sam čuo zavijanje šakala"
**"My wife too, heard the howl of the jackal"**
"I moja žena je čula zavijanje šakala"
**"Thinking I was asleep; she went towards the howl"**

„Misleći da spavam, krenula je prema zavijanju"
**"I was surprised to see her go out of bed alone"**
„Iznenadila sam se kad sam je vidjela da sama ustaje iz kreveta"
**"Suspecting some sort of evil, I followed her outside"**
„Sumnjajući na neko zlo, slijedio sam je van."
**"But she could not see that I had followed her"**
„Ali nije mogla vidjeti da sam je pratio"
**"What did she do, do you think? O horror of horrors!"**
„Što misliš da je učinila? O, užase od užasa!"
**"From the stream she dragged a dead body out"**
„Iz potoka je izvukla mrtvo tijelo"
**"And what do you think she did with the dead body?"**
„I što misliš da je učinila s mrtvim tijelom?"
**"She wasted no time devouring the dead man!"**
„Nije gubila vrijeme proždirući mrtvaca!"
**"All this I had the misfortune to see with my own eyes"**
„Sve sam to imao nesreću vidjeti svojim očima"
**"While she feasted on the carcass I went back to bed"**
„Dok se ona gostila lešinom, ja sam se vratio u krevet"
**"In a few minutes she also returned to bed"**
„Za nekoliko minuta i ona se vratila u krevet"
**"She bolted the door shut, and lay beside me"**
„Zalupila je vrata i legla pored mene"
**"Oh my father, how can I live with a Rakshasi?"**
„O, oče moj, kako mogu živjeti s Rakšasijem?"
**"She will certainly kill me and eat me up one night"**
"Sigurno će me ubiti i pojesti jedne noći"
**You can imagine the shock of the old goldsmith.**
Možete zamisliti šok starog zlatara.
**Both father and son agreed about what should be done.**
I otac i sin su se složili oko toga što treba učiniti.
**The woman should be taken deep into the forest.**
Ženu treba odvesti duboko u šumu.
**And she should be left for wild beasts to devoured.**
I treba je prepustiti divljim zvijerima da je prožderu.
**Accordingly, the young goldsmith spoke to his wife.**

Sukladno tome, mladi zlatar razgovarao je sa svojom ženom.

**"My dear love," he said to his wife.**

„Draga moja ljubavi", rekao je svojoj ženi.

**"You had better not cook much this morning"**

"Bolje ti je da jutros ne kuhaš puno"

**"Boil a little rice and burn a brinjal"**

"Skuhaj malo riže i zapali brinjal"

**"Because today we are going to see your parents"**

„Jer danas idemo vidjeti tvoje roditelje."

**"Your mother and father are dying to see you"**

"Tvoji roditelji jedva čekaju da te vide"

**The woman was full of joy at the unexpected news.**

Žena je bila puna radosti zbog neočekivane vijesti.

**She loved returning to her father's house.**

Voljela se vraćati u očevu kuću.

**And she finished the cooking in no time.**

I završila je s kuhanjem u tren oka.

**The husband and wife snatched a hasty breakfast.**

Muž i žena su na brzinu doručkovali.

**And soon after breakfast they started their journey.**

I ubrzo nakon doručka započeli su svoje putovanje.

**The way to her father's house was through dense jungle.**

Put do očeve kuće vodio je kroz gustu džunglu.

**It was the perfect place to abandon his wife.**

Bilo je to savršeno mjesto da napusti svoju ženu.

**She was bound to be eaten up by wild beasts there.**

Tamo su je sigurno pojele divlje zvijeri.

**But while they were walking the woman heard a snake.**

Ali dok su hodali, žena je čula zmiju.

**"Oh passer-by, in yonder hole there is a frog"**

"Oh, prolazniče, u onoj rupi je žaba."

**"How thankful I would be if you caught the frog"**

"Kako bih bio zahvalan kad biste uhvatili žabu"

**"And the hole is full of gold and precious stones"**

„A rupa je puna zlata i dragog kamenja"

**"Give me the frog, and take the treasure for yourself"**

"Daj mi žabu, a blago uzmi za sebe"

The woman forthwith went to the frog's hole.
Žena je odmah otišla do žablje rupe.
And she began digging the hole with a stick.
I počela je kopati rupu štapom.
The young goldsmith was now quaking with fear.
Mladi zlatar se sada tresao od straha.
He thought his Rakshasi-wife was about to kill him.
Mislio je da će ga njegova žena Rakšasi ubiti.
And then his wife called for him to help her.
A onda ga je supruga pozvala da joj pomogne.
"Take all this gold and these precious stones"
"Uzmite svo ovo zlato i ovo drago kamenje"
The goldsmith did not understand her request.
Zlatar nije razumio njezin zahtjev.
Timidly he went to where she had dug the hole.
Plašljivo je otišao do mjesta gdje je iskopala rupu.
But he was infinitely surprised by what he saw.
Ali bio je beskrajno iznenađen onim što je vidio.
The hole was full of gold and precious stones.
Rupa je bila puna zlata i dragog kamenja.
"How did you know there was a treasure here?"
„Kako si znao da se ovdje krije blago?“
And finally his wife told him of her gift.
I konačno mu je žena ispričala o svom daru.
"I can understand all the beasts in the forest"
"Mogu razumjeti sve zvijeri u šumi"
"Just over there, there is a snake coiled up"
„Odmah tamo, sklupčana je zmija“
"She had told me there was a treasure here"
„Rekla mi je da se ovdje krije blago“
The husband now felt very blessed with his wife.
Muž se sada osjećao vrlo blagoslovljenim sa svojom ženom.
"My love, it has gotten very late today"
"Ljubavi moja, danas je jako kasno"
"I don't think we will reach your father's house"
„Mislim da nećemo stići do kuće tvog oca.“
"Nightfall will catch us before we get there"

"Noć će nas uhvatiti prije nego što stignemo tamo"
**"If we stay we might be devoured by wild beasts"**
„Ako ostanemo, mogle bi nas proždjerati divlje zvijeri"
**"I propose therefore that we both return home"**
„Stoga predlažem da se oboje vratimo kući."
**You can imagine the wife's disappointment.**
Možete zamisliti ženino razočaranje.
**But she agreed with her husband's assessment.**
Ali složila se s procjenom svog supruga.
**It took them a long time to reach home.**
Trebalo im je dugo vremena da stignu kući.
**They were laden with a large quantity of gold.**
Bili su natovareni velikom količinom zlata.
**And they were carrying many precious stones.**
I nosili su mnogo dragog kamenja.
**But eventually the got close to their home.**
Ali na kraju su se približili svojoj kući.
**"My dear, go by the back door," said the goldsmith.**
„Draga moja, idi na stražnja vrata", rekao je zlatar.
**"I will go by the front door and see my father"**
„Proći ću kroz glavna vrata i vidjeti oca."
**"And I will show him all this treasure"**
„I pokazat ću mu sve ovo blago"
**So she entered the house by the back door.**
Tako je ušla u kuću na stražnja vrata.
**But the old goldsmith had reason to be there too.**
Ali i stari zlatar je imao razloga biti tamo.
**He had gone there to collect a hammer.**
Otišao je tamo po čekić.
**The old goldsmith saw his Rakshasi daughter-in-law.**
Stari zlatar ugledao je svoju rakšasi snahu.
**He concluded she had swallowed up his son.**
Zaključio je da mu je progutala sina.
**And he therefore struck her with the hammer.**
I stoga ju je udario čekićem.
**The blow immediately killed his daughter-in-law.**
Udarac je odmah ubio njegovu snahu.

At that moment the son came into the house.
U tom trenutku sin je ušao u kuću.
But it was too late for him to explain.
Ali bilo je prekasno da bi objasnio.
And so the eldest prince's story concluded.
I tako je završila priča najstarijeg princa.
"You might have to cut a man's head off"
"Možda ćeš morati čovjeku odrubiti glavu"
"But first you should establish the facts"
„Ali prvo morate utvrditi činjenice"
"You must see whether the man is really faithless"
„Moraš vidjeti je li čovjek zaista nevjeran"

The king then called his second son to him.
Kralj je tada pozvao k sebi svog drugog sina.
"I entrust my life and my honor to men"
„Povjeravam ljudima svoj život i svoju čast"
"But what if one of these men prove faithless?
„Ali što ako se jedan od ovih ljudi pokaže nevjernim?
"How should such a man be punished?"
„Kako bi takav čovjek trebao biti kažnjen?"
The second prince replied to his father, the king.
Drugi princ odgovorio je svom ocu, kralju.
"Doubtless such a man's head should be cut off"
"Takvom čovjeku bez sumnje treba odrubiti glavu"
"But first you should establish the facts"
„Ali prvo morate utvrditi činjenice"
"What do you mean?" inquired the king.
„Što time misliš?" upitao je kralj.
"Let your majesty be pleased to listen"
"Neka Vaše Veličanstvo bude zadovoljno slušati"
Once upon a time there reigned a king.
Nekada davno vladao je jedan kralj.
This king was very fond of going out hunting.
Ovaj kralj je jako volio ići u lov.
One day his horse took him into a dense forest.
Jednog dana ga je konj odveo u gustu šumu.

He went far from his followers, deep into the woods.
Otišao je daleko od svojih sljedbenika, duboko u šumu.
He rode on and on through the endless, quiet forest.
Jahao je i jahao kroz beskrajnu, tihu šumu.
He saw neither villages nor towns, only trees.
Nije vidio ni sela ni gradove, samo drveće.
On the long, lonely journey he became very thirsty.
Na dugom, usamljenom putovanju postao je jako žedan.
He could see no pond, nor lake, nor stream.
Nije mogao vidjeti ni ribnjak, ni jezero, ni potok.
But then he saw something dripping from a tree.
Ali onda je ugledao nešto kako kaplje s drveta.
He concluded it was rainwater resting in a cavity.
Zaključio je da se radi o kišnici koja se nakuplja u šupljini.
He stood on horseback beneath the tree, cup in hand.
Stajao je na konju ispod drveta, s čašom u ruci.
He caught the drops slowly dripping into the small cup.
Hvatio je kapi kako polako kapaju u malu šalicu.
The water, however, was not rain from the sky.
Međutim, voda nije bila kiša s neba.
A huge cobra sat on top of the tall tree.
Ogromna kobra sjedila je na vrhu visokog drveta.
The snake had struck the tree in rage with its sharp fangs.
Zmija je u bijesu udarila u drvo svojim oštrim očnjacima.
The snake's poison came out and fell downward in heavy drops.
Zmijski otrov je izašao i pao prema dolje u teškim kapima.
The king thought the falling liquid was simple rainwater.
Kralj je mislio da je tekućina koja pada obična kišnica.
The horse sensed the danger and tried to warn him.
Konj je osjetio opasnost i pokušao ga upozoriti.
The cup was nearly filled with the deadly snake-poison.
Šalica je bila gotovo napunjena smrtonosnim zmijskim otrovom.
The king raised the cup and prepared to drink.
Kralj je podigao čašu i pripremio se za piće.
But the horse moved wildly, with the king on its back.

Ali konj se divlje kretao, s kraljem na leđima.
**The cup fell from his hand, and the poison spilled.**
Šalica mu je pala iz ruke, a otrov se prolio.
**The king became angry and struck the horse's neck.**
Kralj se razljutio i udario konja po vratu.
**The blow from the sword immediately killed his horse.**
Udarac mača odmah je ubio njegovog konja.
**And so the second prince's story concluded.**
I tako je završila priča o drugom princu.
**"You might have to cut a man's head off"**
"Možda ćeš morati čovjeku odrubiti glavu"
**"But first you should establish the facts"**
„Ali prvo morate utvrditi činjenice"
**"You must see whether the man is really faithless"**
„Moraš vidjeti je li čovjek zaista nevjeran"

**The king then called to him his third youngest son.**
Kralj je tada pozvao k sebi svog trećeg najmlađeg sina.
**"I entrust my life and my honor to men"**
„Povjeravam ljudima svoj život i svoju čast"
**"But what if one of these men prove faithless?**
„Ali što ako se jedan od ovih ljudi pokaže nevjernim?
**"How should such a man be punished?"**
„Kako bi takav čovjek trebao biti kažnjen?"
**"Doubtless such a man's head should be cut off"**
"Takvom čovjeku bez sumnje treba odrubiti glavu"
**"But first you should establish the facts"**
„Ali prvo morate utvrditi činjenice"
**"What do you mean?" inquired the king.**
„Što time misliš?" upitao je kralj.
**"Let your majesty be pleased to listen"**
"Neka Vaše Veličanstvo bude zadovoljno slušati"
**Once long ago there reigned a wise and noble king.**
Nekada davno vladao je mudar i plemenit kralj.
**In his palace he kept a bird of Suka species.**
U svojoj palači držao je pticu vrste Suka.
**One day the bird went out flying into the fields.**

Jednog dana ptica je odletjela u polja.
**There he saw his father and mother calling from above.**
Tamo je ugledao oca i majku kako ga dozivaju odozgo.
**They asked him to come visit them in their nest.**
Zamolili su ga da ih dođe posjetiti u njihovom gnijezdu.
**The nest was far away in a distant hidden land.**
Gnijezdo je bilo daleko u dalekoj skrivenoj zemlji.
**The Suka said, "I'll come if I get king's leave"**
Suka je rekao: „Doći ću ako dobijem kraljevo dopuštenje."
**"I'll speak to the king today and return tomorrow"**
„Danas ću razgovarati s kraljem i vratiti se sutra. "
**"Please wait at this same spot in the morning"**
„Molim vas, pričekajte ujutro na ovom istom mjestu."
**That very day, Suka spoke with the gentle, kind king.**
Tog istog dana, Suka je razgovarao s blagim, ljubaznim
kraljem.
**The king gave permission for the bird to leave.**
Kralj je dao dopuštenje ptici da odleti.
**Although he was sad to part with his bird.**
Iako mu je bilo žao rastati se od svoje ptice.
**The next morning, Suka met his parents again.**
Sljedećeg jutra, Suka je ponovno sreo svoje roditelje.
**He flew with them to their nest on a tall tree.**
Odletio je s njima do njihovog gnijezda na visokom drvetu.
**The three birds lived together happily in peaceful joy.**
Tri ptice su živjele sretno zajedno u mirnoj radosti.
**They stayed like this for a fortnight of lovely days.**
Ostali su tako dva tjedna prekrasnih dana.
**But even those quiet and pleasant days had to end.**
Ali čak i ti mirni i ugodni dani morali su završiti.
**Suka said, "Beloved parents, the king gave me two weeks"**
Suka je rekao: „Voljeni roditelji, kralj mi je dao dva tjedna"
**"That time is now over, so I must return tomorrow"**
„To vrijeme je sada prošlo, pa se moram vratiti sutra."
**His father and mother agreed and blessed his decision.**
Njegovi otac i majka su se složili i blagoslovili njegovu
odluku.

They told him to carry a gift for the king.
Rekli su mu da odnese dar za kralja.
After some talk, they chose some fruit as a gift.
Nakon kraćeg razgovora, odabrali su voće kao poklon.
The fruit had grown from the Immortality Tree.
Plod je izrastao iz Drveta besmrtnosti.
Early the next morning, Suka went to the tree.
Rano sljedećeg jutra, Suka je otišao do drveta.
And he plucked a magical glowing fruit.
I ubrao je čarobno svjetleće voće.
He held the fruit gently in his beak, full of care.
Nježno je držao voće u kljunu, pun brige.
The fruit was heavy and slowed his swift flying pace.
Voće je bilo teško i usporilo je njegov brzi let.
He could not reach the city before night arrived.
Nije mogao stići do grada prije nego što padne noć.
Suka stopped to rest in a tree along the way.
Suka se usput zaustavio na drvetu da se odmori.
He feared the fruit might drop while he slept.
Bojao se da bi voće moglo pasti dok spava.
If he kept the fruit in his beak, it could fall.
Kad bi voće držao u kljunu, moglo bi pasti.
But he saw a hole in the trunk of the tree.
Ali je vidio rupu u deblu drveta.
He placed the fruit safely inside the dark tree.
Sigurno je smjestio voće unutar tamnog stabla.
But inside the hole, there lived a poisonous black snake.
Ali unutar rupe živjela je otrovna crna zmija.
In the night, the snake bit the fruit with venom.
Noću je zmija ugrizla voće s otrovom.
And the fruit became smeared with deadly poison.
I voće se premazalo smrtonosnim otrovom.
At dawn Suka took the fruit back in his beak.
U zoru je Suka vratio voće u kljun.
He flew again on his journey to the king's palace.
Ponovno je poletio na svom putu do kraljeve palače.
As he reached the palace the king was sitting with ministers.

Kad je stigao u palaču, kralj je sjedio s ministrima.
**The king was overjoyed to see Suka return once more.**
Kralj je bio presretan što se Suka ponovno vratio.
**He greatly admired the beautiful, shining fruit gift.**
Jako se divio prekrasnom, sjajnom voćnom daru.
**The fruit was lovely to look at and admire.**
Voće je bilo prekrasno za gledati i diviti mu se.
**It was the finest fruit found across the earth.**
To je bilo najfinije voće pronađeno na cijeloj zemlji.
**And anyone who ate the fruit was granted immortality.**
I svatko tko je jeo plod dobio je besmrtnost.
**The king was about to eat the beautiful fruit.**
Kralj se spremao pojesti prekrasno voće.
**But his ministers warned him the fruit might be poisoned"**
Ali njegovi ministri upozorili su ga da bi voće moglo biti otrovano.
**"It would be better to test the fruit before you eat it"**
„Bolje bi bilo isprobati voće prije nego što ga pojedete"
**He threw the fruit to a crow sitting on the wall.**
Bacio je voće vrani koja je sjedila na zidu.
**The crow ate from the fruit, and dropped dead instantly.**
Vrana je jela s voća i odmah uginula.
**The king, thinking Suka tried to kill him, grew furious.**
Kralj, misleći da ga je Suka pokušao ubiti, razbjesnio se.
**He seized the bird and killed him with his bare hands.**
Zgrabio je pticu i ubio je golim rukama.
**He ordered the seed to be planted outside the city.**
Naredio je da se sjeme posije izvan grada.
**The seed became a tree with the same glowing fruit.**
Sjeme je postalo drvo s istim sjajnim plodovima.
**The king feared the fruit would bring more death.**
Kralj se bojao da će voće donijeti još smrti.
**So he had the tree fenced off and guarded.**
Zato je dao ograditi i čuvati drvo.

**There lived in that city an old, poor Brahman man.**
U tom gradu živio je stari, siromašni brahman.

He and his wife survived only on the town's charity.
On i njegova supruga preživljavali su samo od gradske
dobrotvorne pomoći.
One day the Brahman mourned his long, miserable, life.
Jednog dana Brahman je oplakivao svoj dugi, bijedni život.
He said, "Instead of begging, I will eat poison fruit."
Rekao je: „Umjesto da prosim, pojest ću otrovno voće."
"I'll end my life beneath that deadly tree in silence."
"Završit ću svoj život pod tim smrtonosnim drvetom u tišini."
That very night, he rose quietly and left his home.
Te iste noći, tiho je ustao i napustio svoj dom.
His wife suspected and followed behind in silence.
Njegova žena je posumnjala i šutke je slijedila za njim.
She had decided to die too, alongside her sad husband.
Odlučila je i ona umrijeti, uz svog tužnog muža.
She loved him deeply and didn't wish to stay behind.
Duboko ga je voljela i nije htjela ostati po strani.
The palace guard was asleep that night, unaware of visitors.
Palačka straža je te noći spavala, nesvjesna posjetitelja.
The Brahman reached the garden and plucked a hanging
fruit.
Brahman je stigao do vrta i ubrao viseće voće.
He looked at it once and ate the entire fruit.
Pogledao ga je jednom i pojeo cijelo voće.
His wife cried, "If you die, my life becomes nothing"
Njegova žena je plakala: „Ako umreš, moj život postaje ništa."
"I will also eat and die here with you now"
„I ja ću jesti i umrijeti ovdje s tobom sada"
So saying she plucked a fruit and ate it.
Rekavši to, ubrala je voće i pojela ga.
They thought the poison would act slowly through the
night.
Mislili su da će otrov djelovati polako tijekom noći.
So they both went home and quietly lay down in bed.
Tako su oboje otišli kući i tiho legli u krevet.
They believed they would never again rise from sleep.
Vjerovali su da se više nikada neće probuditi iz sna.

**To their surprise, they woke up feeling full of life.**
Na njihovo iznenađenje, probudili su se puni života.
**Not only were they alive, but they were young again.**
Ne samo da su bili živi, nego su opet bili mladi.
**And they were strong and had new found energy.**
I bili su jaki i imali su novu energiju.
**Neighbors hardly recognized them, so changed they looked.**
Susjedi ih jedva prepoznaju, toliko su se promijenili.
**The old Brahman was now handsome and full of youth.**
Stari Brahman sada je bio zgodan i pun mladosti.
**His grey hair vanished, and had colour again.**
Njegova sijeda kosa je nestala i ponovno dobila boju.
**His wrinkled cheeks turned smooth, and his skin shone.**
Njegovi naborani obrazi postali su glatki, a koža mu je sjala.
**And as for his wife, she became extremely beautiful.**
A što se tiče njegove žene, ona je postala izuzetno lijepa.
**She looked as beautiful as any lady of the kingdom.**
Izgledala je lijepo kao i bilo koja dama u kraljevstvu.
**The king heard of their miraculous transformation.**
Kralj je čuo za njihovu čudesnu preobrazbu.
**He asked his guards to send the Brahman to him.**
Zamolio je svoje stražare da mu pošalju Brahmana.
**And he asked the Brahman the source of his youth.**
I upitao je Brahmana za izvor svoje mladosti.
**The Brahman told the king every detail of the story.**
Brahman je kralju ispričao svaki detalj priče.
**The king then wept for his poor, loyal pet bird.**
Kralj je tada plakao za svojom jadnom, odanom pticom.
**He deeply regretted killing his faithful bird.**
Duboko je požalio što je ubio svoju vjernu pticu.
**And he wished he had known the bird's loyalty.**
I poželio je da je znao za ptičju odanost.
**And so the second prince's story concluded.**
I tako je završila priča o drugom princu.
**"You might have to cut a man's head off"**
"Možda ćeš morati čovjeku odrubiti glavu"
**"But first you should establish the facts"**

„Ali prvo morate utvrditi činjenice"
**"You must see whether the man is really faithless"**
„Moraš vidjeti je li čovjek zaista nevjeran"
**"I know Your Majesty suspects me of evil last night"**
„Znam da me Vaše Veličanstvo sinoć sumnjiči za zlo."
**"Please allow me to explain myself before punishing me"**
„Molim vas, dopustite mi da objasnim prije nego što me kaznite."
**"While making rounds I saw a woman leave the palace"**
„Dok sam obilazio palaču, vidio sam ženu kako izlazi"
**"I stopped her, and she said her name was Rajlakshmi"**
„Zaustavio sam je, a ona je rekla da se zove Rajlakshmi."
**"She claimed to be the guardian deity of the palace"**
„Tvrdila je da je božanstvo čuvar palače"
**"She said she was leaving because death was near"**
„Rekla je da odlazi jer je smrt blizu"
**"The king," she said, "would be killed later that night"**
„Kralj", rekla je, „bit će ubijen kasnije te noći"
**"I begged her to go back into the palace"**
„Molio sam je da se vrati u palaču"
**"And I promised to do my best to protect you."**
„I obećao sam da ću dati sve od sebe da te zaštitim."
**"I ran quickly into Your Majesty's chamber without delay."**
„Brzo sam bez odlaganja otrčao u odaju Vašeg Veličanstva."
**"There I saw a cobra circling your golden bedstead."**
„Tamo sam vidio kobru kako kruži oko tvog zlatnog kreveta."
**"I fought the snake and killed it with my blade."**
„Borio sam se sa zmijom i ubio je svojom oštricom."
**"I chopped the body into many exactly one hundred pieces."**
„Isjeckao sam tijelo na točno stotinu komada."
**"I placed those pieces inside the pan for proof."**
„Stavila sam te komade u tavu kao dokaz."
**"But something occurred as I was cutting up the snake."**
„Ali nešto se dogodilo dok sam rezala zmiju."
**"A drop of blood fell onto the breast of your wife."**
" Kap krvi pala je na grudi tvoje žene."
**"I feared I had saved my father, but killed my stepmother."**

„Bojao sam se da sam spasio oca, ali sam ubio maćehu."
**"I wrapped my tongue tightly with cloth seven times."**
„Sedam puta sam čvrsto omotao jezik krpom."
**"Then I licked up the drop of venomous blood."**
„Tada sam polizao kap otrovne krvi."
**"While I was licking the blood, my stepmother awoke."**
„Dok sam lizao krv, moja se maćeha probudila."
**"She saw me and opened her eyes with confusion."**
„Ugledala me je i zbunjeno otvorila oči."
**"This is the truth of what I did last night."**
„Ovo je istina o onome što sam sinoć učinio."
**"If Your Majesty commands, then cut off my head now."**
"Ako Vaše Veličanstvo zapovijeda, onda mi sada odsjecite glavu."
**The king, full of love and joy, embraced his son.**
Kralj, pun ljubavi i radosti, zagrli svog sina.
**From that moment, he loved him more than ever before.**
Od tog trenutka, volio ga je više nego ikad prije.